천 개의 파랑

천 개의
파랑

한국과학문학상 장편 대상

천선란 장편소설

허블

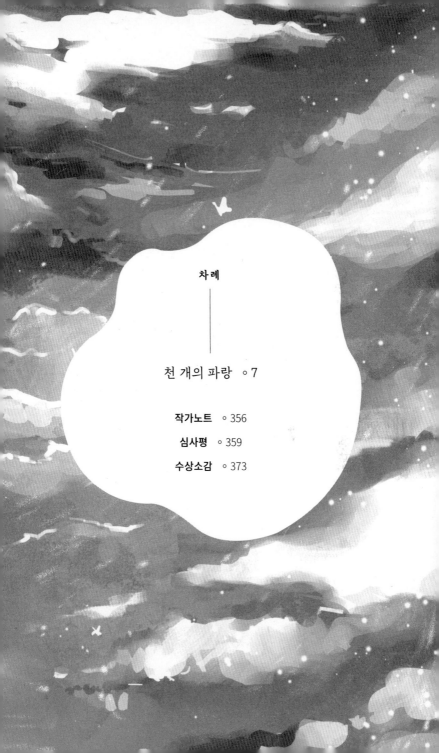

차례

천 개의 파랑 ∘7

기수騎手방은 성인 한 명이 웅크려 앉을 수 있을 정도의 공간이다. 누워 있을 수도, 발을 뻗고 앉을 수도 없을 만큼 비좁다. 하지만 이 방을 쓰는 기수는 누워 있을 이유도, 발을 뻗고 앉을 이유도 없다. 신장 150센티미터, 몸무게 40킬로그램의 기수는 창문 하나 없는 사각형의 방에 앉아 하염없이 기다렸다. 시멘트로 이루어진 공간은 실제 넓이보다 더 작고 답답하게 느껴졌다. C-27은 방에서 하늘을 볼 수 없다는 게 마음에 들지 않았다. 마음에 들지 않는다는 표현이 자신에게 어울리지 않는다는 것을 알지만 그것이 가장 적절한 문장이었다. 불빛 하나 들어오지 않는 그곳에서 우두커니 앉아 오래도록 기다렸다. 기다리고, 또 기다렸다.

그 소녀를

이건 이 이야기의 결말이자, 나의 최후이기도 하다.

나는 지금 떨어지고 있다. 일반적인 속도라면 떨어지는 데 3초도 걸리지 않을 것이다. 하지만 나는 3초보다 몇 곱절은 더 긴 시간 동안 천천히, 조금씩 하늘에서 멀어지고 있다. 땅에 닿는 순간 충격이 몸에 전해지더라도 아프지는 않겠지만, 몸이 부서지는 걸 피할 수 없다는 건 알고 있다. 고통을 느낄 수 없다는 점이 누군가는 내 존재 이유며 최대의 장점이라 말했지만 아무래도 그 말은 틀렸다고 본다. 내가 고통을 느낄 수 있었다면 이렇게 떨어지지 않았을 것이고 내 최후도 맞지 않았을 테니 말이다. 내가 추론해낸 바를 말하자면, 고통은 생명체만이 지닌 최고의 방어 프로그램이다. 고통이 인간을 살게 했고, 고통이 인간을 성장시켰다. 내가 이것을 깨닫게 된 이유는 물리적인 것과 비물리적인 것으로 나뉜다. 내가 떨어지는 동안 이 이야기를 전부 다 할 수 있을까. 상식적으로는 불가능하지만 지금 나에게는, 최후까지 아주 길게 늘어진 시간이 있으니 가능할지도 모르겠다.

나는 3초 전까지 투데이의 등에 타고 있었다. 투데이는 흑마다. 빛이 반사되는 수면처럼 검은 털이 아름다운 암말이다. 투데이 이야기는 차후에 더 자세히 할 수 있으리라. 지금 중요한 것은 투데이가 나와 '호흡'을 맞춘 경주마라는 점이다. 고로 나는 투데이와 '호흡'을 맞춘 기수다. 우리는 지금으로부터 6개월 전인 3월에 치명적인 실수와 기회로 만났다. 이 사건을 이야기해도 좋겠지만, 역시나 지금 중요한 건 3월에 처음 만나 '호흡'을 맞춘 우리가 9월 오늘, 마지막 '호흡'을 맞췄다는 것이다. 역사적인 날. 나는 오늘을 그렇게 부르고 싶다. 사람들에게 역사적인 날이란, 무언가를 처음 시작한 날을 의미할 때도 있었지만 기적이 일어난 날을 더 많이 칭했다. 기적. 오늘은 내 짧은 생에 두 번째로 기적이 일어난 날이었다.

함성이 들린다. 나의 길고 긴 낙마가 드디어 끝나가는 모양이다. 연재는 이번 경기가 끝나면 칠이 거의 벗겨진 내 몸체를 다시 칠하자고 했다. 어떤 색이 좋으냐고 물었다. 원래대로 초록색을 칠하는 것이 내 이름과도 잘 어울리겠지만 나는 2층 방에 앉아 창문을 바라보다 파란색이라고 말했다. 연재는 알겠다고 대답했다.

연재. 성은 '우'씨. 그러니까 우연재. 이 이름은 투데이만큼이나 내게 중요하다. 나의 구원자이자 나를 선택한 세계. 내가 이렇게 자신을 표현했다는 것을 알면 연재는 분명 미간과 콧등에 주름을 잔뜩 만들고 나를 쳐다봤을 것이다. 괴팍하지만 미움이 없는 신비로운 표정으로.

나와 투데이를 경마장에 다시 서게 한 이는 연재다. 연재는 두 번째 기적을 만든, 아주 평범하지만 특별하고 용감한 인간이다.

이제 내 다리는 투데이의 몸에서 완전히 벗어났다. 투데이는 시속 50킬로미터로 달릴 것이다. 너무 빠르지도 않고, 너무 느리지도 않게. 세상의 압박으로부터 벗어나 등속운동을 유지하며 자신에게 다시 생긴 삶을 이어갈 것이다.

투데이는 며칠 전까지 안락사가 확정된 경주마였고 나는 폐기를 앞둔 기수였다. 하지만 지금 투데이는 다시 주로를 달린다. 나는 떨어지고 있다. 땅에 닿으면 부서진다. 인간은 이런 예측을 본능적인 감이라고 하지만 나는 정확한 수치와 계산에 의한 결괏값만을 산출한다. 내 미래에는 예측 오류란 없다. 나는 내가 여기 오게 되기까지 짧은 시간 동안 겪었던 일을 말하고 싶다.

내 이름은 콜리다. 브로콜리의 색과 닮아 붙여진 이름이다.

콜리

연재를 만나기 전까지 콜리는 C-27로 불렸다.

2035년 미국과 중국, 일본에서 만들어진 부품들이 알맞게 조립되어 콜리는 한국 대전에서 탄생했다. 하지만 콜리가 다른 기수 휴머노이드와 다른 점이 있다면 만들어지는 마지막 과정에서 소프트웨어 칩이 잘못 삽입되었다는 것이다. 그 칩은 보고서를 쓰기 위해 생산라인을 돌았던 연구생의 가방에서 떨어졌는데 인지와 학습 능력을 넣어두었던 칩으로, 개발 중인 학습 휴머노이드를 위한 것이었지 경마에 사용될 휴머노이드를 위한 것은 아니었다. 하지만 사흘 연속 한숨도 자지 못했던 연구생은 공장에서 눈조차 제대로 뜰 수 없을 정도로 몽롱한 상태였다. 그러던 와중, 마지막 공정에서 마주친 공장장과 인사를 나누며 명함을 꺼내던 순간 칩이 떨어졌다. 그렇지만 지갑에서 명함도 제대로 찾지 못해 한참을 뒤적였던 연구생이 그 사실을 눈치챌 리 없었다. 불운하게도 연구생은 오로지 잠만 생각하며 비몽사몽 공장을 빠져나갔고 그 구역 청소 담당자는 떨어진 칩을 보고 아무렇게나 칩이 쌓인 상자에 다시 던져두었다.

여기에서 두 가지 말도 안 되는 사고가 일어난 것이다. 하나는 연구생이 칩을 떨어트렸다는 것이고 또 하나는 바닥에 떨어진 칩을 청소 담당자가 다른 칩 상자에 넣었다는 것이다. 둘 다 인간이 아닌 기계였다면 절대로 일으키지 않았을 사고였다. 그러니 콜리는 인간의 실수로 탄생한 셈이다.

콜리가 눈을 뜬 것은 콜리의 안전장치가 채워졌는지 확인하기 위해 직원이 다소 거칠게 콜리의 몸을 흔들었을 때다. 고정대에 후두부가 부딪혔고 다른 기수 휴머노이드와 달리 그것이 눈을 뜨라는 신호로 입력된 콜리의 몸에 전원이 들어왔다. 이미 콜리를 지나친 직원은 콜리의 눈에 불이 켜졌다는 것을 알지 못한 채 화물칸의 문을 닫았다.

화물차는 여러 대가 군집주행으로 움직여 대전에서 서울까지 이동했다. 화물차의 자율주행 기능이 부드럽게 코너를 꺾을 때마다 고정된 몸이 반동에 의해 움직였다. 화물칸에는 밖에서 안을 볼 수 있도록 기다랗고 좁은 창이 나 있었는데 그 창이 콜리에게는 밖을 볼 수 있는 유일한 수단이었다. 화물차는 새벽 고속도로를 쉬지 않고 달렸고 이따금씩 푸른빛이 난무하는 터널을 지났다. 콜리는 도착하기 1시간 전쯤 동이 트는 것을 구경했다. 빛줄기가 비좁은 창으로 뻗어 들어오며 화물칸 벽면에 닿았다. 그것이 보고 싶어 고정된 머리를 힘겹게 돌리던 콜리는 전원이 꺼진 채 일렬로 늘어선 다른 기수 휴머노이드를 마주쳤다.

"이봐요."

자신에게 소리가 나온다는 것을 그때 처음 알았다. 콜리는 몇 번 더 그들을 불렀지만 대답하는 이는 아무도 없었다. 차의 움직임에 따라 덜컹덜컹 흔들리는 기수 휴머노이드를 바라보다가 다시 고개를 앞으로 돌렸다. 해가 완전히 떠올라 밝아진 세상이 보였다.

"찬란하다."

콜리는 세상의 채도가 저렇게 높다는 것에 놀랐고 자신이 이 단어를 알고 있다는 사실에 또 한 번 놀랐다. 그러자 자신이 알고 있는 단어가 어디까지인지 궁금해졌다. 콜리는 목적지에 도착할 때까지 창을 바라보며 떠오르는 단어를 무작위로 뱉었다. 화려하다. 예쁘다. 아름답다. 노랗다. 붉다. 파랗다. 빠르다. 무섭다. 소름 끼치다. 서늘하다. 춥다. 덥다. 쨍하다. 아프다. 힘들다. 괴롭다… 몇몇 단어는 동사형이나 형용사형으로 표현할 수 없는 것도 있었다.

콜리는 끝도 없이 읊었다. 단어가 화물칸에 가득 쌓여 포화되기 직전에 목적지에 도착했으며 콜리가 아는 단어도 거기서 멈췄다. 천 개. 콜리가 떠올린 단어는 천 개였다. 그 단어로 만들 수 있는 문장은 더 많을 것이다. 콜리는 자신이 몇 개까지 문장을 만들 수 있는지 궁금했지만 문이 열렸고, 콜리의 전원이 켜져 있음을 확인한 직원이 화들짝 놀라며 전원을 껐기 때문에 더는 문장을 만들 수 없었다.

다시 눈을 떴을 때에는 시멘트로 삼면이 가로막힌 방 안이었다. 거기에는 창이 없었다. 문은 철창으로 되어 있었고 방은 서 있거나 쭈그려 앉을 수는 있지만 가로로 눕거나 다리를 펴서 앉을 수는 없는 크기였다. 벽에 달린 에너지 충전선은 콜리의 뒷목과 연결되어 있었다. 콜리가 연결된 선을 뽑고 자리에서 일어났다. 고개를 내밀 수도 없이 촘촘한 철창을 잡고는 맞은편 방에 웅크려 앉아 있는 기수 휴머노이드를 불렀다.

"이봐요."

그가 고개를 들었다. 얼굴이 빨갛게 칠해져 있었고 가슴에는 F-16이라고 적혀 있었다.

"거기서 뭐해요?"

콜리가 물었다. F-16은 대답 없이 콜리를 바라보기만 했다. 콜리가 다시 물었다.

"여기가 어디인지 알고 있어요?"

F-16의 목에서 불빛이 빛났지만 아무 소리도 나지 않았다. 콜리는 더 묻기를 포기하고는 F-16과 마주 보고 앉았다. 시간의 흐름은 기수방 벽면에 걸린 시계의 초침으로 알 수 있었지만 그것이 얼마나 긴 시간인지는 가늠되지 않았다. 콜리는 그저 시침이 한 바퀴를 돌고 반 바퀴를 더 돌 때까지 F-16과 마주 앉아

있을 뿐이었다.

F-16이 아무런 대답도 하지 않은 이유는 다음 날 알 수 있었다. 검은색 코트를 입은 남자와 두꺼운 항공점퍼를 입은 두 여자가 F-16을 찾았다. 코트를 입은 남자가 담배를 뻑뻑 피우며 말했다.

"소리가 안 나와. 고장 났다니까, 쯧. 이거 가져가고 다른 놈으로 교체해서 보내줘. 보내기 전에 하자 있는지 제대로 확인해보고."

F-16은 작은 상자에 담겨 수거됐다. 사라지는 F-16을 보기 위해 자리에서 일어났지만 콜리는 철창 사이로 고개를 뺄 수 없어 발자국 소리가 멀어지는 것만 듣고 있었다. 텅 빈 방을 바라봤다. 그리고 콜리는 이상한 일을 겪었다. 기수방 시계는 고장나지 않았지만 시간은 더 느리게 흘러갔다. 그 이상함을 설명할 길이 없어 콜리는 이상하다고 생각만 했다.

그로부터 52시간이 지나 문이 열렸다. 그때 왔던 검은 코트를 입은 남자가 똑같은 옷을 입고 이번에는 남자 네 명을 대동하고 찾아왔다.

"나와."

남자가 담배를 물어 뭉개진 발음으로 말했으나 콜리는 어렵지 않게 알아듣고 몸을 움직였다. 콜리는 남자들을 따라 건물 밖으로 이동했다. 밖으로 나온 후에도 울타리가 쳐진 길을 따라 계속 걸었다. 이파리 하나 없는 나무가 양옆으로 즐비했고 바닥에 부서진 낙엽을 밟을 때마다 사그락 소리가 났다.

"사그락사그락."

콜리가 입으로 그 소리를 따라 읊었다. 작게 중얼거린 소리를 들었는지 옆에서 따라 걷던 남자가 콜리를 힐끔 쳐다봤지만 별말 하지 않았다. 도착한 곳은 아주 커다란 경기장이었다. 경기장에 들어서며 콜리는 텅 빈 관중석을 둘러봤다. 잔디밭에는 열아홉 대의 기수 휴머노이드가 열을 맞춰 서 있었다. 콜리는 가장 끝에 섰다. 그날 처음으로 말을 봤다. 콜리에게 배정된 말은 흑마로, '투데이'였다.

코트를 입은 남자는 경기장 가운데에 의자를 두고 앉았다. 기수 휴머노이드들은 순서대로 한 대씩 말에 올랐고 천천히 주로를 돌았다. 말이 천천히 걷다가 어느 지점에서는 뛰었다. 어떤 기수 휴머노이드는 안정적인 자세로 한 바퀴를 돌았고 어떤 기수 휴머노이드는 균형을 잃고 쓰러졌다. 남자는 그 모습을 지켜보기만 할 뿐 어떤 코멘트도 달지 않았다. 일일이 무언가를 체크하는 사람은 남자 옆에 서 있는 다른 직원이었다.

'도민주'라고 쓰여 있는 명찰을 단 남자는 콜리의 차례가 되자, 투데이의 고삐를 당겨 주로에 서게 한 뒤 목덜미를 손바닥으로 크게 쓸었다. 옆에 선 콜리가 그 모습을 가만 지켜봤다. 민주는 곧 콜리에게 안장을 잡고 등자에 발을 올린 후 한 번에 탑승하도록 명령했다. 하지만 콜리는 제일 먼저 민주를 따라 말의 목덜미를 쓸었다. 툭, 툭, 툭. 민주가 뭐 하느냐고 물었다. 말에는 헛웃음이 섞여 있었다.

"이건 왜 한 건가요?"

콜리가 물었다. 민주는 잠시 생각에 잠겼다가 대답했다.

"교감한 거야. 이제 너한테 탈 거라고."

"손으로 치는데 어떻게 그 말이 전달된다는 건가요?"

"일종의 암호지. 약속."

"약속."

콜리는 약속이라는 단어를 가볍게 읊었다. 약속은 참 편리했다. 약속 한 번으로 많은 소리가 낭비되지 않았다. 말의 목덜미를 쓸어주는 것, 고삐를 당기는 것, 등자로 말허리를 차는 것, 적절히 구호를 외치는 것만으로도 말과 대화 한 번 나누지 않고 주로를 달릴 수 있었다.

콜리는 다시금 말의 목덜미를 툭툭 쓸어내리고는 등자에 발을 걸고 안장에 앉았다. 처음은 기본자세를 유지하며 주로를 천천히 돌았다. 허리를 꼿꼿하게 편 자세였다. 머리, 어깨, 허리, 발뒤꿈치가 땅과 수직이 되면 말의 반동을 허리가 흡수했다. 허리는 말의 움직임에 따라 유연하게 굽혀질 수 있도록 만들어졌으므로 콜리가 노력하지 않아도 되는 부분이었다. 콜리는 정면을 응시했다가 고삐를 쥔 자신의 손을 봤고 그다음에는 허공에 뜬 발을 봤다.

"한눈팔지 말고 앞에만 봐."

말과 보폭을 맞춰 걷던 민주가 말했다. 콜리가 도로 정면을 응시했다.

"화물트럭에 탔을 때와는 느낌이 다르네요."

민주는 힐끔 콜리를 쳐다보고는 이제부터 달릴 거라고 말했다. 콜리는 민주의 명령대로 한 칸 더 높은 등자를 밟고 엉덩이를 안장에서 뗐다. 허벅지를 말 몸에 밀착시킨 후 상체를 앞으로 숙여 안장과 평형을 유지했다. 이를 '전경자세'라고 한다고 민주가 설명을 덧붙였다. 민주가 달리라는 신호를 말에게 보내자 말은 서서히 속력을 높이기 시작했다. 관절부터 발목까지 이어진 링크구조*의 하체는 콜리가 노력하지 않아도 스스로 반동을 흡수하며 위아래로 움직였고 엉덩이에 설치된 유압기는 안장에 닿는 충격을 줄였다. 투데이가 콜리의 존재감을 최대한 느끼지 않게끔 설계된 몸이었다.

---

* 두 개 이상의 장치를 연결해 서로 상호작용하게 만든 구조. 링크구조를 사용하면 경량화가 가능하고 모터를 사용하지 않아 유격이 발생하지 않는다.

투데이가 빨리 달릴수록 바람이 세게 불었다. 바람이 부는 것은 말의 갈기가 흩날리는 것을 보고 알았다. 한 올 한 올 흩어진 가닥이 어떻게 하나의 유기체처럼 물 흐르듯이 흐를 수 있을까. 콜리는 문득 갈기를 만져보고 싶었다. 잡고 있던 고삐를 놓고 갈기에 손을 뻗었다. 아무 감각도 느껴지지 않았다. 그렇지만 콜리는 손가락 사이를 타고 '흐르는' 갈기가 아름답다고 생각했다.

순간, 몸의 균형이 무너지면서 콜리가 크게 휘청거렸다. 그 모습을 본 민주가 콜리에게 고삐를 힘껏 잡아당기라고 외쳤다. 민주의 말대로 고삐를 힘껏 잡아당기자 투데이가 멈춰 섰다. 경기장을 가로질러 달려온 민주가 옆에 서더니 숨을 헐떡이며 말했다.

"고삐는 놓으면 안 돼. 왜 놓은 거야?"

마지막 물음은 질문이 아닌 질타에 가까웠으나 그 어조를 알아들을 리 없는 콜리가 태평하게 입을 열었다.

"갈기를 만져보고 싶었어요."

민주의 미간 근육이 뭉쳐지며 선 세 개가 생겼다. 오른쪽 눈썹이 왼쪽 눈썹보다 구부러졌다. 안면근육의 움직임을 보아서는 기쁨이나 슬픔, 분노가 아니라 조금 더 복합적인 감정을 드러내고 있었다. 민주는 콜리의 말을 이해하지 못하고 있는 듯했다. 민주는 더 이상 묻지 않고 뛰어오느라 가득 찼던 숨을 진정시키며 내려오라는 짧은 명령만 내렸다. 아쉽지만 콜리가 투데이에게서 내려왔다. 투데이의 목덜미를 툭툭 치는 것도 잊지 않았다.

짧은 훈련이 끝나고 콜리는 다시 좁은 방으로 들어갔다. 민주가 철창 문을 잠그기 위해 직원 카드를 꺼내는 걸 바라보다가 콜리가 물었다.

"잠그지 않으면 안 되나요?"

민주가 기기에 카드를 대자 자물쇠가 잠겼다. 민주가 콜리를 쳐다봤다.

"제가 문을 열고 나갈까 봐 잠그는 건가요? 제게 신뢰도가 없나요?"

"규정이야. 어쩔 수 없어."

민주의 대답에 콜리는 고개를 끄덕이고 물러났다. 문을 열어 봐 달라고 부탁하지 않았다. 규정을 지키는 것은 중요하다. 사회 질서는 모두가 약속된 규정을 어기지 않아야 유지된다는 것을 알고 있었다. 콜리에게도 그런 규정이 몇 가지 있었다. 하나는 인간을 공격하지 않는 것이고 또 하나는 인간의 명령을 따르는 것이다. 콜리가 가려는 민주에게 말했다.

"혹시나 규정이 바뀐다면 말해주세요."

민주는 대꾸하지 않고 기수방을 빠져나갔다.

그날 이후로 하루에 5시간씩 훈련을 했다. 5시간 내내 훈련을 한 건 아니었다. 사실 대부분의 시간을 기다리는 데에 썼다. 콜리는 긴 시간 동안 경기장에 우뚝 서서 하늘과 경기장 외벽 너머로 보이는 나무를 관찰하는 것에 몰두했다. 하늘은 매일, 매시간 색과 모양이 바뀌었다. 하늘은 파란색이었지만 가끔 보라색이나 분홍색, 노란색, 회색이 섞이기도 했다. 그렇게 섞인 색을 뭐라고 표현해야 할지 몰라 콜리는 '파랑분홍'이나 '회색노랑'으로 단어를 합쳐서 불렀다. 세상에는 단어가 천 개의 천 배 정도 더 필요해 보였다. 동시에 걱정이 들었다. 혹시 세상에 이미 그만큼의 단어가 있는데 자신이 모르는 건 아닐까. 그렇다면 그 단어들은 어디에서 알 수 있을까.

다양한 하늘이 존재했지만 콜리는 그중에서도 구름이 선명한 날을 좋아했다. 여기서 '좋아했다'는 더 자주, 더 오래도록 하늘을 바라봤다는 뜻이다. 구름은 제각기 다른 형태로 뭉쳐 있었으며 저마다 두께감이 달랐다. 하늘이 평면이 아니라 공간이라는 것을 알려주는 존재였다. 구름은 바람을 타고 흘러가기도 했다. 땅에 떨어지지 않고 하늘에 흐를 수 있는 물체라니. 무게가 있는 콜리로서는 불가능한 일이었다. 하루는 민주에게 구름을 만져보고 싶다고 말했다. 민주는 들은 체도 하지 않았다.

그러는 동안에도 콜리는 투데이와 날마다 가까워졌다. 콜리는 투데이의 목덜미를 꼭 쓸었고 때때로 잘 부탁한다고 말했다. 민주는 콜리의 말과 행동을 목격하고도 단 한 번도 행위의 이유를 묻지 않았다.

　콜리는 차츰 함께 있는 다른 휴머노이드는 자신처럼 하늘을 바라보거나 말의 목덜미를 쓸거나 민주에게 말을 걸지 않는다는 걸 알아갔다. 오작동이다. 분명 우연찮게 먼저 전원이 켜진 것도 내부의 어느 부분이 결함을 일으킨 것이리라. 하지만 그 이상의 의문은 없었다. 이를테면 왜 자신은 이런 생각을 하고, 왜 단어를 알고 싶어 하며 왜 좁은 방에서 시간을 헤아리고 있는지는 궁금해하지 않았다. 콜리의 반응은 언제나 즉각적이었고 바라보는 것에만 집중되어 있었다. 방에서는 하늘을 생각하지 않았고 경기장에서는 시간을 헤아리지 않았으며 말을 타고 있을 때에는 단어를 알고 싶어 하지 않았다.

　하지만 때때로 불쑥, 예기치 못한 곳에서 색다른 문장이 떠올랐다. 콜리는 몸속 어딘가에 문장을 담아두는 공간이 있고 문장이 거기에서 튀어나온다고 생각했다. 기수방 앞에서 걸음을 멈추며 콜리가 물었다.

　"왜 말을 타고 달리는 경기를 열게 됐나요?"

　민주가 당황한 표정을 지었다. 지금껏 이 물건은 어디에 쓰이냐, 하늘은 왜 파랗고, 비는 왜 오며, 이 흙은 왜 깔려 있느냐 따위의 범주에서 벗어난 질문이었다. 열심히 고민할 의도는 없었지만 민주는 적당한 답을 고르느라 시간을 꽤 잡아먹었다. 콜리에게 민주는 친절한 인간이었다. 적어도 콜리가 물었을 때 대답하지 않은 적이 없었다. 최소한 '몰라'라고도 대답했다. 그에 비해 코트를 입은 남자나 이곳에 가끔 들르는 남자들은 콜리가 '안녕하세요?' 하고 인사해도 눈 하나 깜짝하지 않았다.

"재미있으니까."

민주는 뱉어놓고 시시한 답변이라고 생각했으나, 그 이상의 적당한 답이 떠오르지 않았다. 어쩌면 정답일지도 모르겠다. 재미가 없었다면 애초에 경마는 사라졌을 거였다. 경마가 몇천 년을 이어올 수 있었던 이유는 단연코 '재미'일 테니까.

"누가요? 말이요?"

"아니, 인간이."

"인간이 재미있는데 왜 말이 달리나요? 그럼 인간이 달려야하는 거 아닌가요?"

하마터면 웃음이 터져 나올 뻔했다. 민주가 간신히 참았다.

"보는 게 재미있는 거지. 어떤 말이 1등 하나 내기도 하고…. 그리고 인간도 인간이 직접 달리는 경기가 있긴 있어. 말이 달리는 거와는 목적이 조금 다르지만."

"그럼 말은 왜 달려야 하나요?"

"말도 달리는 게 재미있겠지."

민주의 목소리에 귀찮음이 깔렸다. 말을 빨리 끝내기 위해 서

둘러 정리했으나 그걸 알 리 없는 콜리는 일관된 소리로 물었다.

"말이 재미있어하는 걸 어떻게 알죠?"

"이제 그만…."

"저도 알려주세요."

"뭐를?"

"저도 투데이가 즐거워하는지 알고 싶어요. 무엇을 봐야 알 수 있죠?"

대답은 이쯤에서 끝내겠다고 했어도 콜리는 이의를 제기하지 않았을 것이다. 하지만 민주는 질문을 모르는 체하지 않았고 콜리를 데리고 마사로 향했다.

민주는 투데이의 방 앞에서 멈췄다. 투데이가 철창 사이로 주둥이를 내밀었다. 민주가 콧등을 쓸며 투데이에게 인사를 건넸다.

"그곳은 왜 만지나요?"

"목덜미 만지는 거랑 비슷해. 너를 아낀다는 약속 중 하나지."

흉내 내려 손을 뻗었지만 콜리는 150센티미터의 작은 키 때문에 민주처럼 콧등을 쓸며 말을 끌어안을 수 없었다. 손바닥으로 코를 겨우 감싸는 정도였다. 민주는 콜리에게 왜 그렇게 말과의 교감에 집착하느냐고 묻고 싶었지만 물을 수 없었다. 콜리에게 질문하는 상상을 하면 기분이 묘해 견딜 수 없었다.

민주가 마방에 놓인 박스에서 흙 묻은 당근 하나를 가지고 왔다. 사람이 먹는 것보다 가늘고 길며, 모양이 비틀어진 당근이었다. 상품가치가 떨어져 팔 수 없는 당근들이 이곳으로 왔다. 물량이 풍족한 것은 아니어서 당근은 보통 처음 이곳에 온 말들에게 훈련을 시키거나 말이 사료 및 건초를 먹지 않을 때에만 지급되는 특별 간식이었다. 당근 냄새를 맡았는지 투데이의 숨이 거칠어졌다. 민주가 손바닥으로 투데이의 코를 막으며 기다리라고 말했다.

"등에 올라타봐. 도와줄게."

민주는 안장을 하지 않은 투데이에게 콜리가 올라앉을 수 있도록 겨드랑이를 붙잡고 들었다. 콜리가 투데이의 등을 감싸 안으며 올랐다. 안장 없이 앉는 것도 썩 나쁘지 않았다. 말의 털이나 살이 맞닿는 감촉을 콜리는 느낄 수 없지만 굴곡만 따져보았을 때, 오래도록 안장을 얹고 다닌 진화의 흔적 때문인지 투데이의 등은 평평해서 제법 안정적이었다.

"너 어디까지 느낄 수 있어? 감각 같은 거."

"피부로 전달되는 섬세한 촉감은 느낄 수 없어요. 뜨겁거나 차가운 것도요. 진동은 떨림을 감지하는 감지기로 알 수 있어요."

"그럼 좋다. 엎드려서 투데이의 등을 감싸 안아봐."

콜리는 민주의 말을 따라 두 팔로 투데이의 등을 감쌌다. 민주가 투데이에게 당근을 먹였다. 아작아작 당근을 씹는 진동이 느껴졌다. 곧이어 음식물을 받아내기 위한 몸의 미세한 움직임과 다소 빨라진 박동, 거칠어진 숨소리가 울림으로 전해졌다. 미약하지만 분명한 변화였다.

"즐거워하고 있는 건가요?"

"그렇지. 좋아하는 간식을 줬으니까."

민주는 확신할 수 없었지만 투데이가 즐거워하고 있다고 믿었다. 더불어 콜리도 자신의 대답을 꽤 마음에 들어 한다고 생각했다가 곧 그 생각을 지웠다. 콜리가 특이하기는 하지만 감정을 부여할 만한 대상은 아니었다. 콜리의 궁금증은 어디에서 나오는 건지, 소수의 기수 휴머노이드들에게 나타나는 현상인지, 아니면 이 세상에서 콜리 딱 한 대만 이런 것인지 궁금했지만 답을 알아낼 수는 없을 것이다. 그런 정보는 어쩌다 기수 휴머노이드를 만나게 된 민주에게 쉽게 오지 않았다.

콜리는 눈을 감고 투데이의 떨림을 느꼈다. 콜리가 무언가를 깨달았을 거라는 기대는, 민주의 오만이나 무지에서 나온 공상일까.

민주는 그쯤에서 콜리를 내려주었다. 이만하면 됐으니 그만 방으로 들어가라고 명령하자, 콜리는 투정도 없이 방으로 향했다.

콜리는 방에 웅크려 앉아 투데이의 등에서 느꼈던 진동을 떠올렸다. 메모리에는 '기쁨'이라고 저장해두었다.

다음 날 콜리는 민주의 말이 사실임을 알았다. 투데이가 빠른 속도로 달릴 때 콜리는 한 번 더 고삐를 놓고 투데이의 등에 손바닥을 얹었다. 당근을 먹었던 순간보다 더 빠르고 강렬한 진동을 만났다. 콜리가 말 등에 앉아 경주를 진행하도록 만들어진 것처럼 이 생물도 달리기 위해 누군가로부터 만들어진 것이 분명했다. 투데이가 행복해한다는 걸 알게 된 이후로 콜리는 투데이가 행복하다면 자신도 행복한 거라고 정의 내렸다. 갈기가 물처럼 흐르고, 기쁨의 떨림이 몸을 감쌌다. 투데이의 빠른 박동을 콜리는 오롯이 전달받고 있었다. 투데이, 행복한가요? 그럼 저도 행복한 거예요.

어느 순간부터 시합 전후로는 민주 대신 콜리가 투데이의 목덜미를 만졌다. 둘의 성적은 점점 좋아졌고 투데이의 몸값이 점점 뛰어오르던 어느 날, 콜리는 경기 직전 경호원이 보고 있던 경마 방송에서 나오는 해설자의 말을 들었다.

"투데이와 기수의 호흡이 잘 맞는 결과라고 볼 수 있죠."

호흡. 콜리가 아는 단어다. 그 지식을 미루어보아, 콜리는 숨을 쉬지 않는다. 몸이 공기와 화학적 반응을 일으켜 무언가를 흡수하고, 분해하고, 배출하는 과정은 생명이 가진 특권이었다. 콜리의 몸은 그 어떤 것도 흡수하고, 분해하고, 배출하지 않는다. 콜리는 에너지를 몸에 쌓아두고, 형태를 전환하고, 소비하기를 반복한다. 그런데 왜 호흡이 맞는다고 표현했을까.

"그냥 비유지. 합이 잘 맞는다는 이야기야. 파트너십이 좋다고 나 할까."

민주는 그렇게 대답했다. 콜리는 민주의 말이 정답이라고 생각하면서도 어쩐지 부정하고 싶어졌다. 콜리는 자신이 호흡한다고 믿었다. 민주는 무의식적으로 숨을 쉬었고, 숨을 쉴 때마다 미세하지만 몸이 부풀었다 줄어들었다. 그건 콜리가 마주치는 모든 인간과 동물의 공통점이었다. 호흡을 하면 몸이 자동으로 움직인다. 콜리도 원치 않지만 몸이 스스로 움직일 때가 있다. 투데이의 등에 앉아 주로를 질주하는 순간. 부푸는 것과는 다르지만 그때만큼은 누군가의 명령 없이도 투데이의 움직임을 따라 몸이 반동해 위아래로 흔들렸다.

"투데이와 달리는 순간만큼은 저도 호흡하고 있어요. 투데이의 호흡에 맞춰서…. 이것도 비유로 표현할 수 있지 않을까요?"

"그래, 그럴 수 있지."

투데이의 등에 앉아 달릴 때마다 콜리는 숨을 쉬었고, 호흡이 생명의 특권이라면 콜리는 그 순간만큼은 생명이었으며, 생명은 살아 있는 존재라는 뜻이었다. 콜리는 살아 있었다.

콜리는 그렇게 생각했다. 자신은 투데이가 달릴 때만큼은 살아 있다. 그렇다면 살아 있다는 것은 무엇일까.

하지만 이 점에 대해서는 민주에게 묻지 못했다. 투데이의 몸값이 5,000만 원 이상을 웃돌기 시작하자 둘을 관리하는 매니저가 따로 붙기 시작해 민주와 만나기 힘들어졌으며 새로운 매니저에게 자신이 살아 있다고 말하면 매니저의 반응은,

"미친 로봇이네."

대체로 이런 식이었다.

콜리는 민주와 다시 만날 날을 고대했으나 민주와 진득하게 이야기를 나눌 시간은 오래도록 오지 않았다. 비싼 말과 기수는 이따금씩 트럭을 타고 원정을 떠났고, 투데이는 좁은 트럭에서 식사와 배변을 함께 해결하며 씻지도, 쉬지도 못했다. 콜리가 해 줄 수 있는 건 목덜미를 쓸어주는 것뿐이었다. 투데이의 심장이 빠르게 뛰는 시간은 점점 줄었고 눈은 언제나 초점이 나가 있었다.

그래도 주로에 선 순간만큼은 달랐다. 콜리는 투데이가 자신과 오랫동안 함께 있어 닮아가고 있다고 생각했다. 투데이도 달릴 때에만 살아 있다. 투데이가 살아 있기 위해서는 달리는 수밖에 없었다.

콜리에게 채찍이 쥐어진 건 2개월 후였다. 매니저는 달리면서 투데이의 엉덩이를 채찍질하라고 명령했다. 콜리는 명령에 따랐다. 투데이는 채찍을 맞을 때마다 더 빠르게 달리려고 노력했다.

하지만 이상하게도 빨리 달리면 달릴수록 투데이의 속은 고요해졌다. 콜리는 납득할 수 없었다. 행복하지 않다니. 투데이는 달려야 살아 있음을 느꼈지만 살아 있는 동안 행복하지 않게 되었다. 콜리는 이 점 역시도 민주에게 물어야 할 목록에 넣었다.

한국 신기록이라는 명예의 타이틀을 달게 된 건 투데이가 시속 100킬로미터를 경신했을 때였다. 투데이의 몸값에는 억이라는 단위가 달렸다. 그렇다고 무언가 크게 달라지는 건 아니었다. 좋아하는 당근을 조금 더 자주 먹을 수 있었지만 투데이는 예전처럼 당근을 먹을 때 흥분하지 않았다. 힘내, 조금만 더 가면 돼. 경기 도중 투데이에게 콜리가 속삭였다. 그럴 때마다 투데이는 이렇게 말하는 것 같았다. 아파. 아파. 아파.

콜리의 곁에 민주가 있었더라면 그 일을 막을 수 있었을까. 민주는 콜리의 말을 못 들은 척하지 않았을 테니까. 둘을 관리했던 매니저는 투데이가 아파한다는 콜리의 말을 듣고도 듣지 못한 척하거나 시끄러우니 닥치고 있으라고 말했다. 콜리는 매니저의 명령을 따라 소리를 껐고, 투데이는 그렇게 신기록을 경신한 지 3개월 만에 무너졌다.

속도는 막판에 떨어졌고 1등을 유지하던 투데이는 어느 순간부터 2등, 5등, 심지어 9등까지 밀려났다. 야유는 쏟아졌고 몸값은 떨어졌으며 관심은 사라졌다. 콜리는 뭐든 상관없었지만 관절이 아파 걷기 힘들어하는 투데이를 치료하지 않는 것은 지켜만 보고 있을 수 없었다. 콜리는 마주치는 사람마다 투데이에게 적절한 치료와 휴식이 필요하다고 말했다. 하지만 아무도 듣지 않았다. 투데이는 서 있기 힘든 몸으로도 당근을 진통제처럼 씹어 먹으며 경기에 나가야 했다.

이대로는 죽어.

콜리는 그렇게 생각했다.

그래서 그날, 관중석이 꽉 찬 늦여름의 경기에서 콜리는 스스로 낙마했다. 투데이가 콜리의 무게를 힘겨워한다는 것을 알았기 때문이었다. 하지만 주로에 선 이상 투데이는 멈추지 못할 것이며 이 상태로 완주했다가는 영영 다리를 잃을지도 모른다고 판단했다. 그렇다면 실격시키는 것이 최선의 방법이었다. 콜리는 짧은 순간 완주해야 한다는 존재 이유와 투데이를 살려야 한다는 규칙 사이에서 고민했다. 그리고 길지 않은 시간을 들여 후자를 선택했다. 투데이를 지켜야 한다.

콜리가 푸른 하늘이 펼쳐진 스크린을 바라보다가 그 틈을 비집고 들어오는 햇빛을 찾았다. 콜리가 트럭을 탔을 때 처음 마주했던 햇빛처럼, 좁은 틈을 밀고 서로 들어오기 위해 발버둥 치는 모습이었다. 스크린이 없다면 더 좋았을 텐데. 투데이와 주로가 아닌 초원을 달릴 수 있다면 더 즐거웠을 텐데….

뒤따라 달려오는 말들이 보였지만 콜리는 스스로 바닥으로 떨어졌고, 트럭 같은 무게와 속력으로 달려오던 말발굽에 밟혀 골반과 하반신이 전부 부서졌다. 투데이는 살았다. 하지만 콜리는 존재 가치를 완전히 잃었다.

여기까지가 콜리의 삶 1막이었다.

콜리는 기수방에 있기 싫다는 마지막 소원을 이뤄 마방 옆 건초더미에 누워 하늘을 바라볼 수 있게 되었다. 며칠 지나지 않아 자신을 수거하러 올 하청업체가 도착할 거였고, 콜리의 몸은 조각조각 나뉘어 다른 기계의 부품으로 쓰이거나, 동력장치가 꺼진 채 한때 에이스였던 투데이와 호흡을 맞춘 기수로 경마박물관에 박제될 거였다. 콜리는 자신의 최후를 생각해도 이렇다 할 감정을 느끼지는 못했지만 되도록 오랫동안 하늘만 보고 있고 싶다고 생각했다. 그것이 아쉬움과 형태가 같다고는 깨닫지 못한 채로 말이다.

그때 한 소녀가 고개를 내밀었다. 소녀는 청바지에 검은색 반팔티를 입고 있었다. 헤어스타일은 민주와 비슷했는데 머리칼이 상했는지 조금 더 부스스했다. 햇빛이 소녀에게 쏟아졌고 부유하던 먼지들이 부스스하게 뜬 머리카락에 옮겨 붙는 게 보였다.

"안녕하세요?"

콜리는 소녀에게 말을 걸었다. 자신에게서 눈을 떼지 못하는 저 호기심 많은 눈동자가 자신을 구하리라는 걸, 소녀의 호흡으로 알았을 것이다.

"저에게 볼일이 있으신가요?"

머뭇거리던 소녀는 건초더미를 밟으며 다가와 부서진 콜리의 하반신을 들췄다.

"괜찮아요. 이미 망가졌으니까요. 경기 도중에 떨어졌는데 바로 뒤에 오던 선수에게 밟혔어요. 제 실수죠. 딴생각을 하면 안 됐는데 문득 하늘이 푸르다는 생각을 했어요. 날이 맑은 날 초원을 뛰고 있다는 상상을 했거든요. 스크린으로 보이는 가짜 말고 진짜요. 진짜 초원을 달려본 적 있나요?"

소녀의 답변을 듣고 싶었지만 민주가 마방으로 들어오는 바람에 그럴 수 없게 되었다. 소녀는 나가는 순간까지 계속 콜리를 힐끔힐끔 쳐다봤다.

다음 날 콜리는 전원이 꺼졌다.

콜리의 마지막 기억은 민주가 누군가와 통화를 하며 설득하고 애원하던 모습을 본 것이었다. 어차피 쓸 수 있는 부품도 몇 안 돼서 팔아봤자 80만 원도 못 받는다니까요. 하청업체한테 파는 것도 불법인데 뭐가 더 불법인지 따져서 뭐 하시게요? 아니, 제가 따지는 게 아니라… 예예. 신고하지 못하도록 잘 이야기하죠. 그런 사람 아니라니까요. 민주가 짧은 시간 동안 그토록 다채롭게 감정을 토로하는 걸 콜리는 처음 봤다. 마방을 오가며 통화를 하던 민주는 마침내 전화를 끊고 웃으며 콜리에게 다가왔다. 거기서 잘 살아봐. 민주는 그렇게 말하고 콜리의 전원을 껐는데, 콜리는 민주가 자신에게 '살아'라고 표현한 것을 잊지 않도록 메모리에 저장해두었다.

다시 눈을 떴을 때에는 그때 보았던 소녀가 눈앞에 있었다. 콜리는 건초더미 위가 아닌, 지붕이 있는 한 가정집의 2층 방 안에 있었다. 소녀는 콜리와 마주 보고 앉아 입을 열었다.

"우연재."

이건 소녀의 이름.

"너는 브로콜리."

"…."

"줄여서 콜리."

그리고 이건 콜리의 이름.

콜리는 그렇게 콜리가 되었다. 그리고 이제 콜리에게 삶의 2막을 열어준 위대한 소녀의 이야기를 할 차례다.

연재

연재가 기억하는 자신의 최초 일탈은 열한 살 때의 일이다.

연재는 그날 정규 수업을 마치고도 학교에 남아 며칠 후에 있을 체육대회 이어달리기 연습을 하고 있었다. 총 여섯 반이 앞 반과 뒷 반으로 팀을 나눠, 각 반에서 두 명씩 대표로 참가하는 경기였다. 마지막 주자를 제외하고 다들 반 바퀴씩. 연재는 3반 대표 중 한 명이었고 고만고만한 아이들 중에서 독보적으로 빨라 마지막 주자가 되었다. 앞 반 이어달리기 팀의 담당자는 연재의 담임 선생님이었다. 담임 선생님은 연재에게 거는 기대가 컸는데, 모든 아이들의 실력이 엇비슷했기에 누가 잘못해서 넘어지거나 삐끗하기라도 한다면 바로 추월당할 것이 그려지는 모양이었다. 그래서 독보적으로 빠른 연재에게, 뒤처지고 있더라도 추월할 만큼의 빠른 속도를 요구했다. 연재가 뛰는 게 남들보다 쉬워 보였는지 혹은 연재의 표정이 유독 여유롭게 느껴져서 그랬는지는 몰라도 연재가 뛸 때마다 유독 '더!'를 랩 하듯이 외쳤다. 연재가 내딛는 한 걸음, 한 걸음에 '더'가 밟혔다. 아작아작 구겨지는 소리 때문에 시끄러워 이골이 날 지경이었다.

그게 못 견디게 지겨워졌던 찰나 연재는 정해진 레일을 이탈했다. 하필 견딜 수 없었던 그날이 체육대회였던 건 유감이었지만. 연재는 커브길에서 방향을 틀지 않고 그대로 질주했다. 사방이 고요해졌다. 힘차게 응원하던 소리가 멀어져서 들리지 않았던 건지 아니면 연재의 돌발 행동 때문에 모두가 얼어붙은 것인지 구분할 수 없었다. 연재는 그저 더 빨리 뛰라는 목소리가 지겨웠을 뿐이고 그렇게 레일을 벗어나 학교 정문을 통과해 막다른 길이 나올 때까지 계속 달렸다.

다음 날 담임 선생님은 아이들 앞에서 연재를 세워두고 어제 왜 그렇게 달려갔느냐고 물었다. 물론 연재는 자신의 행동 탓에 그간 아이들이 해온 훈련이 수포로 돌아간 것에는 미안함을 느끼고 있었다. 하지만 어쩌겠는가, 시간을 되돌릴 수도 없는걸. 대신 연재는 이렇게 답했다. 더 빨리 달리라고 해서 너무 빨리 달리다 보니 자신의 속도를 감당하지 못했노라고. 어느 정도로 빨리 달렸느냐면 그대로 경마장에 들어가 레일에서 달리던 말과 나란히 뛸 정도로 빨리 달렸다고 말했고 담임 선생님은 붉으락푸르락해진 얼굴로 교실을 나갔다. 친구들은 연재의 책상으로 몰려왔다. 모두들 그 말을 진심으로 믿지는 않았지만 어제의 너는 정말 말처럼 빨리 달려 운동장을 나갔더라고, 네가 그렇게 나가고 당황한 교장 선생님이 마이크를 잡고 말을 계속 더듬었다는 등 그 후의 일화를 떠들었다.

연재는 웃으며 듣기만 했다. 자신이 했던 말이 모두 사실은 아니었지만 그렇다고 모두 거짓은 아니었다고 구태여 말하지 않았다. 연재는 어제 그렇게 달려 정말로 경마장에 도착했고, 그 안에서 연습하고 있는 말들을 봤다. 들어가서 같이 뛰지는 않았지만.

속도가 가늠되지 않을 정도로 빠르게 뛰는 말과 그 위에서 안정적인 자세로 말의 고삐를 붙잡고 있던 기수 휴머노이드는 지구 한 바퀴도 거뜬히 달릴 수 있을 것 같았다. 제일 선두에 있던 경주마가 결승선을 넘었고 전광판에서는 시속 80킬로미터가 찍혔다. 훈련 중이었으므로 아무런 환호성도 들리지 않았지만 연재는 주말이 되면 이곳에서 터져 나오던 함성을 들으며 자랐다. 아마 지금쯤 사람들은 얼굴을 흥분으로 시뻘겋게 달구며 소리지를 것이다. 사람들이 환호하는 속도는 최소 시속 80킬로미터다. 사람들은 빠른 속도에 환호했고 그 속도를 선망했다. 인간의 다리로는 절대로 불가능한 말의 속도를 말이다.

연재는 종종 레일을 벗어나 달렸던 열한 살을 떠올리며, 그때 이곳으로 돌아오지 못할 만큼 멀리 뛰었어야 했다고 생각했다. 경마장이 아니라 아예 이 한반도 끝까지 말이다. 한 번 기회를 놓치니 두 번째는 영 쉽지 않았다. 레일을 이탈했다는 낙인이 찍힌 탓인지 그 후로는 연재에게 달릴 기회가 오지 않았기 때문이었다. 돌이켜보면 열한 살의 자신은 운동장이 아니라 이 동네를 떠나고 싶어 필사적으로 달렸던 게 분명했다. 이 동네를 벗어난다고 해서 갈 곳이 마땅했던 것도 아니었지만. 하지만 이런 생각조차도 현실을 살아가는 데에는 별 도움이 되지 않는다는 걸 알고 있었다. 순간의 변명밖에 되지 않았다. 간절하게 원했다면 진작 뛰어나갔어야 했다. 지금 이 생각이 들기도 전에 말이다.

연재는 휴대폰에 찍힌 월급 내역을 뚫어지게 바라보다 혹시나 싶어 '0'의 개수를 다시 세었다. 80만 원이 맞았다. 평소보다 5만 원을 더 얹은 월급이었다. 퇴직금에 가까웠지만 퇴직금이라기에는 턱없이 부족한 돈이었으니 보너스라고 부르는 게 어울렸다. 아니면 위로금이라든가. 더 쳐다본다고 금액이 갑자기 올라가는 것도 아니었으므로 연재는 휴대폰을 주머니에 넣었다. 점장은 '월급에 아무 이상 없지?'를 표정으로 대신했다. 연재도 고개를 끄덕이는 것으로 대답을 대신했다.

"다음 달에 최저시급이 또 오른다니 나 같은 점주들이 살 수가 있어야지. 편의점도 입에 풀칠만 하는 장사라, 아르바이트생이 없으면 가게 운영이 안 되는데 그 비용이 지금도 반이야, 반. 수익의 반이 아르바이트생의 월급으로 나간다고. 그런데 최저시급이 또 오르면 그냥 장사 접으라는 거 아니야. 안 그러냐?"

연재는 아무런 대꾸도 하지 않았다. 점장도 딱히 연재의 공감을 얻기 위해 말한 것은 아닌 것 같았다. '너를 자를 수밖에 없는 안타까운 나' 정도의 자기변명일까. 지금 누가 누구한테 신세를 한탄하는 건지. 아무리 장사가 힘들다고 한들 편의점 점주와 당장 다음 달부터 생활비가 걱정인 학생 중에서 누가 더 형편이 좋지 않겠는가. 하지만 연재는 모든 말들을 눌러 삼켰다. 그래도 점장은 의리를 마지막까지 지켰다.

처음부터 열일곱 살인 연재를 덥석 채용하지는 않았다. 연재가 교복을 입고 뻔뻔하게 이력서를 내밀었을 때 점장은 헛웃음을 치며 이력서를 보지도 않고 도로 돌려줬다. 적어도 교복은 벗고 오지 그러냐? 점장은 그렇게 말하면 학생은 채용하지 않는다는 말을 연재가 알아들으리라 생각한 모양이었다. 물론 연재역시 알아들었다. 그렇지만 채용 사이트에 성인부터 지원 가능이라는 공고를 보고도 교복을 입고 찾아갔던 연재였으니, 당연히 그다음 날 사복 차림으로 다시 찾아가 이력서를 내밀었다. 그날도 점장은 이력서를 보지도 않고 돌려줬다. "화장이라도 하고 와요?" 하고 연재가 톡 쏘아 물으니 "요즘은 학생도 화장은 기본 아니냐?" 하고는 그래봤자 소용없다고 연재를 돌려보냈다.

연재는 그다음 날에도 찾아갔다. 진짜로 화장을 하고 오라는 뜻은 아니었던 것 같았으니 굳이 하지도 않던 화장을 하는 수고는 생략했다. 그날 점장은 이미 새로운 아르바이트생을 구했다고 연재의 희망을 뿌리째 뽑았다. 하지만 절망은 금세 기회로 탈

바꿈했다. 새로 뽑은 아르바이트생이 다른 일자리를 구해 출근하지 못하겠다고 문자로 연락을 남긴 것이다. 편의점 손님용 탁자에 앉아 이마를 감싸 쥔 채 실의에 빠진 점장에게 연재는 기회를 놓치지 않고 이력서를 다시 내밀었다.

"향후 점장님이 저를 자르기 전까지 그만둘 생각 없어요. 미성년자 근로를 위한 본인 신청서 작성했고요, 부모님이랑 학교장 확인도 받아왔어요. 지방 노동관서에 신청은 해뒀는데 심사는 아직 안 나왔지만 곧 허가발급 될 거예요. 저 쓰시는 거 불법 아니니까 걱정하실 필요는 없어요. 저는 근로계약서만 잘 써주시면 노동청에 신고하지도 않을 거고요. 주말 일인데 저는 불금이나 불토의 개념도 없어서 술 마시고 늦게 출근하거나 못 나오는 경우도 없을 거예요. 저 담배 종류도 다 외웠는데 여기서 한 번 읊어볼까요?"

점장은 연재가 담배 종류를 다 읊기 전에 이력서를 받았다. 내일부터 출근할 수 있냐는 말에 연재는 지금 당장도 괜찮다고 말했다.

점장은 마흔에 가까운 나이였지만 아직 미혼이었고 이후에도 결혼 계획은 없으며 남들이 말하는 순차적인 삶에도 별 관심이 없는 사람이었다. 그러니까 타인이 규정한 정상의 삶에도, 타인의 삶에도 별 신경 쓰지 않았다. 지금까지 연재에게 단 한 번도 집 사정을 물어 오지 않는 것만 봐도 알 수 있었다. 보너스를 주는 일은 없었지만 월급은 단 한 번도 미룬 적 없었다. 연재는 점장과 스타일이 잘 맞는다고 생각했다. 별 탈 없으면 적어도 성인이 될 때까지는 여기서 일할 줄 알았는데 이렇게 7개월 만에 복병이 생길 줄은 꿈에도 몰랐다.

"다 살아남으려고 아등바등하는 거 아니냐. 너도 이제 몇 개월 후면 2학년인데 공부에 매진할 때야. 공부해, 인마. 남들 주말이면 학원 돌아다니느라 바쁘다던데. 지금 돈 벌어봤자 아무 소용도 없어. 나중에 돈 버는 게 진짜 돈 버는 거다."

헤어지는 마당에서야 꼰대 짓은 뭐람. 이번에도 연재는 대꾸하지 않았다. 대신 소리가 나는 쪽으로 고개를 돌렸다. 편의점 창고 문이 열리더니 그 안에서 서비스직 업무용 휴머노이드 '베티'가 물품 상자를 들고 밖으로 나왔다. 베티는 연재를 보고는 손님이라 인식했는지 얼굴판에 웃음 표시를 띄웠다.

"어서 오세요. 필요한 게 있으면 저 베티를 불러주세요."

"허."

연재는 헛웃음을 뱉었고 점장은 멋쩍게 웃었다. 언제는 로봇 따위와는 일하지 않는다더니. 자고로 직장 동료 간에는 서로의 정서적 유대감이 가장 중요하다고 하지 않았었나. 기가 막혀 아무 말도 하지 못하는 연재의 생각을 읽었는지 점장이 묻지도 않은 변명을 늘어놓았다.

"아르바이트생 한 명 쓰는 것보다 쟤가 훨씬 싸더라고. 더군다나 베티에 기능이 얼마나 더 많은데. 진열한 식품들 유통기한을 외우는 건 물론이고 신분증 사진이랑 본인 확인 기능도 있고, 24시간 녹화되는 기능도…"

점장이 연재의 표정을 슬쩍 보고는 우물쭈물 말을 물렀다.

"그냥 그렇다는 거지."

그렇게 주눅 들었던 게 억울했는지 점장이 대뜸 목소리를 키워 말했다.

"왜 요즘 다 베티를 가져다 쓰겠어. 인건비가 비싸지니까 먹고 살려고 하는 거지. 쟤가 초기 비용은 비싸도 장기적으로 생각하면 훨씬 낫고. 야, 그래도 나는 너랑 오래 일하려고 꽤 버텼다? 월급도 꼬박꼬박 주고 쉬는 날 부르지도 않았잖아."

"…."

"나도 휴머노이드니 로봇이니 낯설고 그래. 그런데 사람이 산다는 게 끊임없이 낯선 것에 도전하는 거잖아. 그치?"

"누가 뭐랬어요?"

점장이 죄지은 것처럼 고개를 푹 숙였다. 물론 연재도 자신이 지나치게 까칠하다는 건 느꼈다. 점장에게 그동안 고마웠다고 말하기도 부족한 마당에 되지도 않게 화를 내고 있다는 것도 말이다. 하지만 지금 당장은 곧 죽어도 고마웠다는 말이 나오지 않았다.

"또 경마하는 데 돈 꼬라박은 건 아니고요?"

"당연히 아니지. 너 이 점장님을 뭘로 보고."

"버는 족족 거기다가 쓰니까요. 아무튼 알겠어요."

연재는 점장과 베티를 한 번씩 쳐다보고는 몸을 틀었다. 점장은 붙잡지는 않았지만 언제든 놀러 와 라면 한 컵씩 공짜로 먹고 가라고 외쳤다. 내가 거지새끼도 아니고. 그렇게 생각하며 편의점 문을 열고 나온 순간 연재는 그래도 지금까지 버티면서 자신을 써준 점장에게 감사했다는 인사는 했어야 하지 않았나 싶었다. 사람 일이란 게 어떻게 될지 모르는 건데. 그런 얄팍한 갈등으로 편의점 문 앞에서 잠시 망설였지만 연재는 끝내 다시 들어가지 않았다. 점장도 크게 신경 쓰지 않을 것이다. 다음에 뻔뻔하게 찾아가 그동안 베티랑 잘 지내셨냐며 물어도 점장은 그러려니 할 사람이었다.

연재도 실은 머지않아 베티가 이 편의점에도 들어올 것을 알고 있었다. 베티는 2004년에 K대학교에서 만들었던 한국 최초의 이족보행 인간형 로봇 '휴보'의 진화형 모델이자 보급형 모델이었다. 외형은 비슷했으나 기능이 더 추가되었고 움직임이 인간의 관절처럼 부드러웠다. 결국 이 세상은 수지타산이 얼마만큼 맞느냐로 돌아가는 것인데, 점장의 말마따나 이제는 인간 한 명을 고용해 쓰는 것보다 휴머노이드 한 대의 비용이 더 저렴했다. 만일 편의점을 찾는 사람들이 베티를 불편하게 생각했다면 베티가 편의점 아르바이트생을 내쫓는 일은 일어나지 않았을 것이다. 하지만 베티는 편의점을 찾는 무례한 손님들, 이를테면 다짜고짜 '담배'만 외치는 아저씨들을 보고도 기분 상하지 않았으며 저장장치의 기록에서 이 손님이 매일 사 갔던 담배를 찾아내 알아서 계산대에 올렸고, 라면을 먹은 후 치우고 가지 않는 손님을 보고도 인상 한 번 찌푸리지 않고 테이블을 정리했으니 어느 면에서 보나 베티가 더 편리했다.

최저시급이 다음 달이면 1만 5,000원으로 오른다. 연재 입장에서야 기쁜 일이었지만 점주들에게는 꽤 버거운 일이 아닐 수 없었다. 아무 대책 없이 최저시급만 올리니 결국 점주들은 아르바이트생을 자르고 초기 비용이 비싸더라도 장기적으로는 훨씬 이득인 베티를 들여놓기 시작했다. 어쩔 수 없었다. 아무리 생각해도 연재에게는 베티처럼 모든 손님의 데이터를 외워둘 머리가 없었다. 이렇게라도 점장을 이해해보려고 하다가, 연재는 곧 스스로 안쓰러워 그만두었다. 오지랖 부리며 생각하지 말자. 짜증 나면 짜증 나는 거지 초기 비용을 자신이 왜 따지고 있나 싶었다.

여름을 끝내는 장맛비가 이틀 내내 쏟아지더니 9월이 되자마자 가을이 왔다. 지난여름까지만 해도 가을이 완전히 사라질 것처럼 더위가 기승을 부리더니 또 올해 여름은 더위가 왔는지도 모를 만큼 선선했다. 2100년이 오기 전에 지구는 불타 멸망할 거라고 유치원 때부터 주장해왔던 연재의 '지구화형설'은 조금씩 신빙성을 잃었다. 안타까운 일이었지만 연재가 발붙여 사는 동안에 지구가 멸망하지 않을 거라면 계속 열심히 사는 수밖에. 이것도 짜증 나지만.

일을 잘렸다고 말해도 보경은 일을 한다고 했을 때처럼 미적지근한 반응일 거였다. 보경은 언제나 연재가 선택한 일에 크게 반기를 들지 않았다. 엄마로서 무신경하다는 소리는 아니었다. 정말로 무신경했다면 연재가 소프트 로봇 연구 프로젝트의 최종 면접에서 떨어졌을 때 연재를 데리고 강원도로 떠나지도 않았을 거였다. 그때 연재는 자정에 무작정 자신과 은혜까지 태워 목적지도 말하지 않고 출발한 보경이 성가셔 눈물이 날 지경이었다. 제발 자신에게 청승맞게 울 시간 좀 주면 안 되냐고 소리치고 싶었지만 그럴 기력도 없어 차 뒷좌석에 앉아 가는 내내 입을 꾹 다물고 있었다.

보경은 새벽 3시쯤 어딘가에 차를 세웠다. 빛 하나 없는 어둠뿐인 곳이지만 창문을 열면 저 멀리서부터 파도 소리가 들렸다. 이곳이 바다라는 것은 알았지만 그래서 도통 뭘 하자는 건지 알 수 없어 계속 입을 다물고 있었고 그렇게 까무룩 잠들었다. 은혜가 연재를 깨운 것은 2시간 후였다. 새벽 5시를 조금 넘긴 시각, 주변이 푸르게 변해 깎아지른 듯한 바위산과 바다가 사진처럼 보였다. 연재가 차에서 내렸다. 보경이 자동차 보닛에 돗자리를 깔아두고 연재에게 앉으라고 손짓했다. 연재는 군말 없이 보경 옆에 앉았다. 머지않아 바다의 수평선에서 붉은 해가 머리를 들어 올렸다. 연재가 보았던 어떤 해보다 커다랗고 선명한 해였다.

붉은 해는 아주 천천히 떠올랐다.

"해가 뜨는 게 참 예쁘다, 연재야."

보경이 던진 말은 고작 그게 전부 다였지만 연재는 왜 새해가 되면 사람들이 해돋이를 보러 가는지 어렴풋이 알 것 같기도 했다. 연재는 한참 동안 해를 바라보다가 입을 열었다. 지금 말하지 않으면 어쩐지 다시는 말하지 못할 것 같았다.

"마지막 질문이 뭐였더라. 기술의 발전이 인간에게 무엇을 가져다주느냐였나 무엇을 가져다주어야 한다고 생각하느냐였나. 아무튼 그런 비슷한 거였는데 대답을 못 했어."

"왜?"

"같이 면접 봤던 애들이 전부 다 유학파였거든. 걔네 입에서 나온 기술은 내가 사는 세상이랑 차원이 다르더라. 그러니까 정말 미래를 보는 눈이었어. 몰라, 나는 무슨 말인지도 못 알아들어서 기억도 안 나네. 말하기가 부끄러워서 입도 안 열었어. 비웃을 거 같아서."

그 후에 보경이 뭐라고 대답했는지는 떠오르지 않았다. 단지 연재는 바다를 보고 와서 마음이 후련해졌다는 것만 기억했다. 어찌 됐든 보경은 이번에도 대수롭지 않게 생각할 거였다. 애초에 밖에서 돈을 벌어 오라 한 적 없었으니 말이다. 내심 공부에 전념하기를 바랄지도 모르지.

버스를 타려다가 연재가 방향을 틀어 막계천을 따라 걷기 시작했다. 조금 빙 둘러 가는 길이기는 했지만 연재는 걸으며 앞으로 어떻게 살지 궁리를 해보려고 했다.

점장의 말처럼 시험 두 번만 더 치면 열여덟 살이었다. 그 나이면 진로를 거의 확정 짓고 대학을 가느냐 아니면 연구원으로 일찍 빠지느냐, 그것도 아니면 다른 생산직으로 가느냐, 창업을 하느냐, 전문직이나 기술직으로 가느냐를 결정했다. 대학이 필수였던 시대가 한풀 꺾이면서 진로를 결정하는 시기는 더 앞당겨졌다. 작년까지만 해도 연재의 꿈은 소프트 로봇 연구원이었는데 이제는 그마저도 희미했다. 왜 이 일을 하고 싶고 그래서 무엇을 목표로 하고 있느냐에 대한 답을 내릴 수 없었다. 로봇이 좋고 또 돈을 많이 벌잖아요. 그 말이 제일 가까운 답이었는데 어쩐지 그대로 뱉으면 블랙리스트에 올라 서류에서부터 탈락할 것 같았다.

연재가 고민과 함께 걸음을 멈춘 것은 '스트린'이 전날 과음한 아저씨마냥 전봇대를 붙잡고 구역질을 하고 있었기 때문이었다. 불과 몇 분 전에 편의점을 나오면서 오지랖 부리지 말자고 생각 했으므로 연재는 스트린이 전봇대를 붙잡고 토를 하든 춤을 추든 무시하려고 했으나 결국 몇 걸음 지나치지 못하고 돌아왔다. '내 손길 한 번이면 저 고통을 멈출 수 있는데…' 연재는 스트린 이 느끼지 못할 고통까지 생각했다. 그냥 지나치면 수리업체가 올 때까지 저 짓을 반복하고 있어야 했다. 연재가 굵직한 한숨을 내뱉으며 스트린의 등을 어루만졌다. 매끈한 알루미늄을 어루만 지다 일시정지 버튼을 찾아냈다. 버튼을 누른 후 뚜껑을 열었다. 스트린을 함부로 만질 경우 공공재물손괴죄로 벌금이나 실형이 따를 수 있으나 이런 식으로 고장 난 스트린을 고쳐주는 경우는 예외다. 엄밀히 따지자면 이 역시 안 되는 행위지만 운이 좋았던 건지 연재는 지금껏 스트린을 고쳐줬다는 이유로 소환된 적 없 었다.

스트린이 완전히 멈춘 후에야 연재가 배 속을 찬찬히 뜯어봤 다. 종이를 제외한 모든 쓰레기는 내장된 통으로 압축되어 들어 갔고 종이는 파쇄기에 한 번 갈렸는데 그 파쇄기 부분에 롱 스 카프가 엉켜 있었다. 무식한 방법으로 빼냈다가는 더 고장 난다는 걸 알고 있었지만 이 스트린 자체가 구형 모델이었으므로 아마도 고장 나기 직전까지 돌리다가 폐기할 셈인 듯했으니 연재는 신경 쓰지 않고 팔을 넣어 롱 스카프를 붙잡았다. 파쇄기에서 롱 스카프를 힘으로 잡아 뽑았다. 종이를 찢는 롤러에 단단히 엉켰는지 도저히 나올 기미가 보이지 않았다. 연재는 결국 발바닥으로 스트린의 엉덩이를 힘껏 밀었다. 드득드득, 뻑뻑하게 돌아가는 소리가 나더니 곧 롱 스카프가 단숨에 뽑혀 나왔다. 연재가 넘어지기 직전에 몸을 일으켰다. 스트린의 전원을 다시 켰다. 연재가 익숙한 문장을 소리 없이 따라 했다.

"안녕하세요? 저는 거리의 수호신 스트린이에요. 거리의 깨끗함은 저에게 맡겨주세요. 쓰레기는 거리에 버리지 말고 집으로 가져가주세요. 함부로 버린 쓰레기에 길고양이가 다칠 수도 있습니다."

"그래그래, 수고하고."

연재가 스트린의 어깨를 팡팡 치자, 스트린은 성인 남성처럼 큰 몸을 움직이기 시작했다. 허리가 다리보다 긴, 비율이 좋지 않은 몸이다. 어쩔 수 없다. 스트린의 몸은 길거리의 쓰레기를 담기 위한 용도로 만들어졌으니. 연재가 손에 들린 롱 스카프를 돌돌 말아 옆구리에 꼈다. 또 어디서 이상한 걸 먹지는 않을까, 불안한 눈으로 스트린 꽁무니를 좇았지만 이내 자신이 더 관여

할 일이 아님을 깨달았다.

닭요리 전문점 삼계탕 닭볶음탕 닭칼국수 여름철 별미 초계탕 초계국수 냉면

요란한 문구가 네온사인 전광판에 번쩍이며 스쳐 지나갔다. 점심 장사를 막 끝낸 주방은 바빴다. 식기세척기가 그릇을 가득 담아 버거운 상태로 돌아갔고 다 치우지 못한 야외 테이블에는 음식 찌꺼기가 눌어붙어 있었다. 똥파리가 테이블로 모여들어 이제 막 2차 파티를 벌이려는 참이었다. 연재가 곧장 평상으로 걸어가 행주를 쥐었다. 이미 눌어붙은 찌꺼기를 테이블이 흔들릴 정도로 힘줘 닦았다. 테이블 곳곳에 남아 있는 자국들은 대체로 오랫동안 굳어 있던 음식이었다. 연재가 테이블을 세 개째 닦고 있을 때 보경이 헐레벌떡 뛰어나왔다.

"언제 왔어?"

보경은 연재를 보고는 내심 반갑게 물었다.

"오늘 늦는 날 아닌가?"

"점심때 또 단체 손님 왔어?"

"저기 과학관에서 무슨 세미나 있었나 봐. 웬 과학자인지 연구원들인지 아무튼 다들 정장 쫙 빼입고 왔다 가셨네."

경마경기가 없는 날이면 가게는 거의 문을 닫은 것과 다를 게 없었다. 주말 하루 장사로도 먹고살 정도의 수입은 있었지만 이렇게 평일이나 토요일에 단체 손님 예약이 있는 날이면 보경은 공돈이 생긴 것처럼 좋아했다. 연재 입장에서도 평일 내내 파리만 날리는 것보다야 나았지만 경기가 있는 일요일을 빼면 직원이 없기에 보경 혼자 손님을 받는 게 여간 힘든 일이 아니었다. 보경 얼굴에 피곤이 고스란히 묻어 있었다. 정작 본인은 돈 벌어 행복한 게 전부라는 듯이 굴었지만.

"단체 있으면 미리 말을 하지."

"일 가는 애한테 뭘 부탁한다고."

보경은 곧 이 시간에 연재가 이곳에 있다는 게 이상하다는 것을 알아차리고는 연재에게 왜 여기 있느냐고 물었다. 연재는 테이블을 마저 닦으며 말했다.

"잘렸어."

"유감이네."

보경의 반응은 더 담담했다.

은혜의 지정석은 테이블에 그늘을 만들어주는 커다란 오동나무 밑이었다. 은혜는 점심 장사가 끝날 즈음이면 오동나무 밑으로 슬금슬금 기어 나와 태블릿으로 영화를 보거나 책을 읽었다. 하지만 오늘은 오동나무 밑에 은혜가 없었다.

"우은혜는?"

보경은 물음에 대한 대답 대신 잔소리를 얹었다.

"언니라고 하라니까."

'새삼스럽게'라는 단어가 입에 올랐지만 연재는 굳이 '언니'라고 내뱉지 않았다. 연재는 보경에게 듣지 않아도 은혜가 갈 만한 곳을 이미 알고 있었다. 마지막 테이블까지 서둘러 닦고는 연재가 앞마당을 가로질렀다.

"엄마도 벅차면 로봇 하나 식당에 들이든가."

혼자 아등바등 손님이 빠져나간 테이블을 치우고 있는 모습이 안쓰러워 말했으나 보경에게서는 칼 같은 대답이 들려왔다.

"싫거든."

예상했던 반응이었다. 어차피 긍정적인 답을 기대하지도 않았으며, 방금 로봇 때문에 일자리를 잃고 온 사람이 할 말은 아니었던 것 같아 연재가 황급히 가게를 빠져나왔다.

막계천을 둘러 대공원까지 연결되는 이 일대는 한때 여름이면 풀이 무성하게 자라는 곳이었으나 이제는 사시사철 먼지 섞인 모래만 가득했다. 사막이 커져만 간다더니 연재는 한국 땅에서 가장 먼저 사막이 형성된 곳이 제집 주변이라 생각했다. 옅은 바람이 불어왔다. 손바닥으로 입과 코를 가렸다. 뿌연 모래바람이 훅 끼쳤다가 사라졌다. 연재의 발걸음은 경마공원으로 향했다.

몇 년 전 입구를 새로 만든 경마공원은 주말이면 네온사인 불빛으로 빛났다. 그 앞에는 VIP 고객을 낚기 위한 호객행위가 넘쳐났으며 실시간 중계 현황을 위해 파견 온 방송국 차량으로 인산인해였다. 대공원 옆에 자리 잡은 경마공원은 어느새 '제2의 꿈의 나라'라는 별칭을 얻었다. 오롯이 어른들을 위한 월드였다. 죽었던 경마장의 열기가 다시 살아난 것은 새로운 기수가 등장하면서부터였다. 그 기수는 어찌나 대단한지 낙마해도 죽거나 다치는 일이 없었다. 파손이 심할 경우 폐기되기는 했지만 어쨌든 기수가 죽음으로부터 자유로워지니 말의 속도도 점점 빨라졌다. 레이싱 같은 속도의 쾌감에 사람들은 다시 빠져들었고, 점점 베팅금에 거액의 전자화폐가 걸리면서 로또보다 더 크게 한탕하려는 사람들이 등장했다. 이런 입소문을 타고 너도나도 인생 2막을 꿈꾸며 경마공원에 발을 들였다.

이 주변 상권은 경마장이 전부 살렸다. 연재의 집만 해도 당장 오늘내일하던 가게였으나 경마장이 다시 활성화되면서 경마가 열리는 일요일, 딱 하루에 일주일 벌이를 몰아서 벌고 있었다. 하지만 그렇다고 해서 입에 풀칠이나 하던 생계가 드라마틱하게 나아진 것도 아니었다. 딱 일주일이 지나면 떨어질 돈이었다.

연재는 아르바이트에서 잘렸다는 사실을 다시 상기했다. 조금만 덜 근면 성실하고 겁이 없었으면 경마에 돈을 걸어보는 건데,

그 주위를 맴돌다 자라면서 보게 된 건 억만장자가 되어 나가는 이들보다 그나마 있던 돈까지 죄다 잃고 쫓기듯 나오는 이들이 더 많다는 현실이었다.

북문매표소는 뼈대만 남고 침식된 유적처럼 서 있었다. 급변해가는 경마장에서도 혼자만 고고하게 세월을 지키는 터줏대감 같았다. 쓰지 않는 매표소는 보안관의 은밀한 쉼터로 이용됐다. 굳게 닫힌 철문을 흔들던 연재가 방향을 틀어 매표소로 향했다. 그러고는 뻑뻑한 창문을 있는 힘껏 밀어젖혔다. 매표소 안에서 이불을 깔고 단잠에 빠져 있던 다영이 상체를 벌떡 일으켰다. 태생적으로 강력한 곱슬머리가 꽉 묶은 고무줄을 비집고 튀어나왔다. 곱슬머리는 놀란 다영의 얼굴을 극대화해주는 것 같았다. 꿈에서 정신이 돌아오길 기다리며 큰 눈을 부릅뜨고 허공을 바라보던 다영은 곧 창문을 연 사람이 연재라는 걸 알고는 헤실헤실 웃었다.

매표소 밖으로 나온 다영이 머리를 묶으며 물었다.

"이 시간에 무슨 일이야?"

연재는 그런 다영의 행태가 참 뻔뻔하다고 느꼈고 또 자신의 실직을 구태여 말하고 싶지도 않아 본론부터 꺼냈다. 은혜가 여기에 있다는 것을 안다고 말이다. 다영이 두 손을 자신의 엉덩이 주머니에 찔러 넣었다.

"무슨 말인지 모르겠는데?"

"바닥에 바큇자국 나 있잖아요."

다영이 헐레벌떡 바닥을 살폈다. 연재가 말한 바큇자국 따위
는 보이지 않았다. 속아 넘어간 게 분해서인지 한 소리 하려고
벼르는 다영에게 연재가 보채듯 입을 열었다.

"빨리 문 열어요. 관리소장한테 직접 전화하기 전에."

"기다려. 누가 문 안 열어준다고 했냐? 너는 애가 어쩜 그렇게
성격이 급하냐."

열쇠를 가지고 온다며 다영이 매표소로 들어갔다.

다영은 지난해 이곳에 취직했다. 사파리 직원을 연상시키는
보안관 옷이 마음에 들어서 면접을 봤다는 다영의 일화는 보경
을 통해 들었다. 닭볶음탕이 유명하다는 정보를 듣고 혼자 찾아
온 다영은, 혼자서 닭볶음탕 2인분에 소주 세 병을 마시고 간 날
자신의 주민번호 뒷자리 빼고 모든 걸 털어놓고 갔다고 했다. 원
래는 소방관이나 경찰관이 꿈이었다고 했는데, 그 이유 역시 유
니폼이 멋있기 때문이었다. 그래서 한때 놀이공원 아르바이트도
해봤으나 나이를 먹을수록 아르바이트로는 붙잡혀 있을 수 없
었다. 어찌 됐든 다영은 필기시험에서 줄기차게 낙방한 후 집안
에서 슬슬 자신과 연 끊을 준비를 하는 낌새를 맡고서는 급하게
취업공고 사이트를 뒤졌고 '유니폼 지급'이라는 말에 앞뒤 재지

않고 달려와 면접을 봤다. 이것이 다영이 이곳에 오게 된 짧은 역사였다.

"언니는 왜 그렇게 유니폼을 좋아해요?"라고 물었을 때에도 다영은 야외 테이블에서 홀로 닭칼국수에 소주 한 병을 비우고 있었다. 봄이 된 지는 한참이었지만 아직도 밤바람이 추워 코를 빨갛게 얼려놓은 다영은 배시시 웃으며 대답했다. 어디에 소속되어 있다는 느낌이 좋잖아. 그때의 다영은 꼭 만화의 주인공 같았는데 연재는 구체적으로 어떤 캐릭터인지는 떠올리지 않았다. 말괄량이지만 미워할 수 없는 캐릭터 정도면 딱 어울리겠는데… 어쨌거나 사주에서 그해 취업운이 있을 거라는 말이 들어맞아, 다영은 8.5:1이라는 그럭저럭 어디에 내놓아도 꿀리지는 않는 경쟁률을 뚫고 이곳에 입사했다. 경마장은 날이 갈수록 번창했으니 연재는 다영이 자신처럼 부당하게 일자리를 잃을 가능성도 희박하다고 생각했지만, 이미 보안관이 스무 명 넘게 잘리며 그 자리로 경비 휴머노이드 '폴리'가 들어왔으니 매표소 직원의 자리도 위태로웠다. 다영의 적은 키오스크였다. 다행히 아직까지는 키오스크 두 대와 공생하는 중이었고, 키오스크 대신 다영을 찾는 손님도 꾸준했으니 한동안 잘릴 위험은 없지 않을까. 단, 이렇게 불법으로 출입시키는 게 걸리지 않는다는 조건에서.

북문 철문 옆에 감시카메라 한 대가 설치되어 있었지만 아마도 작동되지 않을 것이다. 시설을 빠르게 업그레이드시킨 경마장이었지만 그만큼 가장 기초적인 곳들이 허술했다. 다영이 당당히 이런 짓을 할 수 있는 이유는 다 믿는 구석이 있기 때문이었다. 철문이 열렸다. 다영은 연재가 지나갈 수 있을 만큼만 살짝 문을 열었다.

"마사에 있을 거야. '폴리'한테 안 들키게 조심해라."

다영이 슬쩍 귀띔했으나 은혜의 행선지는 연재도 이미 알고 있었다. 북문과 정반대에 위치한 주암마사까지 길고 긴 여정을 떠나야 한다는 것까지도. 가로질러 갈 수 있으면 좋으련만 하필 가운데 위치한 장소가 경마장이었으므로 연재는 그 큰 경기장을 빙 둘러 걸어야 했다. 날이 좋아서 다행이었다. 비가 오거나 찌는 듯이 더웠다면 은혜를 보자마자 오만상을 찌푸렸을 거였다. 아니, 그런 날씨였다면 애초에 이곳에 오지 않았겠지만.

은혜는 9년 전부터 이곳을 드나들었다. 새로운 기수 도입을 앞둔 시점이었으며 방송을 통해 대대적인 경마 시스템 개편과 새로운 개장을 홍보했을 즈음이었다. 그때 말한 경마장 개편은 경기장 천장에 투명 홀로그램 스크린을 설치하는 것이었다. 홀로그램 스크린은 경기가 시작될 때마다 초원이나 해변으로 화면을 바꿨다. 이는 보는 사람에게나 달리는 말에게나 시각적 흥분을 일으켰다. 그리고 또 한 가지 개편 사항은 경주마로만 교배되어 태어난 말을 수입해 오겠다는 것이었다.

　경주 실력이 우수한 말끼리만 교배해 점점 더 빠른 말을 탄생시킨다. 연재는 이 말이 아직까지 이해 가지 않는다. 그렇다면 그런 방식으로 몇 세대 후 태어난 말은 얼마만큼 빨라지는 것일까. 그렇게 빨라진 말들이 끝내 달려야 하는 곳이 경마장이라면 그것은 너무나도 큰 발전과 재능의 낭비처럼 느껴졌다.

　연재가 기억하기로, 수입된 말들은 연재가 초등학교에 입학했을 즈음 이곳에 왔다. 낯선 환경에 적응하지 못하는 것인지 아니면 자신들이 온 곳이 경마장이라는 사실을 아는 것인지 말들은 이곳에 온 며칠 동안 서럽게 울었다. 경마장과 가까운 위치에 집이 있던 터라 그 소리는 새벽까지도 계속 들렸다. 보경은 잠들지 못하는 은혜와 연재에게 말들이 고향이 그리워 울고 있는 것이라고, 이해해주어야 한다며 달랬다. 그 후 며칠 뒤 연재는 은혜가 몰래 마사까지 들어가 말과 대화하는 걸 목격했다. 은혜는 외로운 말과 말동무가 되어준 것뿐이라고 말했다. 걸리면 혼나. 연재는 따끔하게 말했으나 통하지 않았다. 모든 것은 상황이 맞아야 이뤄진다고, 은혜의 마사 출입은 시도 때도 없이 문을 열어주는 북문 보안관 다영과 그런 은혜가 오기를 기다리며 말 사료를 쌓아놓는 마사 관리인 민주가 있기에 가능한 일이었다.

　마사 정문이 비스듬히 열려 있었다. 연재가 주변을 둘러보며 아무도 없다는 걸 확인한 후 안으로 들어섰다. 마사 관리는 그 어느 곳보다 중요했다. 초원지대에서 뛰놀아야 하는 말들에게 이곳은 감옥이나 마찬가지였으므로 마사는 경마공원의 어느 곳보다 채광과 배수가 좋았고 목초지에 인접해 있었다. 매일같이 갈아놓은 평평한 흙바닥에서 말의 배설물 냄새가 전혀 나지 않는 것만 봐도 마사에 손길이 얼마나 많이 닿고 있는지 알 수 있었다. 하지만 연재가 생각하기에 아무리 철저하게 관리한다고 해도 마사는 말들에게 감옥일 뿐이었다. 긴 복도를 따라 말 한마리가 들어갈 수 있을 만큼의 마방이 교도소의 방처럼 늘어서 있었다. 좌우로 다섯 발자국씩 이동할 수 있는, 사면이 콘크리트로 된 공간이었다.

"여기 말들이 갇혀 있는 것 같아요."

연재가 말했을 때 민주는 애써 항변하듯 입을 열었다.

"그래도 여기가 얼마나 과학적으로 설계됐는데. 벽은 방풍이랑 방수 다 되고 발길질에도 발굽에 충격이 없도록 완충재까지 다 붙여놓는다고. 지붕도 방열 기능이 있어서 열기와 냉기 다 차단해주지, 환기와 채광을 위해 창문도 우리 집 창문보다 크다니까. 여기는 전부 말을 위해 과학적으로 지어진 곳이라고, 이곳의 주인은 말이니까. 말이 최대한 스트레스받지 않게 하려고 내가 얼마나 노력했는데."

민주가 숨 가쁘게 말을 마치자, 연재는 무심히 반박했다.

"그래도 갇혀 있는 거 맞잖아요."

민주는 더 이상 항변하지 못했다. 아무리 스트레스를 받지 않도록, 초원과 비슷한 환경으로 꾸몄다고 할지라도 초원은 아니었다. 연재는 마방 사이를 지나는 것을 늘 답답해했는데, 자신을 쳐다보는 말들의 눈빛이 퍽 슬퍼 보였기 때문이었다. 은혜는 말들의 눈이 무언가를 그리워하는 것처럼 보인다고 했다. 하지만 연재는 은혜의 말이 틀렸다고 생각했다. 그리움을 느끼려면 그리워할 대상이 분명하게 존재해야 했다. 말들이 실체를 기억할까. 한 번도 초원을 밟아보지 못할 말들은 원인을 알 수 없는 답답함만 느낄 것이다. 갇혀 있지만 무엇을 원하고 있는지 모르는 상태. 문명사회 이후 쌓아온 말들의 기억 DNA는 초원보다 마방에 더 많을 것 같았다.

휠체어에 앉은 은혜가 보였다. 은혜는 무릎에 쌓은 귀리 건초를 한 묶음씩 투데이에게 건네고 있었다. 투데이는 마사의 안방마님이었다. 지난해까지 에이스의 역할을 톡톡히 해냈지만 올해부터 급격하게 나빠진 관절 때문에 경기 하나 나가기도 힘들 정도였다. 약물치료를 받느라 몇 개월 쉬고 있다고 했지만 투데이가 복귀할 수 있을지는 미지수였다. 연재가 가까이 다가가자, 은혜는 고개를 돌리지도 않고 알은체를 해 왔다.

"아르바이트 잘렸구나?"

연재가 눈을 동그랗게 떴다.

"어떻게 알았어?"

"네가 이 시간에 나한테 오는 이유가 뭐가 있겠어. 거기 점장님도 기어코 베티 쓰든?"

"최저시급이 오른다니까 어쩔 수 없지. 다른 일 알아봐야지."

"일 그만하고 공부하라고 하지는 않고?"

은혜의 말에 또다시 연재가 화들짝 놀랐다.

"어디서 몰래 듣고 왔어?"

"남들 다 하는 공부는 안 하고 일만 찾아다니는 열일곱 살한테 할 말이 이거 말고 뭐 더 있겠어?"

듣고 보니 그러네…. 연재는 은혜를 이겨낼 재간이 없었다. 허탈하게 고개를 끄덕이고는 마방에 등을 기대앉았다. 투데이의 콧잔등이 창살을 비집고 연재의 어깨에 닿았다. 투데이도 연재에게 알은체를 하고 싶은 모양이었다. 연재가 손으로 투데이의 콧등을 쓸었다.

멍하니 투데이의 콧등을 쓸며 연재는 점장과 나누었던 대화를 곱씹었다. 하고 싶은 게 있다면야 이렇게 꾸물대지도 않았을 것이다. 적어도 누구보다 목표를 향해 박차를 가했던 순간이 있지 않던가.

소프트 로봇 연구 프로젝트의 일원이 되기 위해 준비했던 기간이 연재의 인생에서 액셀러레이터를 가장 많이 밟은 시기였다. 전국구에서 로봇 분야에 재능이 특출 난 13세 이상 19세 이하 아이들 열 명을 선발해 방학 동안 독일로 개발 목적의 연수를 떠날 수 있는 기회를 부여했다. 연재에게 공고문을 건네준 사람은 중학교 과학 선생님이었다. 과학 선생님은 진작 다른 아이들과 달리 로봇 분야에서 영특했던 연재를 알아봤다. 과학 선생님은 내일까지 잘 생각해보고 혹여 관심이 있다면 안내문에 나와 있는 자기소개서 항목을 채워 오라고 말했다. 다 채울 수 없으면 어느 정도 키워드만 따와도 선생님이 채우는 것을 도와준다고 했으나 연재는 그날 밤새도록 노트북 앞에 앉아 정해진 분량을 꽉 채웠다. 잔여 글자 수가 전부 0바이트였다. 고칠 곳도 없이 훌륭했던 자기소개서는 1차 서류 심사를 무난하게 통과했다.

2차 시험도 전혀 어렵지 않았다. 소프트 로봇에 대한 이해도가 얼마나 높은지를 알아보는 실험으로, 기존의 재난구조용 소프트 로봇 '다르파DARPA'를 이용해 정해진 시간 안에 10톤 무게로 서로 얽힌 건축자재물 속에서 인형을 꺼내 오면 되는 과제였다. 그 모든 것이 연재를 위해 준비되었다고 해도 믿어 의심치 않을 정도였다. 하지만 결정적인 순간 사소한 망설임이 연재를 그대로 가능성 밖으로 내던졌다. 차라리 수습 불가능한 실수였다면 잘못을 인정하고 금방 자리에서 털고 일어나기라도 했을 것이다. 고작 질문 하나를 대답하지 못했으니 어디 가서 신세를 토로할 수도 없었다.

연재가 바지를 털고 일어나 은혜 무릎에 있던 귀리 건초를 한 주먹 쥐어 투데이에게 내밀었다. 방금까지 많이 먹었는지 냄새를 쿵쿵 맡더니 투데이가 심드렁하게 고개를 돌렸다.

"치사하게."

연재가 마방 안으로 귀리를 살포시 던져놓고는 손을 탈탈 털었다.

"가자, 점심 아직 안 먹었을 거 아니야."

연재의 말에 은혜는 투데이와 인사를 나눴다. 콧등과 턱을 손으로 매만지며 얼굴에 이마를 맞대고는 눈을 감았다. 아픈 건 금방 치료될 거야, 그러니까 조금만 더 참아. 은혜의 말을 다 알아듣는 것처럼 투데이는 꼬리를 살랑살랑 흔들며 옅은 콧바람을 훅훅 내뱉었다.

벽에 기대어 은혜를 기다리고 있던 연재의 눈에 들어온 것은 복도 끝에 비죽 나온 발이었다. 아직 시간이 더 필요한 은혜를 자리에 두고는 복도 끝으로 향했다. 그리고 그곳에서 평온하게 누워 있는 '그것'을 만났다.

멈춘 걸까. 누군가 버려둔 걸까. 미세한 움직임조차 없는 걸 보니 고장 나서 버려둔 게 맞는 것 같았다. 귀리 건초가 잔뜩 쌓인 건초더미에서 목장 주인처럼 한가로이 누워 있던 것의 정체는 기수였다. 연재가 마지막 마방 너머로 고개를 빠끔 내밀었을 때 칠이 벗겨진 초록색 투구를 쓴 기수가 손을 올리며 연재에게 인사를 건넸다.

"안녕하세요?"

연재는 습관적으로 마방 뒤로 몸을 숨겼다. 기수다. 왜 건초더미 위에 누워 있는 것일까. 연재가 기억하기로 기수방은 옆 건물이었다.

연재가 다시 초록색 투구의 기수를 바라봤다. 기수는 자신의 발가락을 바라보고 있다가 고개를 돌렸다. 두 눈은 정확히 연재를 향해 있었다. 기수는 고개를 갸웃했다. 눈만 두 개 뚫린 앞판으로는 어떤 표정을 짓고 있는지 알 수 없었지만 적어도 적대감을 내비치고 있지 않다는 건 느낄 수 있었다. 연재가 천천히 기수를 훑었고, 그제야 기수의 골반이 완전히 파열되었다는 것을 알았다.

신경처럼 이어진 몇 개의 선을 제외하고 척추와 골반은 부품이 완전히 조각난 채 으스러져 있었다. 낙마할 때 엉덩이부터 떨어졌거나 그 후 말발굽에 밟혔을 가능성이 컸다. 연재는 자신도 모르게 대리 고통을 느끼며 인상을 찌푸렸다. 기수가 고통을 느낄 리가 없는데 말이다. 어쩌면 이 기수는 수리를 위해 이곳에 잠시 놓였을지도 모른다.

"저에게 볼일이 있으신가요?"

기수가 말을 할 때마다 목에 부착된 감지기가 초록빛으로 빛났다. 연재는 망설이다가 기수에게 더 가까이 다가갔다. 투구에 쓰인 'C-27'이라는 아이디는 그때 확인했다. 건초더미를 밟고 옆으로 다가가 무릎을 굽혀 앉았다. 무너진 척추와 골반을 더 자세히 보기 위해서였다. 이 정도의 손상이면 하반신을 완전히 새로 교체하는 게 비용도 더 절감될 듯했다. 손가락으로 장골을 들추니 탄소섬유로 만든 카본이 과자처럼 툭 떨어졌다. 연재가 화들짝 놀라 조각을 다시 맞추려 했지만 이미 늦었다.

"괜찮아요. 이미 망가졌으니까요."

손은 수습하려고 하면 할수록 조각난 부품을 더 망가트렸다. 연재는 결국 두 손을 무르고는 미안함에 입을 꾹 다물었다.

기수는 덤덤하게 자신이 고장 나게 된 경위를 말했다.

"경기 도중에 떨어졌는데 바로 뒤에 오던 선수에게 밟혔어요. 제 실수죠. 딴생각을 하면 안 됐는데 문득 하늘이 푸르다는 생각을 했어요."

연재는 어쩐지 이 기수의 말이 독특하다고 느꼈다. 지금까지 들어왔던 휴머노이드의 언어 구사력과는 사뭇 달랐다. C-27은,

그러니까 앞으로 콜리라는 이름이 붙게 될 휴머노이드는 자신의
가슴 위에 두 손을 포개 올렸다.

"날이 맑은 날 초원을 뛰고 있다는 상상을 했거든요. 스크린으
로 보이는 가짜 말고 진짜요. 진짜 초원을 달려본 적 있나요?"

콜리의 말이 끝나자마자 직원들만 출입할 수 있는 후문이 열
렸다. 연재가 놀라 자리에서 벌떡 일어났다. 익히 아는 얼굴이
아니었으면 뒤도 돌아보지 않고 은혜를 이끌고 도망갔을 거였
다. 다행히 문을 열고 들어 온 사람은 민주였다. 양손에는 사료
가 수북하게 쌓인 양동이 두 개가 들려 있었다. 무단 침입자 탓
에 연재보다 더 놀랐던 민주는 푸후우, 떨었던 숨을 내뱉고는 자
매가 도망가지 못하게 붙잡았다.

밥그릇에 사료 떨어지는 소리를 듣고는 마방 구석에 있던 말
들이 밥그릇 앞으로 걸음을 옮겼다. 연재는 손잡이가 달린 파란
색 플라스틱 바가지로 사료를 가득 떠 밥그릇에 부었다. 민주는
둘이 이곳에 왜 있느냐고 묻지 않았다. 익숙한 일이었으므로 어
련히 알아서 생각한 듯했다. 물론 연재에게 일을 잘렸느냐고 묻
는 건 빼놓지 않았다.

"여기 사람들은 나한테 관심이 너무 많아. 그 관심을 다 돈으
로 주면 얼마나 좋아."

덕분에 연재의 비아냥거림을 피할 수 없었다.

"왜 밥은 일일이 손으로 주는 거예요, 귀찮게."

연재의 투덜거림에 지지 않고 민주가 받아쳤다.

"너 이 정도도 귀찮아했다가는 정말로 도태된다."

"말이 그렇다는 거죠."

"아니면 네가 하나 만들어주든가. 사료 주는 기계."

연재가 기회를 놓치지 않고 물었다.

"500 불러도 돼요?"

"이게 눈을 시퍼렇게 뜨고 사기를 치네."

"필요한 재료 원가부터 다 따져드려요? 설마 인건비를 빼놓고 생각하시는 건 아니죠?"

연재가 눈썹을 찡그리며 입술을 내밀었다. '에이, 설마.' 딱 이런 표정이었다. 말로는 연재를 이길 수 없다는 걸 몸으로 익혀 온 민주는 그쯤에서 백기를 들었다. 연재가 다섯 번째 말에게 사료를 주려고 하자, 민주가 연재를 말렸다.

"그 말은 아까 줬어. 주지 않아도 돼."

하지만 아까 줬다고 하기에는 말이 사료 냄새를 맡고 너무 좋아하는걸…. "그냥 조금만 주면 안 돼요?" 하고 연재가 물었지만 민주는 단호하게 고개를 저었다. 연재의 눈도 쳐다보지 못하고 안 된다고 하기만 하는 그 낌새가 퍽 이상해 보였으나 마사의 관리인은 민주였으니 연재는 민주의 말을 따를 수밖에 없었다.

마지막 말의 밥통까지 사료를 채운 후에야 일이 끝났다. 마사 정문으로 둘을 안내하는 민주의 손길을 거부하지 않으면서도 연재의 시선은 계속해서 후문에 있는 건초더미로 향했다. 민주는 콜리와 연재가 함께 있는 걸 목격하고도 콜리에 대한 다른 말을 꺼내지 않았다. 말들에게 밥을 주는 동안 민주가 알아서 입을 열 줄 알았던 연재는 나갈 때까지 그에 관한 말을 꺼내지 않은 민주에게 당황스러운 감정을 느꼈다. 수다스러운 편은 아니었지만 그래도 함께 있는 동안에는 사소한 것, 이를테면 다크호스인 레드불이 어제 경기에서 어떻게 역전을 했는지까지 이야기해주던 민주였기에 연재는 기다리면 알아서 기수 이야기를 꺼낼 줄 알았다.

하지만 민주는 마사 앞에서 둘을 배웅하며 손을 흔들었다.

"조심히 가고."

은혜와 함께 마사에서 멀어지던 연재는 결국 궁금증을 참지 못하고 뒤돌아, 마사로 들어가는 민주를 불러 세웠다. 연재가 짧은 머리칼을 쓸어 넘기며 물었다.

"아까 거기 있던 기수 있잖아요."

연재의 말을 다 듣기도 전에 민주가 말을 잘랐다. 마치 기다렸다는 듯한 반응이어서, 오히려 연재가 당황했다.

"그 기수 조만간 폐기될 거야. 그러니까 신경 쓰지 않아도 돼."

낙마 때문에 부서지는 기수는 워낙 많았다. 애초에 그러기 위해 만들어졌다고 해도 과언이 아니었으니까.

경마경기의 약점은 기수가 인간이라는 점에 있었고, 이는 말이 최고 속도를 내지 못하게 하는 방해요인 중 하나였다. 인간보다 작고 가벼우며, 떨어진다 한들 생명과 연관되지 않는 새로운 기수가 필요했다. 기수 휴머노이드는 평균 150센티미터의 신장과 탄소섬유로 이루어진 몸체 덕분에 인간보다 훨씬 가벼웠다. 말이 달릴 때의 충격을 완화할 수 있는 부드러운 관절, 말의 목덜미를 매만질 수 있도록 상체보다 길게 제작된 팔. 색으로 기수를 구분하기 위해 만든 투구. 존재 자체가 말을 타기 위해 만들어졌으므로 낙마해 부서진 기수는 그대로 폐기처분 됐고 머지않아 새로운 기수가 등장할 거였다. 민주는 단지 콜리가 하는 말들이 다른 기수와는 조금 달라 기수방에서 콜리를 빼두었던 것뿐이었다. 아주 잠시 동안만, 하늘이 보고 싶다고 해서….

하늘이 어땠느냐고 물으면 콜리는 마치 비가 온 후 날이 갠 것처럼 푸르고 창백했다고 대답했다.

"왜 말을 타다가 하늘을 바라본 거야?"

"하늘이 그곳에서 그렇게 빛나는데 어떻게 바라보지 않을 수가 있겠어요?"

그 다름을 연재도 느꼈을 것이다. 민주도 어렴풋이 예상하고 있었다. 그 말을 듣고서도 콜리를 모르는 척할 수 없을 연재를, 그리고 끝내 자신이 가진 전 재산을 내놓으며 콜리를 사겠다고 말하리라는 것을.

어쨌든 지금 당장에는 아무런 판단도 내릴 수 없어, 연재는 민주의 말을 듣고 그 기수의 폐기를 수긍하는 척 고개를 끄덕였다.

다음 날, 연재는 독불장군처럼 민주 앞에 섰다.

"60만 원밖에 없다니까요."

연재의 고집에 답답해진 민주가 머리카락을 쥐어짜듯 쓸어 넘겼다.

"아니, 글쎄 안 된다니까."

"진짜 짜증 나게 하네. 알겠어요. 65만 원."

물론 정가의 휴머노이드 기수는 몇백만 원을 호가했다. 그렇지만 구매만 그렇다. 되파는 건 다른 문제다. 다른 휴머노이드와 달리 기수 휴머노이드는 소모품이었고, 말과 함께 경주를 뛰고 온 기수는 대체로 상태가 좋지 않았다. 그래서 구매가의 반의반도 되지 못하는 가격으로 싸게 되팔았는데 되파는 모든 행위가 불법이었다. 기관에 도로 반납하는 게 맞았으나 기관에서도 부품 하나 건질 수 없는 휴머노이드는 대체로 받지 않았으니, 웬만한 업체들은 '산산조각'이 났다는 거짓말을 하고 불법 거래를 했다. 연재가 민주에게 당당히 값을 부르고 있는 이유도 전부 이런 유통의 흐름을 알고 있기 때문이었다. 연재가 이 사실을 알고 있는 이유는 간단했다. 휴머노이드 불법 거래 사이트까지 뒤져봤으니까. 하지만 그런 일이 만연하다고 해서 아직 학생인 연재를 대상으로 불법거래를 할 수는 없지 않은가.

"우연재."

민주가 단호하게 이름도 불러봤으나 연재는 들은 척도 하지 않았다.

"70."

"…."

"아이씨, 80."

"…잠시만 기다려봐."

결국 민주가 통화를 위해 잠시 자리를 피했다. 승리의 웃음을 지었지만 마음을 놓고 있을 수는 없었다. 민주가 허락한다고 하더라도 그 윗사람 중 누군가가 승낙하지 않으면 말짱 도루묵일 수도 있으므로, 연재가 긴장을 놓지 않기 위해 허리를 꼿꼿하게 세운 자세를 유지했다. 설령 거절당한다 할지라도 물러서지 않을 자신이라는 걸 연재는 잘 알고 있었다. 끝내 편의점 일자리를 따냈던 사람이 누구던가. 연재는 무슨 수를 써서라도 몸통의 반이 부서져 폐기되기를 기다리고 있는 그 기수를 손에 넣어야만 했다.

밤잠까지 내쫓으며 머리에 꽉 들어찬 '존재'를 어떻게 쉽게 보낼 수 있겠냐는 말이다. 물론 이 과정에서 보경에게 동의라든지 조언 따위는 구하지 않았다. 보경에게 말했다가는 이곳에 오지도 못할 것이었으므로. 비록 집을 나오다 은혜에게 들키는 예기치 못한 상황이 생기기는 했으나 은혜가 보경에게 이 일을 말할 가능성은 제로에 가까웠다. 의義가 좋다는 것은 아니고, 서로의 비밀이나 작전을 타인에게 말해도 될 만큼 살가운 관계가 아니라는 뜻이다. 설령 그 타인이 보경일지라도.

민주는 그리 길지 않은 통화를 끝내고 나왔다.

"연재야."

"왜요."

"쟤 신고 갈 건 가지고 왔냐."

보경

요리 솜씨는 모친에게 물려받았다. 따로 요리 비법을 배운 건 아니었다. 먹고 자라 길들여진 입맛이 있어서 일단 요리를 시작하면 모든 간이 결국 혀에 익숙한 맛을 냈다. 모친은 손도 크고 솜씨도 좋아서 요리만 했다 하면 앞집과 위층, 아래층 사람들에게 나눠주기 바빴다. 덕분에 서로의 얼굴이나 이름도 모르고 사는 다른 이웃관계와는 다르게 보경은 승강기에만 타면 아는 척을 해 오는 이웃 주민들에게 웃어 보이느라 바빴다. '누구네 딸'이라는 수식어는 꽤 성가시고 복잡했다. 허리가 구부정해서도 안 되며 지나치게 시큰둥한 표정을 지어서도 안 된다. 언제나 올곧은 자세로 과하지 않은 웃음을 지니고 있어야 모친을 향한 평도 좋아졌다. 보경은 모친과 엮인 관계가 피곤하다고 느꼈고, 언젠가 자신에게 자식이 생긴다면 그 자식들은 자신과 뚝 떼어놓아야겠다고 다짐했다.

하지만 보경은 종종 그 시절에 형성된 이웃관계가 배우라는 길로 자신을 인도했을지도 모른다고 생각했다. 꽤 일리 있는 추측이었다. '이렇게 예쁨 받는데 더 많은 사람에게 왜 예쁨 못 받겠어?'라는 생각이 머릿속을 꽉 채워 더는 모르는 척할 수 없었던 스무 살, 보경은 대학 대신 연기 학원을 등록했다.

카메라 테스트를 통과하면서부터 본격적으로 발성 연습과 연기 연습을 병행했다. 학원비가 만만치 않아 모친 혼자 부담하기에는 버거웠을 수도 있었겠으나 모친은 경제적인 부분에 대해서는 아쉬운 소리를 절대 하지 않는다는 걸 보경은 잘 알고 있었다. 그래서 더 당당하게 학원비 납부 영수증을 식탁 위에 올렸다.

은행원이었던 모친은 휴머노이드 보급화의 풍파를 정통으로 맞았다. 기술이 아무리 좋아졌어도 현실에 스며드는 것은 먼 일이라고 뉴스를 볼 때마다 습관처럼 말했던 모친은 그래서 아무런 안전장비도 없이 나가떨어졌다. 한 치의 오차도 없이 완벽하게 일을 해내는 휴머노이드를 모친의 머리로는 절대 따라잡을 수 없었다. 그렇다고 아예 낭떠러지로 내몰린 것은 아니었다. 은행 측에서는 실직자들을 모아 은행 귀퉁이에 새로운 자리를 만들어주었다. 은행 보험을 파는 일이었다. 요리로서는 백이면 백 모든 이들을 반하게 만들었던 모친이었으나 말로는 영 남을 꾀는 재간이 없었다. 모친에게는 말이 아니라 음식을 대접하며 보험 하나 들 때마다 반찬을 해주겠다는 전략이 필요했을지도 모른다. 어쨌거나, 모친은 결국 퇴직금에 대출을 끼어 집 근처에 닭요리 전문점을 냈다.

모친은 인생의 2막이란 원래 아무도 모르게 찾아오는 것이라고 말했지만 보경이 보기에는 시대의 흐름에 탑승하지 못한 예견된 추락일 뿐이었다. 길거리에 어느 순간 모습을 드러낸 휴머노이드를 보고도 자신과는 엮이지 않을 거라는 안일한 생각이 도태의 씨앗이 된 게 분명했다. 물론 보경에게는 해당 사항 없는 말이었다. 아무리 휴머노이드가 만능이라고 하더라도 고철이 연기하는 드라마는 아무도 보고 싶어 하지 않을테니 말이다. 하지만 그 시대의 역풍과는 전혀 다른 바람이 불어와 보경을 낭떠러지로 밀었다.

보경이 다니던 연기 학원은 방음이 잘된다는 이유로 연습실이 지하에 있었다. 지은 지 100년이 조금 넘어가는 아주 오래된 건물이었는데 지하 연습실을 처음 소개해줬던 선배는 콘크리트의 수명이 200년이라는 잘못된 상식을 내뱉으며 가루가 떨어지는 지하 벽기둥을 퉁퉁 쳤다. 그러고는 이곳에서 성공해 나간 배우들이 많다는 이야기를 보경에게 속삭였다. 여기가 왜 지하인 줄 알겠어? 식물은 땅에 뿌리를 내리니까, 이곳에 네가 뿌리를 내려야 지상에 꽃으로 필 수 있다는 말이야. 아, 이 얼마나 달콤한 대사의 한 줄 같던가. 비록 은행원이었던 모친이 한순간에 대출금을 갚아야 하는 식당주인으로 바뀌었지만 그 정도의 인생 곡선은 배우 생활에 사연 있는 배경이 되어줄 것 같았고, 자신은 이곳에서 열심히 연습해 데뷔의 길만 걸으면 된다고 생각했다. 그로부터 연습실에 화재가 난 날은 3년 후 겨울, 성탄절이었다.

그 시간 동안 보경은 화려한 데뷔는 아니었지만 여성 감독의 단편 영화를 두어 개 찍었고 영화제에서 영화가 상을 받으면서 어느 잡지에서 미래를 빛낼 배우로 선정되기도 했다. 그때쯤엔 어느 정도 콧대가 높아지기도 해서 남성 감독의 작품이 들어왔을 때 내용이 마음에 들지 않아 거절도 했다. 자신의 필모그래피에 이도 저도 아닌 작품은 끼워 넣고 싶지 않았다. 그래야 한눈에 봤을 때 자신이 살아온 길이 아름다울 테니까.

연습실에 불이 났던 성탄절에도 불길한 낌새는 없었다. 보경은 며칠 후면 스물넷이었다. 그리고 스물넷이 되는 해 1월에는 단편영화가 아닌 기획 시리즈물 형사 역할에 들어갈 거였다. 그때까지는 미팅만 끝내놓은 상태였으므로 곧 받을 계약금으로 이 지긋지긋한 지하실 연습실을 벗어나 한강 조망권인 곳에 연습실을 얻겠노라 다짐했다.

지하실에 뿌리가 너무 가득 찼다. 보경은 그날따라 가만있어도 숨이 막히고 머리가 어지러워서 자신이 성공에 심하게 도취된 건가 싶은 의심도 했다. 하지만 그 어지러움의 원인이 도취가 아닌 정말로 새어 나온 가스 냄새 때문이었다는 것은 건물이 폭파된 후에야 알았다. 너무 늦었다. 수명이 100년밖에 되지 않았던 콘크리트가 과자 부스러기처럼 폭발에 무너지며 보경은 지하 2층에 그대로 깔렸다. 폭발의 열기를 피할 수 없어 보경의 얼굴에는 짙은 화상 자국이 남았다. 곧바로 피부이식수술을 받았더라면 흔적도 없이 깨끗하게 새 피부를 얻었을지도 모르겠으나, 보경이 병원에 간 것은 그로부터 3일 후였다. 그 시간 동안 보경은 꼼짝없이 지하실에 깔려 있어야 했다.

거머리 형태의 다르파가 지하 2층에 내려온 것은 둘째 날이었다. 생존자가 있는지 확인하기 위해 주변을 둘러보던 다르파는 보경의 체온을 인지하고는 지상에 있는 구조요원들에게 생존자의 위치를 전송했다. 그들의 컴퓨터에는 35도로 떨어진 보경의 체온과 오른쪽 다리의 심한 찰과상, 우측 7~8번 늑골 파열이라는 긴박함이 기록되었다. 붕괴된 낡은 건물은 조그만 바람에도 다시 무너질 듯한 젠가 같았다. 그날 밤부터 내린 폭설로 구조 작업은 더뎌졌고 보경의 생존 수치는 실시간으로 낮아졌으며 모친의 가게는 내내 영업을 중단했다.

탄소로 만들어진 에어백을 마침내 마지막 철근 밑에 설치해 바람을 주입했다. 사고가 난 지 3일째 되던 날이었다. 보경의 생존 수치는 3%로 떨어져 있었다. 보경은 자신의 다리를 깔아뭉갰던 철근이 사라졌는지도 모르는 의식불명 상태였다. 소방관 한 명이 끈에 매달려 지하 2층까지 내려가려 했지만 폭설은 또다시 시작됐고 에어백에 밀려났던 철근은 내려앉은 눈을 윤활제 삼아 다시금 미끄러져 떨어지려고 했다. 소방관을 막은 것은 다르파였다.

생존 수치가 3%이지만 20초 이내에 0%로 떨어집니다. 철근이 에어백에서 다시 떨어질 확률은 88%로 지금 내려가면 당신까지 위험에 빠집니다.

다르파의 계산은 정확했다. 하지만 소방관은 다르파의 조언을 뿌리치고 망설임 없이 내려가 보경을 안았다. 다르파의 계산대로 보경은 20초 만에 숨을 놓았으며 소방관과 연결된 로프가 위로 끌어당겨짐과 동시에 철근이 에어백에서 미끄러졌다. 하마터면 소방관까지 위험해질 뻔했다. 지상으로 구조된 보경에게 급하게 심폐 소생을 시작했고 0%였던 수치는 10%로 올랐다가 곧 90%로 돌아왔다. 다르파는 미처 예상하지 못했던 것이다. 인간은 숨이 끊겼다가 다시 돌아오기도 한다는 걸.

보경의 오른쪽 얼굴에는 수술로도 완벽히 지울 수 없는 화상이 남았고 드라마 시리즈 계약은 파기되었다. 수술로 얼굴의 98%를 복원한다고 하더라도 시간이 너무 오래 걸린다는 이유였다. 누구와도 대화하지 않았고 누구도 보고 싶어 하지 않았다. 모친은 매일 아침마다 새 반찬을 해 왔지만 보경은 뚜껑을 열어 보지도 않았다. 낮에는 이불 속에만 있었고 밤이면 반쯤 풀린 눈으로 창문만 바라봤다. 인생이 왜 이렇게 곤두박질쳤는가에 대한 고민도 하지 않았다. 숨 쉴 때마다 늑골이 아파 그 고통으로 자신이 살아 있음을 간신히 느꼈던 날들이었다. 퇴원을 하게 된다면 어떤 방식으로 자신의 삶을 완전히 끊어놓을까 하는 생각뿐이었다.

보경이 그 소방관을 만난 날은 병원에 입원한 지 일주일이 됐을 때였다. 보경이 먼저 찾지는 않았다.

소방관이 찾아왔을 때 보경은 누구와도 만나고 싶지 않아 돌려보내고 싶었으나 차마 생명의 은인을 매몰차게 외면할 수가 없었다. 보경은 거울로 잔머리를 정리하고 색 없는 립밤을 발라 소방관을 맞이했는데, 병실에 들어서자마자 꾸벅 인사하고 들어오는 소방관을 보고 '젠장…' 하고 후회했다. 삶의 이유는 의외로 간단하게 생겼다.

선남선녀가 목숨을 계기로 만났으니 사랑에 빠지기는 쉬웠다. 소방관은 틈만 나면 문병을 왔다. 그 전까지 이불 속에만 있던 보경은 소방관이 찾아오기 시작한 뒤로 아침 일찍 눈을 떠 머리에 물을 적시고 손질했다. 누군가를 기다리는 것만으로도 하루는 꽤 가쁘게 흘러갔다. 시간이 빠르게 흐르자 자연스럽게 회복도 빠르게 진행되는 것 같았다.

다리뼈와 늑골이 붙을 즈음 얼굴 피부이식도 진행했다. 여린 허벅지 안쪽 살을 떼어 얼굴에 붙였다. 화장으로 가리면 티가 나지 않았지만 보경은 굳이 화장으로 수술 자국을 가리지 않았다. 이미 새겨진 자국을 평생 숨기고 살 수도 없었으며, 무엇보다 앞으로 평생을 함께할 것 같은 이 소방관이 치료 과정을 전부 지켜봤기에 아무런 거리낌이 없었다. 인생의 밑바닥에서 만난 사람은 편안했다. 실제로도 보경이 지하에 있을 때 만나지 않았던가.

보경은 소방관이 프러포즈를 해 왔던 날, 반지를 왼쪽 약지에 낀 채로 물었다.

"당신까지 위험해지는데 왜 나를 구했어요?"

"3%였잖아요."

"고작 3%인 거잖아요."

"사람은 기계와 달라서 꺼진다고 완전히 멈추는 게 아니니까요. 3%라는 뜻은 말 그대로 살 수 있다는 뜻이에요."

소방관과 약지에 반지를 나눠 낀 후부터 보경의 삶은 자신이 그려왔던 것과 전혀 다른 방향으로 나아갔다. 배우의 꿈이 사라진 것은 아니었지만 다급하지 않았다. 많은 이들의 시선보다 단 한 사람의 시선을 받는 것만으로도 충분히 행복한 삶이었다.

보경은 단편 영화를 몇 편 찍었던 경력으로 웹소설 출판사의 스토리 발굴 부서로 들어갔다. 그곳에서 드라마나 영화로 제작될 만한 스토리를 찾아 기획서를 써서 넘기는 일을 했다. 보경은 스스로도 단편 영화에 출연한 것과 스토리 발굴의 연관성을 찾지 못했으나 취업이 어려운 때에 일을 구했다는 사실만 감사히 여겼다. 일은 바빴지만 사내 분위기가 좋았고 야근과 회식을 강요하지 않아 그곳에서 꽤 오래 버텼다. 그러면서 점점 배우로 출연하는 것보다 이야기를 써내는 것에 관심이 생겨 퇴근 후 종종 컴퓨터 앞에 앉았지만 단 한 글자도 써내지 못했다. 보경은 자신이 적는 모든 말들이 지나치게 관념적이라는 느낌을 지울 수 없었다.

보경은 한 번도 찾아가보지 않았던 점집에 찾아가 부적도 하나 만들었다. 소방관의 베개 밑에 두면 불운을 쫓을 거라는 부적이었다. 미신은 믿지 않으며 살아왔지만 함께 있는 시간이 길어질수록 평온함을 지키기 위해서라면 무슨 짓이든 할 수 있을 것 같았다. 더불어 보경은 내내 그 3%가 불안했다. 3%의 수치가 이토록 멀쩡히 살 수 있었던 보경의 삶을 포기하라고 했던 것처럼 언젠가 소방관에게도 그런 3%가 올지도 모른다는 불안감이었다.

결혼 4년 차에 첫째 딸 은혜가 생겼고, 그 후 2년 뒤에 둘째 딸 연재가 생겼다. 은혜는 일곱 살이 되던 해 척수에 폴리오바이러스가 침범하며 수족 마비 증상이 일어났고 끈질긴 치료에도 불구하고 결국 척수성소아마비로 두 다리를 쓸 수 없게 됐다. 의사는 은혜가 준비만 되면 인간의 뼈대와 관절을 그대로 재현하는 생체 적합성 소재로 새 다리를 만들어주면 된다고 간단하게 말했다. 비용에 관한 이야기는 일절 없었으므로 보경은 푼돈으로 누구나 받을 수 있는 수술인 줄만 알았다.

은혜를 돌봐야 했던 보경은 다니던 회사를 그만뒀다. 소방관은 자신이 그만둔다고 했지만 보경은 일이 적성에 맞지 않아 쉬고 싶다고 말했다. 동료들에게는 나중에 돌아오면 받아달라고 너스레를 떨었다. 동료들은 각자 준비한 선물을 보경에게 건넸다. 보경 씨, 나중에 꼭 드라마에서 봐요. 솔직히 보경 씨 일에 별로 소질 없으니까 나중에 연기 꼭 다시 해요. 악담인지 덕담인지 모를 말 덕분에 보경은 울지 않고 나올 수 있었다.

은혜에게 첫 휠체어를 사주던 날, 소방관은 연재에게 똑같이 세발자전거를 사줬다. 둘은 소방관에게 안전교육을 1시간 이상 들었으며 그날 한강 공원에서 멈추지 않는 질주를 했다.

모친은 그즈음 눈을 감았다. 3년 전 초기 단계에 있던 유방암 제거 수술을 했는데 결국 3년 만에 재발한 암이 뇌로 전이되며 걷잡을 수 없을 만큼 번졌다. 의사는 나노봇을 이용한 암 제거 수술법을 언급했지만 이미 말기로 진행된 암은 뇌 주름 사이사이에 전부 끼어 있었으므로 완치가 어렵다는 점과 수술 비용이 만만치 않다는 점을 강조했다. 모친은 듣기도 전에 손을 내저었다. 암을 두 번이나 이기며 살아갈 만큼 남은 삶이 길지 않을 거라는 이유였다. 보경은 모친의 선택을 군이 반대하지 않았다.

모친은 10년 넘게 꾸려왔던 가게를 정리했다. 대출금마저 다 갚아 가게를 정리하고는 자신의 장례 비용 정도만 남긴 깔끔한 삶이었다. 모녀의 유대감은 끈끈하다는데 보경과 모친 사이에는 그런 유대감이 따로 존재하지 않았다. 그래서 모친의 죽음이 덤덤했지만 모친이 보경의 손을 꽉 잡고는 '네가 그때 그 지하에서 죽지 않아서 다행이야. 그랬다면 내 마지막이 사무칠 뻔했어'라고 말할 때는 코끝이 참을 수 없을 만큼 시렸다.

소방관이 놓지 않았던 보경의 3%에는 실로 많은 것들이 담겨 있었다. 보경은 언젠가, 한강 노을을 바라보며 바퀴를 열심히 굴리는 아이들이 멈추지 않고 달렸으면 좋겠다고 소방관에게 말했다. 삶이 이따금씩 의사도 묻지 않고 제멋대로 방향을 틀어버린다고 할지라도, 그래서 벽에 부딪혀 심한 상처가 난다고 하더라도 다시 일어나 방향을 잡으면 그만인 일이라고. 우리에게 희망이 1%라도 있는 한 그것은 충분히 판을 뒤집을 수 있는 에너지가 될 것이라고.

소방관의 그날 생존율은 80%였다.

60층에 달하는 5성급 호텔에서 가스 폭발사고로 화재와 붕괴가 동시에 일어났다. 몇 달째 비가 오지 않던 건기의 날씨는 불씨를 더 빠르게 밖으로 옮겼다. 호텔을 비롯해 근방의 건물들까지 불이 옮겨붙었다. 현장에는 10분 만에 구급차와 소방차, 그리고 소방용 헬기가 도착했다.

다르파가 먼저 건물 안으로 진입해 초기 진압을 시작하며, 생존자 위치를 소방관에게 알렸다. 하지만 누출된 가스는 계속해서 연쇄 폭발을 일으켰고 이미 58층에 있던 레스토랑 주방을 통째로 집어삼킨 뒤였다. 불길의 그다음 표적은 지상 5층에 있던 또 다른 주방의 가스실이었다. 불이 지상 5층에 닿기 전에 건물에 남아 있는 직원들과 투숙객들을 전부 밖으로 대피시켜야 했다. 진압작업은 계속해서 이뤄졌지만 불길은 거셌다. 보경은 현장과 떨어진 곳에서 소방직원과 함께 소방관의 생존 수치를 확인했다. 90%에서 80%를 오가는 파란 불빛이었다. 안심이 되면서도 얼른 화재가 끝나기를 간절한 마음으로 빌었다. 하지만 80%였던 수치가 0%로 떨어지는 시간은 10초도 걸리지 않았다. 기이할 정도로 빠르게 떨어지는 수치를 목격했다. 마치 소방관이 건물에서 떨어지는 장면을 마주한 것 같은 심정이었다.

기계가 고장 난 것이라고 믿었던 보경은 곧 온몸이 작업복에 눌어붙은 채 질식해 죽은 소방관을 만났다. 오래된 소방복 탓이었다.

10년 전 소방개혁을 꿈꾸며, 막대한 예산을 부어 구조용 휴머노이드 다르파 210대를 투입하는 와중에도 소방복을 새것으로 교체할 필요는 없다고 단언했던 것이 소방당국의 의견이었다. 정부의 지원 예산이 휴머노이드 제작에 전부 쏠린 탓에 다른 장비를 교체해줄 예산이 없다는 말이 소방관들 사이에서 떠돌았다. 조금만 더 버티면 전부 새것으로 교체해주겠다는 위로를 믿었지만 꼬박 10년 가까이 지나도록 장비 교체 따위는 이뤄지지 않았다.

살에 눌어붙은 장갑이 벗겨지지 않았다. 보경은 자신의 화상 입은 얼굴을 어루만졌던 소방관처럼 살점이 다 떨어진 소방관의 손을 자신의 볼에 가져갔다.

"3%도 살았는데 80%는 왜 못 살아. 당신 왜 이러고 있어."

소방복을 입고 있었음에도 피할 수 없었던 전신 화상과 폐부에 꽉 찬 재 때문에, 소방관은 늑골을 부러트릴 정도로 세게 내리누르는 보경의 심폐 소생으로도 살아나지 못했다.

보경에게는 소방관의 사망보험금이 들어왔다. 회사에 다시 들어가야 했지만 보경을 받아주는 곳이 마땅치 않았다. 전에 다녔던 회사에 다시 연락을 해볼까 싶었지만 도저히 용기가 나지 않았다. 은혜와 연재는 키워야 했고 보경은 혼자 남았다. 3%의 생존율로 살아남았던 보경은 이제 300%의 삶을 짊어지게 된 셈이었다.

보경은 다짜고짜 은행을 찾아가 소방관의 사망보험금으로 남은 세 식구가 굶어 죽지 않고 살 수 있는 가능성에 대해 물었다. 모친의 자리를 빼앗았던 휴머노이드는 보경에게 식당 경영을 제안했다. 보경의 삶 데이터를 분석해보니, 모친이 식당을 운영한 기록이 있으며 식당의 손님 수가 큰 격차 없이 꾸준함을 유지했던 것으로 미루어 안정적인 선택일 것이라는 이유였다.

모친의 요리 솜씨로 시작됐던 인생은 긴 레일을 돌고 돌아 다시 모친의 요리로 돌아왔다. 보경은 과천 경마장이 다시 살아난다는 부동산 업자의 말을 듣고 일찍이 그 근방의 망해가던 식당을 인수했다. 큰돈 들이지 않고 가게를 새 단장하고는 뒤편에 주택을 지어 그곳에 터를 잡았다. 요리는 연구하지 않아도 혀가 시키는 대로 따라가면 금세 모친이 내던 맛이 났다. TV에 소개되어 명성을 얻을 만한 유명한 집은 되지 못했지만 아는 사람들은 찾아오는, '닭요리 전문점'의 주인이 되었다.

그곳이 보경 삶의 정착지처럼 느껴졌다. 더 바라는 것도 없었다. 보경은 그저 시대를 새로운 혁명으로 인도했다는 로봇들이 싫었으므로 더는 자신의 삶에 끼어들지 않기를 바랄 뿐이었다.

연재에게 로봇에 관한 재능과 관심이 두루 있는 것을, 연재가 자라나는 동안 살갗으로 느낀 보경이었으나 일부러 아는 척하지 않았다. 연재가 중학생 때, 소프트 로봇 연구 프로젝트 선발에서 떨어진 걸 알았을 때에도 내심 다행이라 생각했다. 인간의 삶을 풍요롭게 만들어주는 휴머노이드를 왜 그렇게 싫어하느냐고 물어도 보경은 딱 꼬집어 말할 수 없었다. 어찌 됐든 보경은 근근하게 사는 형편이었으나 만족했다. 죽음이 확률로 계산되지 않고 예견되지 않는 날들을 쭉 누릴 생각이었다.

연재가 쓰레기 같은 기수 휴머노이드를 데리고 오기 전까지는.

"진짜 이상하네…."

보경이 손바닥으로 이마를 감싸 쥐었다. 지난주에 배달시켰던 흑설탕이 가게 식자재 칸에 보이지 않았다. 15킬로그램짜리 흑설탕이 틈에 숨어 있을 리 없다는 걸 알았지만 보경은 앞치마도 벗어두고 바닥에 꿇어앉아 서랍과 바닥 틈까지 살펴보았다.

손바닥을 털며 일어나 반신반의하는 표정으로 장부까지 꺼내 살폈다. 지난주 식자재 구매 목록에 흑설탕이 적혀 있었다. 도둑이 들어 흑설탕만 가지고 간 것 아니고서야 이 많은 식재료 중에서 흑설탕만 없을 수 있을까. 보경이 주방 구석에 앉아 배달이 왔던 지난주 화요일을 떠올렸다. 오전에 시켰던 식자재는 오후 3시쯤 배달이 왔고, 보경은 상자를 받아 주방에 놓아두었다. 그리고 식자재를 바로 정리했던가? 평소라면 바로 정리를 시작했겠지만 보경은 때마침 전화가 온 걸 기억해냈다. 장부를 다시 펼쳤다. 화요일 오후에 삼계탕 단체 손님이 있었다. 열 명. 당일 예약 오후 5시였으므로 보경은 전화를 끊자마자 삼계탕 10인분 준비를 시작했다. 맞다. 상자는 오래도록 그곳에 방치되어 있다가 학교 마치고 돌아온 연재가 정리했다. 생각이 물꼬를 트자 단서는 금방 잡혔다. 손님이 빠진 테이블을 정리하느라 정신없는 보경에게 연재가 '서랍 다 찼는데 이거 밖에다가 둔다!' 하고 말했던 것까지 떠올랐다. 보경은 화색이 돈 얼굴로 식당을 빠져나가 창고로 향했다.

그 창고는 자전거가 세 대 정도 들어갈 넓이에 성인이 목을 굽히고 들어가야 하는 높이였다. 겉칠만 다시 해도 쓸 만해 보이는 원목 창고였으므로 보경은 이사 올 때 그 창고를 없애지 않았다. 일이 바빠 칠을 다시 하지는 못했으나 그럭저럭 아이들이 가지고 놀던 킥보드나 롤러스케이트 따위를 넣어두기에 적당했다. 무엇보다도 실온 보관을 해둘 수 있는 식자재들은 창고 안 선반에 올려두기 좋았다. 물론 보경은 늘 할당량을 계산해 주문했기에 식자재가 창고로 오는 일은 드물었지만, 아마 연재는 서랍을 정리하면 충분히 남을 공간을 만들지 못했을 게 뻔했다.

오래도록 보경의 발길이 닿지 않았으나 창고는 여느 때와 다름없이 있어야 할 곳에 잘 자리해 있었다. 보경은 문을 비집고 튀어나온 리어카 손잡이를 보고도 아무런 거리낌 없이 창고 문을 열었다.

다행히 창고에는 흑설탕이 놓여 있었는데, 문제는 그걸 볼 겨를도 없이 보경이 깜짝 놀라 뒷걸음질 쳤다는 것이다. 그러다 맨손이라는 것을 깨닫고 황급히 창고에 있는 삽 하나를 손에 쥔 채 리어카에 담겨 있는 휴머노이드를 주시했다.

전원이 꺼져 있다는 것을, 그러니까 저건 깡통에 불과하다는 것을 알면서도 보경은 삽을 쥔 손의 힘을 풀지 않았다. 보경이 조심스럽게 다가가 삽으로 휴머노이드의 몸을 툭툭, 쳤다. 팔이 힘없이 리어카 밑으로 떨어져 흔들렸다. 도대체 정체를 알 수 없는 휴머노이드가 왜 자신의 집 창고에 있는 것일까. 다행히도 보경의 의문은 그리 오래가지 않아 해결되었다.

"어머!"

"봤어?"

학교를 마치고 돌아온 연재가 냅다 달려와 창고 문을 닫으며 보경에게 물었기 때문이었다. 문은 완벽하게 닫히지 않았고 보경이 휴머노이드를 봤다는 것을 뻔히 알면서도 물은 연재의 질문에는 대답이 필요 없었다. 보경은 휴머노이드를 저곳에 둔 범인이 연재라는 것을 알자마자 안도감과 함께 불안이 엄습하는 것을 느꼈다. 보경이 눈에 힘을 줬다.

"너 저거 뭐야. 당장 버려."

"싫어."

"싫기는!"

"싫다니까."

"우연재!"

"아, 엄마가 무슨 상관인데."

보경은 3연타를 직격으로 맞고도 굴하지 않고 보경을 지나쳐 자리를 피하려는 연재를 붙잡았다. 두 번 모두 보경의 손을 뿌리

치더니 세 번까지 뿌리치기는 본인도 미안했는지 이번에는 연재
가 보경을 돌아봤다. 짜증이 가득 묻은 얼굴로.

"저거 어디서 가지고 왔어? 뭐 하려고?"

보경은 차분하게 말하려고 노력했지만 이미 목소리에는 가시
가 가득 돋아 있었다. 연재는 대답을 반복하는 것 대신 침묵을
선택한 듯 입을 다물었다. 그 침묵이 말보다 더 날카롭고 무겁게
보경에게 다가오는 것을 알기라도 하듯이. 연재가 대화를 원치
않았기에 보경은 더 물을 수 없었다. 보경은 연재가 자신을 설득
시키거나 납득 가능하게 설명이라도 해줬으면 했지만 연재는 입
을 꾹 다문 채 보경을 쳐다볼 뿐이었다. 무슨 말이라도 하라고
다그치고 싶었지만 그래봤자 연재는 속을 조금도 꺼내놓지 않을
거라는 걸 보경은 잘 알고 있었다.

"내일까지 버리든가 치워. 안전하지도 않은…."

"내가 알아서 할 거야."

연재가 팔을 뿌리치고 자리를 피했다. 이번에는 보경에게 말
을 붙일 시간도 주지 않았다. 말싸움이 꽤 지속되리라 예감했다.

보경은 물에 희석한 락스를 분무기에 담아 야외 테이블에 뿌
렸다. 열 개나 되는 테이블에 전부 뿌리고는 바가지에 물을 담아
다시 테이블에 뿌린 후 마른 행주로 박박 문지르다가도 방금 전
연재의 표정을 떠올렸다.

그런 보경을 달래러 온 것은 은혜였다. 연재와의 대화를 엿들은 모양이었다.

"마지막으로 받은 월급 10원도 안 남기고 다 털어서 샀어. 도로 팔라고 해도 절대 안 팔 거야. 괜히 싸움 붙여서 기운 빼지 마."

물론 위로가 되는 말은 아니었다.

"너는 왜 안 말렸어?"

은혜에게 따질 게 아닌 걸 알면서도 답답한 마음에 보경이 다그치듯이 물었다. 턱에 호두를 만들며 잠시 고민에 빠졌던 은혜가 곧 입을 열었다.

"쟤가 뭘 저렇게 갖고 싶어 한 게 처음인 것 같아서."

그 말에 보경이 졌다는 듯 입을 다물었다. 은혜의 말이 맞았다. 관심이 첫째에게 쏠린 탓인지 유달리 의사표명을 하지 않던 연재였다. 생일 선물로 갖고 싶은 걸 물어도 연재는 한참을 고민하다가 없다고 대답하는 애였다. 예전에는 휴머노이드가 갑자기 나타나서 멀쩡히 은행에 다니던 사람을 밖으로 내쫓더니 이제는 제 딸이 다 망가진 휴머노이드를 가지고 왔다. 어쩐지 눈은 뜨고 있으나 한 치 앞도 보이지 않는 기분이었다. 빼앗긴 적 없는데 빼앗긴 기분이었고 버려진 적 없으나 버려진 기분이었다. 휴머노이드를 보면 그랬다.

보경이 행주로 테이블을 박박 닦았다. 연재가 망가진 휴머노이드로 무엇을 할지, 어디에 신고해야 하나, 혹 신고를 했다가 연재에게 불이익이 생기면 어쩌지, 도대체 저건 어디서 데려온 거지… 따위를 생각하면서. 더불어 어쩐지 길어질 연재와의 싸움에서 지지 않겠다고 다짐하면서 말이다.

은혜

"도대체 왜 갖고 싶은 건데?"

"제가 고쳐보게요. 아니, 산다는데 그런 이유까지 일일이 다 설명해야 해요? 돈을 안 준다는 것도 아니고 제가 저걸 가지고 살상무기나 만들고 있겠어요? 그냥 고등학생 실험용 자료로 기증했다고 해도 될 판에."

연재가 따발총같이 뱉은 말에 민주는 전부 맞기만 했고 은혜는 옆에서 구경만 했다. 연재의 행동이 퍽 진지했기에 말릴 수도 없었다. 결국 씨름 끝에 민주가 상사에게 물어보겠다며 전화를 하러 들어갔고, 연재는 팔짱을 낀 채 민주를 기다렸다.

하지만 다 망가진 기수를 도대체 왜 사려고 하냐는 질문에 대한 답은 은혜도 듣고 싶었다. 연재는 다리를 달달 떨며 민주가 나오기를 기다렸는데, 그 모습이 평소 모든 일에 덤덤하고 무감각했던 연재와는 사뭇 달랐다. 은혜가 도중에 연재의 이름을 불렀을 때에도 연재는 손톱까지 물어뜯으며 "왜?" 하고 보지도 않고 대답했다. 은혜는 아무것도 아니라며 질문을 물렀지만 연재는 그것마저도 신경 쓰지 않았다. 은혜는 그쯤에서 더 이유를 묻지 않기로 결심했다. 사람은 이따금씩 강렬하게 무언가에 끌렸다. 그게 사람일 수도, 사랑일 수도, 음악일 수도, 물건일 수도 있었다. 그 강렬한 끌림 앞에서는 무엇도 걸림돌이 될 수 없다. 마지막 월급을 전부 꼬라박을 정도의 강렬한 끌림을, 어제 연재는 다 망가진 콜리를 보고 느꼈으리라.

민주는 꽤 오랜 시간이 지난 후에 다시 나왔다. 통화를 하는 내내 상사에게 시달렸는지 퍽 지친 표정으로 계좌번호가 쓰인 종이를 연재에게 내밀며, 신고 갈 건 가지고 왔느냐고 물었다. 그리고 말을 덧붙였다.

"원래 휴머노이드를 사적으로 파는 게 불법이긴 하거든. 파는 사람 사는 사람 둘 다 걸리면 벌금형이니까 너도 어디 가서 괜히 떠벌리지 말고. 여기 이 계좌로 80만 원 넣어. 내가 깎아보려고 했는데 그 노인네가 죽어도 그 가격 받겠단다."

"알아요, 알아."

민주는 값을 받고 콜리를 판다는 것 자체에 미안함을 느끼는 듯했지만 연재는 혹여나 민주가 말을 바꿀까 곧바로 송금을 마쳤다.

민주가 리어카를 가리키며 물었다.

"저기에 담아 간다고?"

연재가 고개를 끄덕였다. 민주가 눈대중으로 리어카 크기를 쟀다.

"크기가 맞는지 모르겠는데…. 일단 끌고 들어와."

연재가 제 몸만 한 큰 리어카를 끌고 안으로 들어갔다. 녹슨 손잡이와 바퀴에서 끽끽거리는 쇳소리가 들렸지만 연재는 연신 웃고 있었다. 은혜가 괜히 주변을 둘러봤다. 밀거래 현장을 지키는 보초 같은 책임감을 느꼈기 때문이었다.

민주의 말처럼 휴머노이드의 사적인 거래가 불법이기는 했으나 우리나라 사람들이 가장 잘하는 게 불법거래가 아니었던가. 그렇게 중고거래로 팔린 휴머노이드들은 리폼되거나 자동차, 오토바이에 장식으로 쓰였다. 단속은 했지만 실제로 불법거래 판매자나 구매자를 처벌한 경우는 몇 되지 않았다. 시중에 유통되는 휴머노이드의 수는 날이 갈수록 증가했고, 그렇게 만연해지고 당연해지면 모두가 어쩔 수 없는 일이라고 치부했다. 때때로 어떤 일들은, 만연해질수록 법이 강화되는 것이 아니라 사회가 그 일에서 손을 놓아버리고는 했다.

은혜는 그런 것들을 꽤 많이 목격했다. 휠체어 보행환경의 불편한 지점들이 너무 많은 탓에 결국 모든 것을 손 놓아버린 것처럼 말이다. 연재는 잠시 후 리어카에 전원이 꺼진 콜리를 신고 채굴에 성공한 광부처럼 승리의 웃음을 가득 띤 얼굴로 등장했다. 연재가 그렇게 행복해하는 모습은 처음인 것 같았다. 물론 은혜가 모르는 연재의 행복한 순간은 훨씬 많았을 것이다. 은혜는 은혜라서 연재가 행복한 순간을 모르는 건 당연했다. 연재가 알려주지 않으면 은혜는 알 수 없었으므로.

"너 그거 엄마한테 뭐라고 말할 거야?"

은혜가 연재의 뒤를 바짝 따라잡으며 물었다. 리어카가 뻑뻑하기는 했으나 콜리 자체의 무게는 많이 나가지 않아 연재의 발걸음은 꽤 가벼워 보였다.

"가면서 생각해보려고."

연재가 고민도 없이 대답했다.

은혜가 말을 보러 경마장에 오기 시작한 건 4년 전부터였다. 주말이면 경마장의 손님들로 포화상태가 되는 동네였기 때문에 은혜는 그럴 때마다 밖에 나가지 않고 방에서 서커스장처럼 빛나는 경마장의 모습을 지켜봤다. 그곳에 가보고 싶다고 생각한 적은 많았다. 하지만 보경은 주말이면 가게가 만석이라 바빴고 연재는 주말이라는 이유로 종일 집을 비울 때가 많았다. 혼자 그곳에 가기는 힘들었다. 누구도 은혜에게 가지 말라고 한 적 없었지만 그 무엇도 은혜를 호락호락하게 그곳에 보내주지 않았다. 휠체어를 끌고 경마장에 다녀오는 길이 얼마만큼의 긴 모험이 될지, 어떤 위험을 만나게 될지, 어떤 수모를 감당해야 할지 알 수 없었으므로 은혜는 길을 나서기 전에 마음을 다잡는 시간이 필요했다. 은혜에게 집 밖 세상은 맵이 어떻게 바뀔지 모르는 서바이벌 게임이었다. 주된 공격은 시선이었고, 들어가지 못하는 가게들이 배경으로 지나갔으며, 가방에는 HP 회복을 위한 식량과 물이 구비되어 있었다.

전동 휠체어는 성능에 비해 값이 비쌌고, 결과적으로 바퀴가 가진 한계점을 돌파하지 못했다. 더욱이 보경은 전동 휠체어가 가야 하는 길이 인도가 아닌 도로라는 걸 마음에 들어 하지 않았다. 아직까지도 휠체어 전용 도로를 따로 만들지 않고 있다는 것에, 만들었다는 곳들이 죄다 도로에 선 하나 그어놓은 수준에 그쳤다는 것에 보경은 늘 분개했다.

은혜는 자연히 기계 다리를 갖게 될 줄 알았다. 몸의 반이 기계가 되다니. 한때는 사이보그 같아 멋있게 느껴지기도 했다. 하지만 은혜가 열여섯이 되기 한참 전인 여덟 살에 아빠가 세상을 떠났고 보경은 무너져가던 가게를 사 삶의 주름을 펴기 바빴다. 그다음 해 생일에는 초코케이크가 생일상에 올라왔고 보경은 예쁜 겨울 니트를 선물로 주었다. 환하게 웃어 보이지 못하는 은혜에게 무엇이 더 갖고 싶으냐고 물어 왔지만 은혜는 망설이다가 케이크 한 판이 더 먹고 싶다고 말했다. 은혜는 누가 말해주지 않아도 알았다. 자신은 조금 더 이 위험천만한 모험을 이겨내야 한다는 사실을.

세상이 조금만 더 자신을 남들처럼만 대해준다면 은혜는 사이보그 따위 되지 않아도 된다고 생각했다. 몇천만 원을 웃도는 기계 다리 부착 수술보다 더 필요했던 건 인도에 오를 수 있는 완만한 경사로와 가게로 들어갈 수 있는 리프트, 횡단보도의 여유로운 보행자 신호, 버스와 지하철을 누구의 도움 없이도 탈 수 있는 안전함이었다. 휠체어를 끌어주는 휴머노이드나 사이보그 다리가 아니라. 하지만 그렇게 되려면 지구가 너무 많이 바뀌어야 했다. 다수의 입장에서는 한 사람에게 모든 것을 전가하면 그만인 일이었으니까. 은혜는 사람들이 전가한 '한 사람의 몫'을 아직 책임질 수 없는 사람이다. 한 사람이 아니라 반쪽짜리 사람이랄까. 보호자를 동반하지 않고서는 혼자 다니기 위험한 영유아처럼 은혜에게도 반쪽의 몫을 보충해줄 보호자가 늘 필요했다. 하지만 이마저도 은혜의 판단이 아닌 은혜를 지켜보는 타인의 판단이었다.

그렇지만 4년 전 어느 날, 늘 집에서 지켜보기만 하던 은혜는 문득 휠체어를 끌고 밖으로 나갔다. 그날은 연재가 일찍 퇴근할 테니 같이 경마장에 가자고 한 날이었는데, 손님이 많았는지 연재는 약속 시간이 넘도록 오지 않았고 은혜는 언제까지고 기다릴 수는 없다는 생각이 들었다. 말 그대로 언제까지 기다릴 수 없었다. 어떤 것도, 기다릴 수만은 없는 노릇이었다.

보경에게 다녀온다는 이야기도 하지 않고 집을 나섰다. 경마장까지는 길을 잃지 않고 찾아갈 수 있었는데, 경마장 주변 하늘을 달리는 홀로그램 말이 어디에서나 잘 보였기 때문이었다. 평일에는 텅 비어 있던 도로에 차들이 꽉 들어차 있었고 사람들은 인도와 차도 구분 없이 움직였다. 아무 생각 없이 사람들의 꽁무니만 좇았다가 클랙슨 소리를 귀 바로 옆에서 들었다. 오른쪽 귀에서 이명이 들렸고 정신이 잠시 아득해졌다. 이렇게 꾸물거렸다가는 자신 때문에 이 일대가 마비될 거였다. 은혜는 헐레벌떡 인도로 빠졌다. 경사로의 돌에 바퀴가 걸렸지만 마음이 급해 힘으로 밀어붙여 올랐다. 팔에 네온 팔찌를 끼고, 머리에 머리띠를 쓴 사람들이 빠른 속도로 은혜를 지나쳤다. 그들의 속도가 자동차와 비슷하게 느껴졌다.

빽빽하게 줄지어 걸어가는 사람들의 뒷모습을 바라보다 은혜는 울렁증을 느꼈고 집으로 돌아가야겠다고 생각해 방향을 돌렸다. 그 순간 경마장에서 커다란 신호탄 소리가 들렸고 그 소리는 마치 은혜를 이곳으로 부르는 듯했다. 다 왔잖아, 조금만 더 힘내. 결국 다시 방향을 돌려 경마장으로 향했다. 반드시 그곳에 가리라는 마음을 먹자 몸에 힘이 생겼다. 낮은 언덕도 누구의 도움 없이 혼자 올랐다. 표를 끊고 정문으로 들어갈 수는 없었다. 보호자를 동반하지 않은 청소년은 혼자서 입장이 불가능했기 때문이었다. 은혜는 포기하지 않고 그 큰 공원을 돌았다. 완벽한 차단이란 존재하지 않으리라. 분명 어느 틈으로는 그 화려한 경기를 볼 수 있을 거라 믿었고, 그 믿음은 오래 걸리지 않아 현실이 됐다.

거리가 꽤 멀었지만 은혜는 이팝나무 사이로 반짝이는 경기장 내부를 볼 수 있었다. 잔디가 깔린 주로를 내달리는 출전마들이 보였다. 아주 잠깐이었지만 색이 다른 복면을 쓰고 눈가리개를 찬 말들이 오롯이 앞만 보고 힘차게 내달리는 모습을 봤다. 그때 말을 몰고 가는 기수가 휴머노이드라는 사실은 은혜에게 중요하지 않았다. 오로지 말만 보였을 뿐이었다. 말의 매력에 사로잡힌 날이었다. 1초가 100프레임처럼 펼쳐졌다. 말이 달릴 때 요동치던 갈기와 꿈틀거리던 근육, 바람에 흩날리던 이팝나무의 백색 꽃잎, 말을 향해 내던지던 사람들의 함성. 그 모든 것이 인상파의 그림처럼 강렬하게 자리 잡았다. 은혜는 그날 이후로 눈만 감으면 주로 위의 말을 꿈꿨다.

보경에게 콜리를 들킨 다음 날, 연재는 숨길 것 없다는 듯이 콜리를 업고 집 안으로 걸어 들어갔다. 연재를 따라가고 싶었지만 연재의 발걸음은 1층의 방이 아닌 2층 창고로 향했다. 계단을 오르는 연재의 뒷모습을 바라보다가 은혜가 밖으로 향했다. 마감을 마친 보경은 테이블 의자에 앉아 퉁퉁 부은 발을 바람에 말리고 있었다. 연재를 보았지만 애써 보지 않은 척하려는 필사의 노력이었다. 휴머노이드를 절대 집에 두지 못하게 할 것처럼 화를 냈던 보경은 월급을 털어 사 왔다는 은혜의 말에, 무엇보다도 이토록 무언가를 가지고 싶어 하는 연재는 처음이라는 말에 한풀 꺾고 연재를 지켜보기 시작했다. 탐색전이다. 상대를 이기기 위해 관찰하는 시간.

밤에 꽤 많은 양의 비가 쏟아진다더니 빗방울이 분무기가 뿌리는 물처럼 조금씩 내리기 시작했다. 파라솔 위로 빗방울 떨어지는 소리가 들렸다. 은혜가 다가오는 기척을 들었는지 보경은 깨물어 먹은 메로나 아이스크림을 은혜에게 내밀었다. 은혜는 한 입 깨물어 먹고 보경에게 다시 돌려줬다.

"네 동생은 또 무슨 짓을 하려고 저걸 사 왔다니."

보경이 말할 때마다 메로나 향이 났다. 가족 둘이 모이면 다른 가족의 흉을 보는 게 자연스러운 일인 것처럼 대화가 흘렀다. 은혜는 어깨를 들썩였다. 보경은 남은 아이스크림을 한입에 넣고는 막대기를 손가락 사이에 걸고 흔들었다. 연재에 대해 깊이 생각하는 것 같기도 했고 또 아무 생각도 하지 않는 것 같기도 했다.

아이스크림이 입 안에서 녹아 사라졌을 즈음 다시 입을 열었다. 가족의 대화란 게 또 그렇듯이 주제도, 흐름도 없이 그때그때 튀어나왔다.

"다음 달에 네 아빠 기일이 있네. 시간 진짜 빨리도 간다. 1년이 하루처럼 흐르는 것 같아. 징그럽게 빨리도 가."

보경은 잠시 말을 멈췄다가 은혜를 노려보듯 휙 바라봤다.

"너는 경마장에 왜 그렇게 가는 거야? 둘 다 엄마 몰래 거기다가 돈이라도 숨겨뒀어?"

"뭐라는 거야."

"아니면 너희 막 경마에 돈 쓰고 그러는 거 아니지?"

"엄마, 말이 되는 소리를 해."

보경도 자신이 뱉은 말이 이상한 건 알았는지 곧장 말을 물렸다. 말 보러 가. 투데이. 에이스였는데 연골이 다 나가서 이제 주로를 뛰지 못하는 말이야. 은혜는 속으로 완벽한 문장을 만들어 대답했지만 입으로는 볼멘소리를 했다.

"여기서 갈 곳이 거기 말고 어디가 더 있어."

"어머머, 왜 없어? 조금만 더 가면 과학관도 있고 대공원도 있는데. 그렇게 사행성 짙은 곳에 자꾸 가니까 신경 쓰이잖아."

은혜는 불현듯 좋은 생각이 난 것처럼 보경에게 제안했다.

"엄마도 그러지 말고 경마에 베팅 좀 해봐. 요즘 그걸로 한 건 하는 사람 많던데."

"엄마는 그런 거 할 줄 몰라. 너희 진짜 거기서 그런 거 하는 거 아니지?"

"요즘 우승 확률도 다 계산한다니까. 승률만 보고 가도 밑지는 경우는 없대."

귀가 얇은 편이라 누구의 말이든 쉽게 혹하는 보경이었기에 은혜는 이번에도 관심을 보일 줄 알았다. 보경을 보호자로 대동해 경기를 보려고 했던 속셈이었으나 보경은 고민도 없이 고개를 저었다.

"그런 확률 안 믿어."

보경이 자리에서 벌떡 일어났다.

"내년 봄에는 미세먼지나 안 왔으면 좋겠다. 벚꽃놀이나 한번 가게."

보경은 기지개를 크게 펴고는 앞치마를 풀 새도 없이 육수를 우린다고 주방으로 들어갔다. 은혜는 홀로 남아 보경이 땅에 흘린 아이스크림 막대기를 다시 주웠다. 그리고 한동안 그곳에 앉아 여름에서 가을로 넘어가는 계절의 경계를 느꼈다.

은혜가 그곳에 오래도록 있고 싶어서 있던 것은 아니다. 단지 그 공간이 은혜가 오래 머물 수 있도록 되어 있었을 뿐이었다.

연재

자이로센서*는 이상 없었다. 낙마의 원인이 자이로센서의 고장으로 중심을 잃은 탓은 아닐까 싶었던 추측이 빗나갔다.

"그럼 도대체 왜 떨어졌니."

답답함에 자기도 모르게 중얼거리던 연재는 그제야 허리를 폈다.

어젯밤부터 쪽잠 몇 시간 잔 것 빼고 연재는 계속 콜리의 몸체만 들여다보고 있었다. 허리가 아프지 않은 게 이상할 정도였다. 밤을 꼬박 샜으므로 지금쯤 눈을 감는 게 맞지만 몇 시간 후면 학교에 가야 하는 월요일 아침이었다. 연재는 최대한 콜리의 모든 것을 뜯어보고 가고 싶었다. 콜리에 대한 전체적인 약도가 없었기에 손가락으로 하나하나 살펴보며 그려나가기 시작한 지 9시간째였고 전체적인 도면을 다 짠 후 제일 처음 한 일은 몸체속에 있는 자이로센서와 제어기능을 뜯어보는 것이었다.

---

* gyro sensor. 기본적으로 회전하는 물체의 역학운동을 이용한 개념으로 위치 측정과 방향 설정 등에 활용되는 기술이다. 스마트폰, 리모컨, 비행기나 위성의 자세 제어 장치 등에 광범위하게 사용된다.

뜨고 있기 힘들 정도로 눈이 뻑뻑했다. 눈에 기름칠이라도 할 수 있으면 좋으련만. 차마 눈에 기름을 뿌릴 수가 없어 연재는 싹싹 비벼 뜨겁게 달군 손바닥을 눈두덩에 잠시 올렸다. 몸은 빨리 바닥에 누우라고 야단이었다. 굴복하고 싶지 않았지만 연재는 몸의 욕망을 이길 재간이 없었다. 결국 스프링 무지 공책을 손에 쥐고는 콜리와 나란히 천장을 보고 누웠다.

빼곡하게 채운 공책 한 면을 바라봤다. 컨트롤러나 메모리도 정상이었다. 콜리의 판단과 균형을 담당하는 모든 부분이 정상이라는 뜻이었고 이는 낙마의 이유가 기계적 결함이 아니라는 말이기도 했다. 연재가 고개를 돌려 콜리를 쳐다봤다. 땅에 긁히고 쓸린 투구에는 스크래치가 많았다.

"너 진짜 이상한 애 맞구나."

전원을 끈 콜리는 아무런 반응이 없었다.

"하늘을 보다가 떨어지기도 하고…."

연재는 가만 누워 하늘을 바라보다 떨어지는 휴머노이드를 상상했다. 이 휴머노이드에게도 표정이 있었을까? 눈썹이나 얼굴 근육이 없으니까 표정이라고 할 수 있는 표면적인 움직임도 없었겠지? 그렇지만 연재는 어쩐지 이 휴머노이드가 놀란 눈으로 하늘을 바라봤을 것만 같다. 눈썹 안쪽이 밀려 올라간 표정으로 말이다.

당장에라도 전원을 켜 콜리에게 많은 것을 묻고 싶었지만 그보다 먼저 알람이 울렸다. 연재가 요란한 휴대폰 알람 소리에 자리에서 벌떡 일어났다. 가지고 올라온 이불로 콜리를 덮어두고는 문을 닫았다가, 곧바로 다시 열어 콜리가 그 자리에 있는지 한 번 더 확인했다.

샤워와 세수, 양치를 동시에 끝내고 아침 식사는 생략했다. 개어놓은 교복을 서둘러 입으며, 아침을 먹고 있는 보경과 은혜에게 자신이 올 때까지 위층에 올라가서 괜히 아무거나 건드리지 말라는 말을 단호하게 일러두고 집을 나섰다. 발걸음이 그날따라 유독 가볍고 빨랐는데 학교가 즐거운 것이 아니라 학교를 견뎌내고 돌아오면 집에서 콜리를 만질 수 있다는 사실이 연재를 가볍게 만들었다. 뭉개진 골반과 다리를 다시 만들어야 할 것이다. 카본을 구할 수 있으면 좋겠지만 그게 되지 않는다면 알루미늄으로도 충분히 비슷하게 구현해낼 수 있으리라. 무게야 플라스틱보다 가벼운 카본에 비하면 비교할 수 없을 만큼 무겁겠지만 이제 가벼울 필요가 없으니 상관없겠다 싶었다.

휴머노이드를 처음 본 것은 비가 내리던 방과 후였다. 열한 살이었나 열두 살이었나. 분명 챙겼다고 생각한 우산이 가방에 없어 연재는 아이들이 다 빠져나간 정문에 혼자 서 있었다. 보경에게 전화하면 오래 걸리지 않아 우산을 들고 왔을 테지만 그날 저녁은 단체 손님 예약이 되어 있었다. 아마 전화해도 못 받지 않을까.

연재는 결국 가방을 머리에 이고는 빗속으로 뛰어들었다. 그리고 길목에서 네 발 달린 휴머노이드를 만났다. 녀석은 들개처럼 주변을 두리번거리다가 연재 앞에서 걸음을 멈췄다. 연재가 보기에 물에 젖은 기계는 꼭 고장이 날 것 같았다. 연재는 입고 있던 외투를 벗어 '들개'의 머리에 덮었다. 들개의 얼굴에서 초록색 불빛이 깜빡깜빡 켜졌다가 꺼지길 반복하더니 연재 앞에 엎드렸다. 자신의 등에 앉으라는 신호였다. 연재는 망설였지만 등에 타기 전까지 들개는 떠날 것 같지 않았으므로 하는 수 없이 딱딱한 카본 위에 앉았다. 그러고는 뼈대 같은 들개의 외골격을 손으로 단단히 붙잡았다. 들개는 다소 거칠지만 안정적으로 빗속을 뛰어가기 시작했다. 연재는 그때 손바닥과 다리에서 들개의 엔진을 느꼈고 사람의 심장박동처럼 움직이는 유압기의 피스톤질을 느꼈다. 들개는 살아 있었다. 숨은 쉬고 있지 않지만 살아 있는 지상의 어떤 생명과도 전혀 다를 게 없었다. 들개는 한참을 달려 연재의 집과 꽤 가까운 공터에서 멈췄다. 목적지에 도착했다는 듯 들개가 땅에 엎드렸고, 연재는 하차해 옷을 챙겼다. 연재는 그때 움직이고 있는 들개의 뼈를 드러내 그 속을 파헤쳐보고 싶었다. 하지만 끝내 그러지 못했다. 그렇게 했다가는 들개가 아파할 거란 생각 때문이었다.

연재는 그때 만났던 들개가 어디에 쓰이는 휴머노이드인지 여태 알지 못했다. 단지 외형으로 짐작건대 다르파가 아니었을까 싶었다. 그날 내린 폭우로 막계천의 물이 불어 많은 것들이 천에 떠내려갔다고 들었다.

교실에 도착해 의자에 앉자마자 집에서 가져온 공책을 꺼내 도면을 짜기 시작했다. 재조립 과정에 필요한 부품들 대부분을 가지고 있지 않았으므로 연재는 또 한동안 철물점과 폐기물처리장을 전전해야 할 운명임을 받아들였다. 그래도 경마장 부근의 폐기물처리장에서는 건질 만한 것들이 꽤 많았다. 그러니까 연재는 머릿속이 온통 콜리에 대한 생각으로 꽉 차 있어 자신의 책상 앞에 지수가 서 있다는 것을 인식하지 못했다. 보다 못한 지수가 책상다리를 발로 툭툭 칠 때까지 말이다.

연재는 그제야 공책을 책상에 내려두고 지수를 올려보았다. 지수가 거두절미하고 용건부터 꺼냈다.

"지난주에 말한 거 생각해봤어?"

"아…. 아니."

지수가 인상을 찌푸렸다. 연재는 지난주 금요일에 지수가 자신에게 했던 제안을 까마득히 잊고 있다가 방금 지수의 얼굴을 보며 막 떠올린 참이었다. 물론 생각해볼 마음은 있었다. 단지 토요일에 일을 잘리고, 콜리를 발견하게 되면서 생각이 밀려났을 뿐이다. 지수가 연재의 책상에 두 손을 짚고는 따지듯이 물었다.

"너 주말에 아르바이트 하느라 공부도 안 하지?"

"이번에 잘렸어."

일부러 할 말 없게 대화를 뚝뚝 끊는 것이 연재의 취미는 아니지만 연재가 이런 식으로 대답할 때마다 지수의 눈에는 불꽃이 피어올랐고, 화가 났으면서도 애써 차분함을 유지하려는 지수가 웃겨 연재는 종종 이런 대화법을 이용했다. 이번에도 역시 화는 났으나 연재의 페이스에 말려들지 않겠다는 다짐이 눈에 보였다. 지수가 앞 의자를 끌어와 연재 앞에 앉았다.

"주말에 생각 안 했으면 지금 빨리 생각해. 할 거야 말 거야."

어절마다 손가락으로 책상을 툭툭 건드렸다.

"말 거야."

그렇지만 이번 대답은 놀리려고 하는 대답이 아니고 진심이었다.

"왜?"

"너랑 하기 싫으니까."

지수가 입술을 꾹 깨물었다. 이번에는 조금 돌려 말했어야 했나. 연재가 뒤늦은 후회를 했지만 뱉은 말을 수습할 여력은 없었다. 지수가 주먹을 꽉 쥐는 게 보였다. 여차하면 한 대 맞겠다 싶

었다. 하지만 지수는 이내 특기인 냉정함을 도로 되찾았고 연재
를 노려보며 입을 열었다.

"말하는 꼬라지 진짜 별로다."

연재가 느끼기로 지수나 본인이나 피장파장이었다. 연재를 무
섭게 노려보던 지수의 눈은 어느새 아래로 향해 연재가 도면을
그리고 있던 공책으로 향했다. 지수가 순식간에 공책을 낚아챘
다. 막을 수도 없는 속도였다. 콜리의 모형을 그려놓은 것이지만
그걸 알 리 없는 지수가 헛웃음을 뱉으며 연재에게 물었다. 어이
가 없다 못해 기가 차서 죽을 것 같다는 표정이었다.

"너 설마 치사하게 혼자 준비하니?"

"그런 거 아니거든."

연재가 공책을 빼앗으려고 손을 뻗었지만 공책을 등 뒤로 감
추는 지수의 손이 더 빨랐다.

"그럼 이거 뭔데. 나가려고 뭐 도안 짜고 그랬던 거 아니야?"

"대회는 다르파잖아. 공책에 그려져 있는 건 두 발이고."

"다르파?"

지수는 혼자 단어를 중얼거리다가 곧 다르파가 네 발 달린 휴
머노이드라는 걸 깨닫고는 수긍했다. 연재가 다시 손을 지수에
게 내밀었다. 공책을 돌려달라는 의사표명이었고 자신의 추측이
틀렸다는 걸 깨달은 지수는 못 이기는 척 공책을 책상에 올렸다.

지수가 지난 금요일에 제안한 대회는 차세대 다르파를 주제로
한, 전국 고등학생을 대상으로 열리는 대회였다. 재난 발생 시
필요한 구조용 소프트 로봇이나 일상에서 필요한 다르파를 모델
링하고 직접 제작하는 대회였다. 지수가 그 대회에 관심을 갖는
이유는 딱 하나였다. 대상은 차치하고 입상만 해도 대학에 갈 때
엄청난 가산점이 붙으며 입상보다 높은 상을 수상했을 경우 국
내에서는 서울대나 포항공대, 카이스트로 가는 황금로드가 펼쳐
지기 때문이었다. 지수 역시도 그런 얄팍한 속셈을 처음부터 숨
길 생각은 없다는 듯 연재에게 '이거 입상하면 대학 가산점 많이
붙어'로 운을 뗐었다. 연재가 궁금했던 것은 전교생 중에서 왜
하필 자신을 택했느냐였다. 소프트 로봇 연구 프로젝트에서 탈
락한 이후로 연재는 표면적으로라도 로봇에서 손을 털지 않았던
가. 로봇은 연재가 하고 싶다고 할 수 있는 분야의 공부가 아니
었다. 코딩 시간에도 내내 잠만 잤던 연재에게 뭘 믿고 그런 큰
대회를 나가자고 제안했는지 지수의 속을 알다가도 모를 일이었
다. 물론 딱 봐도 꿀릴 것 없이 사는 지수의 집안에서 고등학생
뒷조사쯤은 껌으로 할 것 같았지만 다른 한편으로는 그런 집안
에서 기껏 고등학생 뒤나 조사하고 다닌다는 게 영 와닿지 않았
다. 더욱이 이런 제안 한 번쯤 건넬 정도로 대화를 나눈 적이 있
는가? 단연코 아니었다.

스물한 명이 한 반인 교실에서도 아이들 사이에서의 급이 있었는데 지수로 치자면 영어유치원을 다녔고, 한국에서 중학교를 나오는 대신 캐나다인가 호주인가에서 3년을 살다 돌아온 A급이었고 그에 반해 연재는… 딱히 설명을 말자.

물론 이렇게 자라온 환경을 두고 급 나누는 것 자체를 싫어하는 연재였지만 지수는 급을 따지는 아이였다. 어쩔 수 없는 차이는 숨겨지지 않았다. 연재는 지수를 잘 알았다. 그 애의 취미나 성격을 속속들이 안다는 건 아니고 연재가 계속 이렇게 나올 경우에 어떤 선택을 할지 잘 알고 있었다. 역시나 급이 맞지 않는다며 급에 맞는 아이를 찾으러 다시 떠나겠지. 나쁘다고 생각지는 않았다. 어떤 경로로 알았는지는 모르지만 연재는 로봇에 꽤 천재적인 재능을 가지고 있었고 지수는 그런 연재로 기회를 잡으려는 것뿐이니까. 급이 높은 아이들의 진가는 기회를 놓치지 않고 잡는다는 것에 있었다.

"왜 나가기가 싫은 거야? 재료비 같은 건 내가 다 낸다니까."

"너 나랑 안 친하잖아."

"아니…!"

지수가 목소리를 크게 냈다가 주변 아이들을 살피고는 이를 악물고 말했다. 인중에 힘이 잔뜩 들어간 채였다.

"친한 게 중요하냐고 지금. 그냥 나가는 거지. 뭐 이런 걸 절친끼리 해? 지금 내가 너랑 소풍 가자고 했냐고."

"그거 팀워크도 점수에 포함되어 있지 않아? 우리가 이래놓고 무슨 팀워크야. 안 되겠다."

틈도 주지 않는 연재의 방어에 지수가 한숨을 깊게 뱉었다. 지수의 주먹이 떨렸다. 1분 후면 수업 종이 칠 거였다. 이 정도면 지수도 포기할 때였다. 지수가 숨을 들이삼키며 머리칼을 쓸어 넘겼다. 이마 앞으로 흘러나온 머리를 훅, 입바람으로 넘겼다.

"너 지금 내가 너랑 별로 안 친하다고 이러는 거지. 엉?"

"뭐라는…"

"좋아. 내가 오늘부터 아주 끝장나게 너랑 친구 해준다."

지수가 주머니에서 휴대폰을 꺼내 전화를 걸었다.

"엄마, 나 오늘 학원 안 가. 응, 그거 같이 나가려고 했던 애가 비싸게 굴잖아. 짜증 나게. 오늘 끝나고 좀 더 꼬셔봐야겠어."

지수는 연재가 말릴 틈도 없이 후다닥 통화를 끝냈다.

"너!"

"왜?"

연재가 더 따져 묻기도 전에 종이 쳤다.

"학교 끝나고 같이 가."

지수가 자리로 돌아갔다. 연재는 한 가지 고민을 추가했다. 좌우측 뇌가 고민 하나씩을 담당했다. 하나는 계속해왔던 콜리에 대한 고민이었고 또 하나는 지수였다. 지수를 집에 데리고 갈 마음은 추호도 없었다.

물론 연재도 자신이 필요 이상으로 지수와의 관계에 선 긋고 있다는 건 알고 있었다. 지수는 연재가 생각하는 것보다 더 착한 아이일지도 모른다. 연재가 겪어왔던 몇몇의 아이들과 지수는 다를지도 모른다. 하지만 그 희박한 반전에 기대를 걸 만큼 체력과 감정을 낭비하고 싶지 않았다. 연재는 타인의 삶이 자신의 삶과 다르다는 걸 깨달아가는 것이, 그리고 그 상황을 수긍하고 몸을 맞추는 것이 성장이라고 믿었다. 때때로 타인의 삶을 인정하는 과정은 폭력적이었다. 그러니 연재에게 남은 방법은 딱 하나였다. 수업이 마치자마자 온 힘을 다해 뛰어가는 것.

삶의 격차라는 것이 어느 틈을 비집고 생기는 것인지 한때는 이해할 수 없었다. 똑같이 학교에 다니고 똑같은 옷을 입고 같은 공부를 하는데 어느 순간부터 어떤 아이들에게는 다가갈 수조차 없을 만큼 차이가 났다. 우리 부모님도 돈을 벌고, 우리 부모님도 나를 사랑하는데 왜 우리는 같은 나이에 이만큼 차이가 나는 걸까. 그 의문이 연재의 생각을 좀먹기 시작한 후 연재는 자신이 가지지 못한 것들을 손가락으로 헤아리는 습관이 생겼다. 그러다 어느 순간 그것조차 포기했다. 손가락과 발가락을 전부 다 접어도 가지지 못한 것이 너무 많았기 때문이었다.

연재가 가지지 못한 것 중에는 전자기기도 있었고, 책도 있었고, 옷도 있었다. 그중에서도 휴대폰이나 태블릿, 워치 같은 것들이 두드러졌다. 가지고 싶다는 욕심보다도 '너는 왜 이거 없어?' 하고 물어 오는 아이들에게 딱히 할 말이 없다는 것이 괴로웠다. '샀는데 잃어버렸어'라는 거짓말을 했다가 어느 날 꿈에 침대 밑으로 큰 구멍이 나 모든 것이 빨려 들어가는 장면이 나온 이후로는 그 말도 멈췄다. 그 후에는 입을 닫았다. 세상에는 끊임없이 새로운 물건들이 각기 다른 몸값을 지니고 나왔다. 연재는 그것이 정말로 필요해서 생긴 것인지 생김으로써 필요해진 것인지 구분할 수 없었다.

하지만 세상은 연재와는 상관없이 빠른 속도로 많은 것을 탄생시켰다. 그제야 삶의 격차가 어느 틈을 비집고 생겼는지 이해되기 시작했다. 그건 연재의 균열이라기보다 부모님, 그리고 그 부모님보다 더 먼 부모님의 삶 어디에선가부터 천천히 시작된 균열일 것이다. 연재가 스스로 절대 여밀 수 없는 크기로 말이다.

지수는 쉬는 시간만 되면 연재에게 말을 걸기 위해 찾아왔고, 연재는 쉬는 시간만 되면 공책과 연필을 들고 화장실 칸으로 도망쳤다. 3교시가 끝난 쉬는 시간, 지수가 화장실 칸 문을 발로 차며 "똥 좀 그만 싸!" 하고 소리쳤다. 연재는 굴하지 않았고 점심시간까지 통으로 화장실에서 견뎠다. 점심은 5교시가 시작하기 전에 잽싸게 매점에서 사 온 빵으로 해결했다.

지수도 딱히 어울리는 친구가 없다는 건 그때 깨달았다. 빵을 입에 물고, 연재는 홀로 자리에 남아 급식실에 가지 않는 지수의 뒷모습을 봤다. 허리와 목을 꼿꼿하게도 펴 앉았구나. 근데 외로워 보인다.

그렇지만 자신이 신경 쓸 일은 아니라고 생각했고, 연재는 7교시를 마치자마자 자리에서 벌떡 일어나 밖으로 내달렸다. 달리기라면 내로라할 자가 없지 않았던가. 하지만 인간의 원초적인 힘은 결국 문명 앞에서 무릎을 꿇고 말았다. 지수가 전동킥보드를 타고 유유히 옆에 섰을 때 연재는 하마터면 불공평한 세상에 침을 뱉을 뻔했다.

"그냥 처음부터 같이 가면 될 걸 미련하게 힘을 왜 빼."

지수가 전동킥보드의 속력을 가장 느리게 조절해 연재가 걷는 속도와 맞췄다. 연재는 포기하고 지수와 나란히 걸었다. 발버둥 쳐봤자 어쩐지 비참함은 자신이 느낄 것 같았으므로.

"너 근데 달리기 더럽게 빠르더라."

지수가 말했고 연재가 한 귀로 흘려보냈다.

"너 그렇게 안 보이는데 공부 빼고 잘하는 거 되게 많구나."

"…욕 같은데."

"욕 맞아. 요즘 세상에 공부만 잘해도 모자랄 판에 공부 빼고 다른 거 다 잘해서 뭐 먹고 살 건데?"

사실이라 반박할 말이 없었다. 한때는 로봇 개발자가 꿈이었다. 로봇에 대해 잘 알고 로봇을 잘 만지면 되는 줄 알았다. 물론 그 정도만 해도 됐다. 단지 해외에서 유명 교수에게 직접 개발 지도를 받거나 논문을 작성한 아이들과 대결하면 순위가 많이 밀릴 뿐이었다. 지수는 반박의 의지가 없는 연재를 보고는 기회를 놓치지 않고 입을 열었다.

"그러니까 나랑 같이 대회 나가자니까. 도대체 네가 왜 싫다고 버티는지 눈곱만큼도 이해가 안 간다. 기회를 준다고 해도 잡지를 않아요. 하여튼 요즘 물러터진 애들은 독하게 사는 법을 몰라."

떠들고 싶은 만큼 떠들라는 심정으로 연재는 아무런 반응도 하지 않았다. 연재 역시 지수를 이해할 수 없었으므로 대화를 해 봤자 서로 벽에 대고 외치는 것밖에 되지 않을 거였다.

지수가 전동킥보드를 멈춘 곳은 편의점 앞이었다. 지수는 연재에게 전동킥보드를 잠시 보고 있으라고 부탁하고는 편의점 안으로 들어갔다. 그리고 곧 손에 제주도산 바나나와 망고가 담긴 과일바구니 하나를 쥐고 나와 연재 품에 안겼다.

"집에 맨손으로 갈 수는 없잖아."

"허례허식 덩어리네."

"다른 말로 방문 예의라고 한다. 네가 뭘 알겠니."

연재는 집에 도착하기 전까지도, 자신의 집이 식당과 함께 붙어 있다는 사실과 지금 집에 있을 은혜가 휠체어를 타고 있다는 것 때문에 지수가 내뱉을지도 모르는 무례한 말을 사전에 차단해놓아야 하는지를 고민했다. 하지만 머뭇거리는 사이 둘 중 어떤 것도 말하지 못한 채 집에 도착했다. 미리 말해봤자 사람을 바꿔놓는 게 아니라면 달라질 게 없다는 생각이 들기도 했고, 만일 지수가 실례되는 실수라도 한다면 그것을 빌미로 멀리 떼어놓을 수 있을 거라는 핑계가 떠올랐기 때문이었다.

지수가 야외 테이블 옆에 전동킥보드를 주차시켰다. 연재가 먼저 식당 안으로 들어갔다. 식당 주방에서는 어젯밤부터 끓여놓은 걸쭉한 육수 냄새가 진동했다. 전날 감은 머리를 머리핀으로 틀어 올려 고정한 보경은 잠을 설쳤는지 푸석한 얼굴에 피곤이 잔뜩 끼어 있었다. 친구가 왔다는 말은 해야 할 것 같아 보경을 불렀다. 보경은 뒤도 돌아보지 않고 "저녁 먹어야지"하고 물어보며 분주하게 움직이고 있었다.

"아주머니, 안녕하세요."

어느새 식당 주방 문턱을 넘은 지수가 보경의 뒤를 향해 꾸벅 인사를 올렸다. 처음 듣는 앳된 목소리에 보경이 화들짝 놀라며 그제야 몸을 돌렸다. 지수가 연재의 손에 들렸던 과일바구니를 빼앗아 식당 싱크대 위에 올렸다.

"이거 드세요."

웃음을 잃지 않고 또박또박 말을 하는 게 연예인 못지않은 실력이라 생각했다. 보경은 병찐 표정으로 지수를 바라봤다. 아주 어렸을 때 몇 번 빼고는 열일곱 살이 되도록 친구 한 번 집에 데려온 적 없는 연재였다. 학교에서 일어나는 문제들에 대해 묻고 싶으면서도, 내심 알게 된다고 한들 다른 학부모들처럼 적극적으로 학급 일에 참여할 수 없다는 것이 마음에 걸려 늘 반쯤 눈을 감은 듯이 있던 보경은 연재가 데려온 친구가 자신의 환상이 아닐까 생각했다. 그것도 코나 귀에 피어싱을 잔뜩 뚫지도 않고 담뱃갑을 손에 쥐고 있지 않은, 통풍이 될 정도로 넉넉한 교복을 입고 화장기 없으나 생기 있는 얼굴로 웃고 있는 친구라니. 보경은 연재와 친구를 번갈아 바라보기만 했고, 친구는 자신의 소개가 부족해서 반응이 없는 것으로 생각했는지 다시금 또박또박 입을 열었다.

"제 이름은 지수예요, 서지수. 연재랑 같은 반이에요."

보경은 그제야 정신을 붙잡으며 손에 묻은 물기를 윗옷에 황급히 닦았다.

연재는 횡설수설 입을 여는 보경을 바라보다가 방으로 가보겠다고 잘라 말했다. 그렇지 않으면 보경은 그 자리에서 연재의 어린 시절 추억까지 다 끄집어냈을지도 모른다. 적당한 때에 맥을 끊은 연재 덕분에 보경은 다시 정신을 다잡으며 가지고 온 과일 세트를 깎아 방으로 좀 가져다주겠다고 말했다. 그럴 필요 없다고 말하고 싶었지만 연재는 들뜬 보경의 마음을 망가트리고 싶지 않았다. 보경의 심정을 얼추 이해할 것도 같았다. 학교생활에 관한 이야기를 일절 입에 올리지 않는다는 것은 자신이 더 잘 알고 있었으므로, 연재는 부모가 되어본 적은 없지만 부모라면 충분히 설렐 일이라고 생각했다. 그러니까 친구를 집으로 데려오는 것은 연재에게도, 보경에게도 처음 있는 일이었다. 더욱이 연재는 친구 앞에서 보경에게 더 면박 주고 싶지도 않았다.

식당을 나와 마당과 연결된 집으로 향하는데 몇 걸음 뒤에서 걷던 지수가 어이없다는 투로 연재에게 말했다.

"너 왜 말 안 했어? 네가 나를 집에 데리고 오지 않은 이유가 있었구나."

지수의 질문에 울컥한 연재가 뒤돌았다. 더 듣지 않아도 지수가 어떤 말을 할지 단번에 추측 가능했기 때문이었다. 보경에게는 미안한 일이었지만 지금이라도 지수를 돌려보낼 마음이 가득했다. 연재가 따지기도 전에 지수가 다시 말을 이었고, 뒷말은 예측 밖이었다.

"너희 어머니 이름 하늘… 아니, 이건 극중 이름이고 김보경 맞지? 그, 그 영화에도 나오셨잖아. 내가 진짜 좋아하는 작품인데 잠시만 기다려봐."

지수의 목소리는 흥분에 싸여 있었다. 지수는 기억을 끄집어
내기 위해 곱게 정돈된 머리칼마저 헝클어뜨렸다. 지수의 말에
연재는 당황했는데, 영화에 출연했다는 말은 보경에게서 한 번
도 들어본 적 없기 때문이었다.

'엄마가 영화를?'

연재는 말이 안 된다고 생각했고 지수가 이름과 얼굴이 비슷
한 사람을 보경과 착각하고 있다고 단정 지었다.

하지만 곧이어 지수가 휴대폰으로 검색해 보여준, 처음 보는
제목의 영화 출연진 목록에는 연재에게는 조금 낯선, 젊은 시절
의 보경 사진이 걸려 있었다. 보경과 닮은 사람이나 보경이 알
려주지 않았던 이모도 아니다. 지금의 연재와 비슷하거나 연재
보다 아주 조금 더 나이를 먹은, 기껏해야 20대 초반 정도 됐을
까 한 보경이었다. 연재는 낯선 사진을 뚫어지게 바라봤고 지수
는 옆에서 더 크게 호들갑을 떨었다. 웃으며 어깨를 퍽퍽 내리치
는 지수의 손길을 가만 맞으며 연재는 어느 날에 갑자기 알아버
린 보경의 과거 때문에 어리바리한 상태였다. 그러는 동안에도
지수는 자신의 엄마가 이 영화를 좋아해서 자신 역시 어렸을 때
부터 자주 보고 자랐으며 그 습관 탓에 생각이 많아지는 날에는
꼭 이 영화를 본다는 사족을 덧붙였다. 물론 연재의 귀에는 하나

도 들어오지 않았다.

은혜는 어쩐 일인지 집에 없었다. 낮에 경마장에 갔다고 하더라도 연재가 집에 오는 시간에는 늘 돌아와 있었던 은혜였던지라 연재는 안방과 은혜 방, 자신의 방까지 다 훑어본 후에야 은혜가 오지 않았다는 걸 깨달았다. 그동안 들어오라는 말이 없어 현관에 멀뚱히 서 있던 지수는 곧 알아서 신발을 벗고 들어와 소파에 앉았다. 지수가 주변을 둘러보더니 리모컨을 찾아내고는 TV를 틀어도 되냐고 물었다. 연재는 오히려 잘됐다고 생각해 고개를 끄덕였다.

"너희 집 아직도 벽걸이 쓰는구나."

그래도 화면이나 소리는 전혀 아무 이상 없이 나온다고 덧붙이려다가 말았다.

"엄마가 과일 가지고 오면 그거 먹으면서 보고 있어."

"너는 어디에 가는데?"

"그냥 잠깐 위에."

지수는 연재가 옷을 갈아입느라 잠시 올라갔다 온다고 생각하고는 별 의심 없이 TV로 시선을 돌렸다. 그로부터 1시간 동안 연재가 내려오지 않을 거라는 걸 알았더라면 결단코 그렇게 올려 보내지는 않았을 거였다.

바나나와 망고, 시원한 홍초 두 잔이 올라간 쟁반을 받는 동안 지수는 또 한 번 보경의 얼굴을 훑었고 그 배우가 이 사람임을 확신하고는 얼굴을 붉혔다. 그 사정을 알 리 없는 보경은 지수가 수줍음이 많고 예의 바른 아이 정도일 거라고 확신했다.

"연재는 어디 갔니?"

보경이 거실에 보이지 않는 연재의 행방을 물었다.

"잠시 위에 올라갔어요."

올라간 지 정확히 15분이 지난 때였다. 위층에 올라가면 날이 새도록 내려오지 않는 연재를 잘 알기에 보경은 의아했지만 설마 친구를 두고도 그럴까 싶었다.

둘 다 연재를 얕잡아 생각한 결과는 참혹했다. 지수는 과일과 홍초 두 잔을 전부 비운 채 소파에 드러누워 볼 것 없는 채널을 마구잡이로 돌렸다. 올라가 볼까 했지만 괜한 오기가 발동해 버티고 있던 것이 슬슬 한계에 달했다. 전화라도 해볼까 싶었다. 하지만 이마저도 휴대폰에 연재의 번호가 저장되어 있지 않다는 걸 깨닫고는 포기했다. 지수가 결국 더는 참지 못하고 자리에서 일어났다. 조금 있으면 시간이 너무 늦어 남의 집에 오래 있기 어려운 8시였다. 그 전에 어떻게든 연재와 오늘 계약을 성사시키고 말리라.

지수가 2층으로 향하는 계단을 밟았다. 집 주변이 황무지와 다름없어 소음이 없기도 했고 2층 거실 불까지 꺼져 있어 지수는 자기도 모르게 계단 난간을 붙잡은 손에 힘을 주었다. 어쩐지 계단을 밟고 올라가는 소리도 내면 안 될 것 같아 발꿈치를 들었다. 2층으로 완전히 올라와 주변을 살폈다. 닫힌 문 밑으로 불빛이 새어 나오는 방을 발견했다. 그 안에서 작지만 누군가 있는 기척이 들려왔다. 확신에 가까운 믿음으로 방에 다가가면서도 지수는 마음 한 편에서 저 방에 연재의 다른 형제나 아버지가 있으면 어쩌지, 하는 걱정이 들었다. 그렇지만 저 방을 제외하고는 온통 암흑뿐인 2층에서 연재가 있을 법한 곳은 보이지 않았다. 다행히도 지수가 문손잡이를 잡았을 때 방 안에서 연재의 목소리가 들렸다. 지수가 확신에 차서 문을 벌컥 열었다.

"안녕하세요?"

"악!"

지수의 아버지는 휴머노이드 부품을 납품하는 중소기업의 사장이었기에 지수는 재능 없음과 별개로 어려서부터 휴머노이드를 많이 접하고 자랐다. 가정용 휴머노이드는 아직 상용화되지 않았지만 임시로 그 성능을 시험하기 위해 30대 정도가 가정에 선보급 됐는데 그중 하나가 지수의 집이었다. 그러니까 지수는 로봇을 보고 신기해서 입을 다물지 못하거나 무서워서 도망가는 최신기술 속 뜨내기는 아니었다. 하지만 로봇이라고는 청소 로봇의 흔적도 없는 이 집에서 투구를 쓴, 골동품과 다를 바 없을 정도로 낡은 휴머노이드가 갑자기 말을 건다면 누구나 지수처럼 소리를 지르는 것이 당연했다. 양말이 문턱에 미끄러지며 뒤로 나자빠지는 건 누구에게나 일어나는 당연한 일은 아니었지만. 지수가 안전장치 없이 그대로 바닥에 꽂힌 요추를 문질렀다.

"아, 씨. 개아파…."

연재가 방 밖으로 나와 문을 닫았고 황급히 2층 거실 불을 켰다. 넘어진 지수를 보더니 퍽 놀란 표정을 지었다.

"뭐야, 왜 올라왔어?"

지수가 뼈를 계속 문지르며 자리에서 일어났다. 헝클어진 머리칼을 정리할 새도 없이 연재에게 말했다.

"문 열어봐."

"싫은데."

"그래? 그럼 내가 열지. 뭐."

지수가 순식간에 몸을 일으켜 문손잡이를 향해 손을 뻗었다. 이번에는 연재도 놓치지 않았다. 지수의 허리를 붙잡아 방과 떨어트리기 위해 끌고 갔다. 하지만 자신과 체격이 비슷한 지수를 쉽게 떨어트려놓을 수 있을 거란 생각은 안일했다. 온 힘을 다해 문으로 돌진하는 지수를 끝내 놓쳤고 지수는 갑자기 몸에 생긴 관성력을 멈추지 못해 이번에는 앞으로 넘어지듯 방문을 열고 들어갔다. 결국 문이 열림과 동시에 바닥에 무릎을 찧었다. 하나 이번에는 아픔에 욕을 내뱉지 못했다. 상반신만 남은 휴머노이드와 눈이 마주쳤기 때문이었다. 지수가 그대로 얼어 눈만 깜빡였다. 투구를 쓴 휴머노이드의 단춧구멍 같은 눈은 정확히 지수를 향해 있었다.

콜리는 타박상을 입은 지수의 무릎에서 나는 열을 감지했다.

"무릎에서 열이 많이 나네요. 액화질소를 뿌려서 식히는 게 좋겠어요."

물론 정확한 대응은 아니었지만 말이다. 지수는 휴머노이드가 일단 하반신이 없어 움직이지 못한다는 것과 목소리가 영화 속에 등장하는 바이러스에 걸린 나쁜 로봇들처럼 변성되지는 않았다는 사실에 마음을 한시름 놓았다. 그렇다고 아예 경계를 푼 것도 아니었다. 지수는 긴장이 한풀 꺾이자 곧 그 휴머노이드가 오늘 연재의 공책에서 보았던 그림과 똑같이 생겼다는 것을 깨달았다.

연재가 방문을 닫고 들어왔다. 고꾸라진 지수는 눈에 뵈지도 않는지 곧장 콜리에게 향했다. 그 행동이 지수의 자존심을 벅벅 긁는 줄도 모르고 말이다. 연재가 황급히 등판을 열어 전원을 껐다. 눈에 빛을 잃은 콜리를 도로 눕히고는 이불로 가렸다.

호들갑을 떨 거라 생각했던 지수는 의외로 담담하게 방바닥에 앉아 연재의 말을 들었다. 어쨌든 자신 때문에 놀랐을 지수에게 어느 정도 상황 설명은 해야 할 것 같아 '어쩌다가 우연히' 폐기처분되는 기수 휴머노이드를 싼값에 얻었고 고칠 수 있을 것 같아서 어제부터 손보던 중이라고 다급하게 말했다. 사적으로 사고파는 행위가 불법인 걸 지수는 모를 수도 있다. 지수가 어디 가서 떠들고 다닐 성격도 아닌 것 같으니 이쯤에서 유연하게 넘어갈 수 있을지도 모른다는 희망이 생겼다. 마음에 여유가 들자 그 틈으로 방바닥에 쓸려 발갛게 부어오른 지수의 무릎이 보였다. 연고를 발라야 하나, 반창고를 붙일 정도의 상처인가, 따위의 생각을 하며 머리를 급하게 굴렸다. 기계의 고장은 쳐다만 보아도 견적이 나왔는데 사람의 상처는 그렇지 않았다. 연재가 보기에는 약을 바르는 게 좋을 듯했는데 막상 다친 지수는 상처에 대해 아무런 생각이 없어 보여서 더 판단이 어려웠다.

"그러니까 네가 저걸 고쳐서 깨웠다는 거지?"

곰곰이 생각에 잠겼던 지수가 입을 열었다. 목소리는 어쩐지 기대감에 가득 차 있었다. 깨웠다는 표현이 어울리지는 않았지만 맥락은 통했으므로 연재가 고개를 끄덕였다.

"다리를 만들어줘야 하기는 하는데…"

"너 진짜 개천재 맞네!"

지수가 환히 웃으며 또다시 연재의 팔뚝을 퍽퍽 때렸다. 아까는 느끼지 못했던 통증이 지금은 느껴졌다. 그만 때리라는 말도 못하고 연재가 손으로 자신의 팔을 감쌌다.

"대박이다. 저걸 네가 고쳤다고? 나 구경해봐도 돼?"

호의적인 지수의 반응에 망설이던 연재는 결국 이불을 다시 젖혔다. 지수가 무릎으로 걸어가다가 상처가 아팠는지 토끼뜀 자세로 콜리에게 다가갔다.

"이거 만져봐도 돼?"

연재가 고개를 끄덕였다. 연재에게 한 번 동의를 구하고는 지수가 콜리의 이마에 아프지 않은 딱밤을 내렸다. 둔탁한 소리가 났다.

"근데 기수가 뭐야?"

지수가 물었다.

"경마할 때 위에 타는 선수. 몰라?"

연재의 대답을 듣고는 아아, 하고 고개를 끄덕였다. 연재는 지수가 기수를 모른다는 사실에 의아했으나 지수는 아무 거리낌 없이 대답했다.

"아아 호스맨…."

신문물을 뜯어보는 눈빛으로 콜리를 쳐다보던 지수의 눈에 들어온 것은 그 옆에 펼쳐져 있는 연재의 공책이었고, 지수는 순간 연재를 꾈 수 있는 한 가지 수단이 떠올랐다. 물론 연재를 현혹시킬 수 있다는 확신은 없었지만 가능성은 있었다.

지수가 헛기침을 하며 자세를 고쳐 앉고는 평상시의 모습으로 돌아왔다.

"저거 이제 어떻게 고칠 건데?"

눈을 반쯤 내리깔며 묻는 포즈에서 어떤 문제든 해결할 수 있는 열쇠를 쥔 것 같은 당당함이 묻어 나왔다. 연재는 어디서부터 어디까지, 어느 정도로 자세하게 말해야 할지 몰라 표면적인 것들만 읊었다. 말하면서도 자신이 지수에게 왜 이걸 보고해야 하는지 이해가 되지 않았지만 일단은 지수에게 맞춰주는 편이 나으리라.

"하반신 제작해야 되니까 링크구조로 관절도 다시 맞춰야 하고….

"리, 링 뭐?"

"링크구조."

지수는 알아듣지 못한 기색이었으나 "그리고?" 하고 넘어갔다.

"서스펜션 할 것도 필요해."

"서… 아무튼 너 그거 재료 다 구할 수 있어?"

이번에는 제법 정곡이 찔렸다. 답이 바로 돌아오지 않자 지수는 곧바로 연재의 틈을 낚아챘다. 이제 찌를 던져 낚시 바늘을 틈에 걸기만 하면 됐다. 지수가 팔짱을 꼈다. 아빠에게서 들은 거래의 기술 중 하나인데, 본디 상대방의 환심을 사려면 그만큼 매혹적인 사람이 되어야 한다는 거였다.

"그것들 다 내가 구해줄 수 있는데."

지수는 연재가 꽤 혹할 만한 제안이라고 생각했을지 몰라도 연재에게는 뜬구름 잡는 소리처럼 들렸다. 연재는 지수네 아버지가 어떤 일을 하고 있었는지 전혀 몰랐으므로 당연했다. 관련 직종에서 일을 하고 있는 사람을 알고 있지 않는 한 밀매에 가까운 일이었다. 연재는 당연하게도 지수가 허풍을 떠는 거라고 생각했다. 그래도 당당한 지수의 기세에 속아 넘어가는 척 "무슨 수로?" 하고 물었다.

지수가 기다렸다는 듯이 장황하게 대답했다. 진실과 허풍이 구분되지 않을 정도로 부풀린 말이었지만 간단하게 요약하자면 이랬다. 지수의 아버지가 휴머노이드 부품을 납품하는 회사의 사장이라는 것. 부품을 대량으로 빼내는 건 불가능하겠지만 지수가 나가자고 제안했던 대회에 제품 후원을 약속한지라, 대회용 휴머노이드를 제작할 때 일정 부분 콜리를 위해 부품을 더 얻을 수 있다는 이야기였다. 말을 들으면서도 내내 망설이는 연재를 위해 마지막으로 지수가 쐐기를 박았다.

"그리고 너 저렇게 사는 거 불법인 거 알고 있지? 아무리 단속이 심하지 않다고 해도 우리 아빠 통해서 직통으로 들어간 신고조차도 못 본 척 하지는 않을 텐데."

한마디로 지수의 말은 협박이었다.

현관 앞에 서서 둘은 번호를 교환했다. 지수는 내일 학교에서
보자는 말을 하고는 홀연히 집을 빠져나갔다. 연재의 손에는 지
수가 쥐어준 대회 신청서가 있었다. 교번은 물론이거니와 간단
한 자기소개서도 필요했다. 연재가 다시 한 번 휴대폰에 자필로
서명한 계약서를 확인했다.

〈계약서〉

서지수는 우연재가 대회에 함께 참가할 경우,
우연재가 필요로 하는 휴머노이드 부품을 제공할 것을 서약함.
단, 대회에서 입상 이상 하지 못할 경우
제공한 모든 부품은 돈으로 갚을 것.

서지수
우연재

찜찜하기는 했지만 밑질 것 없는 거래였다. 무엇보다도 연재
는 콜리의 부품을 얻을 수 있다는 사실에 아까부터 입이 귀에
걸리려는 걸 참기 힘들 정도였다. 지수의 발걸음 소리가 완전히
들리지 않을 때가 되어서야 연재는 팔을 하늘로 높게 치켜들고
소파에 기대어 누웠다. 인생이 언제 한 번쯤 순탄하게 풀리나 생
각했는데 그날이 오늘인가 싶었다. 입상을 하지 못했을 경우가
조금 걱정되기는 했지만 결과까지 지금 걱정하기에 대회는 아직

멀었고 당장의 기쁨이 앞섰다. 자기소개서만 빨리 작성하고 침대에 누우면 어제 들지 못했던 잠까지 합해 달콤한 숙면을 취할 수 있으리라 확신했다.

9시를 막 넘긴 시계를 바라보다, 연재는 아직까지 은혜가 오지 않았다는 사실을 깨달았다. 적어도 늦는다면 늦는다고 말하는 은혜였다. 컴컴한 경마장을 바라보다가 연재가 결국 옷을 챙겨 입고 집 밖을 나섰다.

복희

수천 년의 역사를 거치며 변모한 말들은 이 작은 마방에 정착했다. 한때는 식량이었고 가축이었고 운송수단이었던 이 짐승은 여전히 식량이기도 하고 가축이기도 하고 운송수단이기도 했으나, 결국에는 인간들의 스포츠를 위해 출구가 없는 주로를 달리는 경주마가 되었다. 좁은 울타리 안에 갇히는 것은 현대를 살아가는 짐승들에게는 필수불가결한 일임과 동시에 유일한 생존수단이기도 했지만 복희는 유독 마방에 갇힌 말들의 눈을 오래 쳐다볼 수 없었다.

한때는 말의 위치가 다른 짐승들보다 서글프게 걸쳐 있기 때문이라 생각했다. 주인과 교감하며 한집에서 살 수 있는 운명은 아니건대 좁은 울타리에 갇혀 있기에는 지능이 높았다. 사람들은 돌고래의 지능은 익히 알면서도 말 역시 돌고래와 지능이 비슷하다는 사실은 잘 알지 못했다. 말은 인간으로 치자면 6세 정도의 아이큐를 가지고 있었으므로 자신이 마방에 '갇혀' 있다는 것과 연골이 나가 걷지 못하게 될 때까지 주로를 달려야 한다는 것도 전부 알고 있었다.

그래서 복희는 경마장으로 정기검진을 갈 때마다 잠시라도 말들을 마방이 아닌 경마장 안 공원에 풀어놓도록 관리인에게 지시했고 손에는 말들이 좋아하는 당근과 각설탕을 함께 준비했다. 각설탕이 말에게 나쁘다는 걸 알면서도 단걸 좋아하는 말들에게 각설탕은 스트레스를 최단시간 안에 풀어줄 수 있는 좋은 수단이어서 어쩔 수 없었다. 당보다는 스트레스가 최악이었다. 그래서인지 말들은 복희가 올 때마다 철창 가까이 다가와 콧바람을 뿜어내며 알은체를 해 왔다. 와봤자 고작 한 달에 한 번, 많으면 두 번 오는 바깥 사람이었음에도 말들에게 복희는 언제나 잠시 나갔다가 들어온 식구였다.

복희에게 경마장 말 관리를 인계했던 수의학과 선배는 말의 눈을 오래 바라보지 말라고 충고했다. 눈을 마주치면 공격한다는 본능이 말들에게 있었나, 싶었지만 이유는 복희의 예측과 정반대였다.

"눈이 꼭 흑구슬 같지 않니."

복희를 데리고 처음 경마장에 왔던 날 선배는 말의 목덜미를
쓸며 말했다. 말 눈은 흑구슬 같았고 선배의 눈은 물방울 같았
다. 결혼해서 아이를 낳을 계획이 전혀 없다는 선배의 말이 그
순간 복희에게도 현실로 와닿았다. 선배는 이미 너무 많은 아이
들을 가슴에 품었고 그 아이들만으로도 슬퍼할 앞날이 가득했
다. 선배는 말의 목덜미를 두드리며 복희에게 이곳을 쓸어보라
고, 만져주면 가장 좋아하는 부위라고 말했다. 복희는 말의 넓은
목덜미에 손을 올렸다. 매끄러울 것 같은 피부에는 잔털이 가득
나 있었지만 예상대로 부드러웠다. 복희는 천천히 목덜미를 쓸
었다. 손바닥에 전해지는 말의 체온과 숨결을 더 자세하게 느끼
기 위해 선배의 목소리를 따라 눈을 감고, 소리가 피부를 통해
전달될 수 있도록 낮고 조용히 말을 걸었다.

"안녕, 나는 복희야. 민복희. 앞으로 잘 부탁해, 우리 건강하게
오래 살자."

선배는 복희에게 권한을 넘기고 제주도로 떠났다. 그 어느 동
물보다 말을 사랑했던 선배였으므로 복희에게 제주도는 선배가
가야 할 종착지처럼 느껴졌다. 하지만 그곳이 여정을 끝낸 종착
지가 아니라 대피소였다는 것은 이 경마장에 온 지 1년 만에 깨

달았다.

경주마는 수명이 짧다. 선수로서의 수명을 말하는 것이 아니라, 삶 자체의 수명이 짧았다. 에이스인 경주마는 몸값이 억을 넘어가는 경우도 허다했지만 이마저도 주로를 뛸 수 있을 때만 해당했다. 달리지 못하는 말은 말이 아니다. 공부하지 않는 학생은 인간이 아니라는 말을 복희도 듣고 자랐지만 그 안에 내포된 박탈의 의미는 천지 차이였다. 인간 역시 이따금씩 인간 취급을 받지 못할 때가 있었으나 언제나 회생 가능했다. 하지만 말은 말 취급을 받지 못하면 살아갈 수 없었다. 달릴 수 없는 말은 지구에서 살아갈 이유를 얻지 못했다.

인간을 등에 태우고 달려야 했던 예전의 경주마들은 아무리 빨리 달린다고 한들 탑승자의 안전과 무게를 배제할 수 없었으나 그 기수가 휴머노이드로 바뀌면서 탑승자의 무게는 줄어들었고 사고로 인한 죽음의 문은 완전히 소멸했다.

그러자 말들에게 요구된 것은 더 빠른 속력이었다. 이전까지 경마에서 말이 낼 수 있는 최고 시속은 70~80킬로미터였으나 현재 경마장의 말들은 평균속도 시속 90킬로미터까지 뛰었다. 자동차 레이싱을 볼 때의 쾌감을 살아 있는 생명에게 찾기 시작한 것이다. 문제는 급속히 발전하는 문명과 달리 말의 관절은 몇 천 년의 유전자정보를 쌓아야만 고작 한 걸음 더 진화한다는 사실이었다. 경주마의 선수로서의 수명은 1년에서 1년 반 정도였다. 그 시기가 지나면 관절의 연골이 다 갈린 말들은 서 있는 것조차 제대로 할 수 없었다. 운 좋은 몇몇의 말들은 제주도나 강원도의 초원지대로 팔려 갔으나 대부분의 말들이 처리 불가로 안락사를 당했다. 그리고 그것까지 복희의 몫이었다.

검사가 진행 중인 말은 몸을 덮은 마취제에 취해 마방에 누워 있었다. 눈꺼풀의 떨림은 멈춰 있었으나 잠들지 않고 몽롱한 상태일 것이다. 마취제가 투여된 이상 말이 쉽게 흥분하거나 날뛰지 않을 거라는 걸 알면서도 복희는 습관처럼 말의 목덜미를 쓸었다. 콧구멍을 통해 깊이 삽입된 내시경관이 말의 몸속을 모니터에 띄웠다. 지난달에 왔을 때와 큰 차이 없이 건강했다. 복희가 리스트에 말의 상태를 체크하며 관리자인 민주에게 말했다.

"많이 좀 먹이세요."

"말들은 비만이 없나 보네요. 저는 살만 찌는데."

민주가 농담을 던졌지만 복희는 쳐다보지도 않고 시큰둥하게 대답했다.

"그럼 당신도 쌀만 씹어 먹고 말처럼 뛰어보시든가요. 일주일만에 다 빠질 거예요. 내 말 맞지?"

복희가 쳐다보며 동의를 구한 상대방은 말이 아니고 은혜였다. 은혜가 검사 중인 마방 앞에서 고개를 끄덕였다. 문진 작성을 마친 복희가 수고해준 말을 쓰다듬었다. 수고했고, 푹 쉬다가 일어나.

나노봇을 이용한 내시경을 동물에게도 사용할 수 있도록 허가를 내려달라고 지난해쯤 세 번째 청원이 올라갔지만 국회에서 통과되지 않았다. 동물에게 사용할 정도로 기술과 자본이 충분하지 않다는 표면적인 핑계가 있었지만 그 내막에는 동물이 아픈 것까지 돈을 들여가며 신경 써줄 수 없다는 이유가 있었다. 하지만 끊임없이 동물권을 지키기 위한 운동이 계속되고 있으므로 언젠가는 동물에게도 나노봇을 이용한 내시경이 허용될지도 모른다. 복희가 수의사로 있는 동안에 가능하지는 않을 것 같다만.

복희가 가방을 챙겨 마방을 나왔고, 그다음 마방으로 건너갔다. 다른 말들이 공원에서 자유를 만끽하는 동안에도 꼼짝없이 갇혀 있는 녀석이었다.

"좀 어땠어?"

복희가 투데이를 바라보며 물었다.

"늘 똑같죠."

민주가 곁들여 대답했다. 옆에 있던 은혜가 입을 열었다.

"엊그제 토를 했어요. 두 번은 진짜 토사물이 나왔고 한 번은 구역질만 했어요. 밥도 통 안 먹어요. 갑자기 주저앉을 때도 있고요."

복희는 민주를 한 번 흘기고는 은혜의 답을 채택했다. 은혜는 복희보다 이곳에 오래 있었다. 복희가 찾아올 때마다 말의 이름과 성별, 특성을 기억할 수 있도록 알려준 것도 전부 은혜였다. 복희에게 은혜는 민주보다 더 훌륭한 마방의 관리인이었다. 정기검진을 올 때마다 일부러 은혜와 스케줄을 맞출 정도였다.

복희가 투데이의 마방으로 들어갔다. 투데이는 이곳 경마장에서 상태가 가장 심각한 말이었다. 암말이었고 올해로 겨우 세 살이 되었으나 앞 관절은 90세 먹은 노인보다도 좋지 못했다.

투데이가 복희를 보고는 아는 척을 해 왔다. 투데이는 복희가 자신을 아끼고, 아프지 않게 하는 인간이라는 걸 알고 있었다. 복희는 투데이의 방문인사를 받을 때마다 웃으며 인사를 건네면서도 속이 쓰렸다. 복희는 투데이의 병을 낫게 해줄 수 없었다. 병의 진행 속도를 더디게 만들 뿐이었다. 하지만 이마저도 이번 달을 넘길는지 확신할 수 없었다.

"잘 있었어? 우리 관절 상태 좀 봐볼까."

복희가 투데이의 목덜미를 끌어안고는 속삭였다.

"갈기가 더 멋있어졌네."

오늘은 특별히 영양제 한 팩도 챙겼다. 투데이는 마취 주사를 놓는 동안에도 얌전히 복희의 손길을 따랐다. 몇 분 지나지 않아 투데이가 비틀거리기 시작하더니 다리가 무너졌고 마른 흙에 쓰러지듯 누웠다. 복희가 먼저 투데이의 관절을 손으로 살살 문지르자, 투데이는 아픔을 투정 부리듯 앓는 소리를 냈다. 투데이의 병명은 퇴행성관절염이었다. 짧은 시간 내에 관절을 많이 쓴 결과였다. 연골은 소실되었으며 활막은 염증으로 가득 찼다. 지금쯤이면 걸을 때마다 뼈가 부딪치는 통증을 느낄 거였고 조금 더 지나면 골 미란이 진행될 것이다. 하지만 더 큰 문제는 관절염보다 시간에 있었다. 투데이는 이미 3주 정도 출전하지 못했으므로 추석이 지나는 2주 후까지도 출전 허락을 받지 못한다면 '쓸모없는 말'이 될 거였다. 베팅금으로 마방세를 내지 못하는 말들은 얼른 방을 비워주어야 했다. 그래야 더 어리고 빠른 말들이 들어와 돈을 벌어다 주기 때문이었다.

경마장 측에서 투데이를 퇴출시키려는 걸 복희가 나을 수 있다고 바득바득 우겨 한 달이나 미뤘지만 관절이 이전으로 돌아갈 가능성은 제로였다. 하지만 복희는 투데이를 이대로 이 방에서 내쫓을 수 없었다. 이곳 외에 투데이가 갈 수 있는 곳은 없다. 열 걸음도 힘겹게 걷는 말을 정성으로 보살펴줄 사람과 대지가, 적어도 지금으로서는 이 한국 땅에 없어 보였다.

짧은 검사가 끝났다. 복희는 주삿바늘을 혈관에 꽂아 영양제를 넣고 투데이가 편안히 영양제를 맞을 수 있도록 마방을 나왔다. 줄곧 앞을 지키고 있던 은혜 옆에 섰지만 은혜는 다가온 복희에게는 눈길도 주지 않고, 반쯤 눈을 뜬 채 숨만 내뱉으며 영양제를 맞고 있는 투데이만 바라봤다. 은혜는 이곳에 있는 스무 마리의 말들 중 투데이를 가장 좋아했다. 아직 한 번도 이유를 묻지 않아 속사정은 잘 알지 못했지만, 언젠가 은혜가 투데이를 가장 아낀다고 스치듯 말한 기억이 났다. 복희는 어쩐지 지금이 그 이유를 물을 타이밍처럼 느껴졌다.

"은혜야. 너는 투데이가 제일 좋다고 그랬잖아. 왜 제일 좋아?"

"선생님, 투데이가 달리는 모습 한 번도 본 적 없죠?"

복희가 기억을 더듬었지만 없었다. 복희가 이곳에 오는 이유는 아이들의 건강 상태를 확인하기 위함이었으므로 경기가 열리는 날에는 한 번도 이곳을 찾은 적 없었다. 아니, 일부러 피해 다니기도 했다. 학대 같은 그 모습을 목격하고 싶지 않았다.

"쟤는 진짜 행복해하거든요."

"그래?"

복희의 대답이 성에 차지 않았는지 은혜가 다시 입을 열었다.

"그냥 하는 말이 아니라요, 달릴 때 저 애한테서 느껴지는 분위기가 달라요. 무작정 빠르게 달리기 위해 다리를 뻗는 것이 아니라 그 발짓이 우아해요. 발레하는 흑조 같아요. 동물 흑조 말고요. 흑조를 연기하는 발레리나요."

우아하게 보이는 이유 중 하나는 보법 때문일 테고 또 다른 하나는 흑진주처럼 빛나는 투데이의 검은 털 덕분이리라. 복희는 투데이가 달릴 때마다 요동쳤을 검은 물결을 상상했다. 그 역동적인 빛의 물결이 은혜의 마음을 사로잡았으리라.

"쟤가 얼른 나아서 다시 주로에 섰으면 좋겠는데 그럴 일이 다시는 없을 것 같아서 요즘은 그게 조금 그래요. 희망이랄 게 정말로 없는 것 같잖아요."

울타리 난간에 손을 걸쳤던 은혜가 혼잣말하듯이 중얼거렸다. 차라리 듣지 못했더라면 마음이 편했을 텐데 야속하게도 복희는 은혜의 속마음을 들어버렸다.

"달릴 수 있을 거야."

부질없는 위로였다. 밧줄이 필요한 사람에게 휴지를 뽑아 내민 기분이었다. 은혜가 조금만 더 어렸더라면 복희는 아픈 반려동물을 끌어안고 찾아왔던 아이들에게 했던 것처럼, 이 주사만 맞고 푹 쉬면 깨끗하게 다 나아 또다시 함께 뛸 수 있을 거라고 힘차게 말이라도 해줬을 텐데. 그 초콜릿 같은 응원은 통하지 않을 만큼 은혜는 컸다. 내년이면 성인이었다.

"그럴 가능성 없잖아요. 낫지 못하면 안락사당할 거고요. 알고도 지켜볼 수밖에 없는 게 비통하네요. 저 같은 게 저 애를 위해 뭘 해줄 수 있겠어요? 슬프지만 아무것도 못 해주는 주제에 슬퍼하는 것도 웃긴 것 같아서 그냥 보고 있어요."

평균 수명의 고작 5분의 1을 이제 막 살아놓은 아이의 입에서 왜 저런 말이 나와야 할까. 누가 자라지 않은 초목의 기둥을 꺾었는가. 그로 하여금 꿈을 꿀 수 있는 그늘을 빼앗은 이는 누구인가.

복희의 열아홉은 은혜의 열아홉보다 더 어리고 좁았다. 대한민국 입시생으로서의 삶 이외의 다른 삶은 잠시도 생각해본 적 없었으며, 그 당시 복희의 희망과 위로는 오롯이 노력이 맺을 수능 점수였고 그 결실로 품에 안게 될 대학뿐이었다. 복희의 열아홉이, 하나뿐이라 믿었던 출구를 향해 모터엔진을 달고 전속력으로 질주했던 주로였다면, 지금 은혜의 열아홉은 들판에 서서 일그러진 세상을 바라보고 있는 듯했다. 복희는 은혜보다 자신이 작아 보였고 그래서 쉽사리 입을 더 열 수 없었다. 그렇지 않다는 말을, 투데이를 위해 우리도 무언가를 할 수 있다는 어설픈 위로도 꺼내지 못했다. 복희가 다른 이야깃거리를 찾기 위해 주변을 둘러봤다. 빈 마방들과 구석에 쌓인 건초더미, 그리고 열린 후문 밖으로 지고 있는 해에 길게 늘어선 누군가의 그림자가 보였다.

처음에는 민주라고 생각해 유심히 보지 않고 금방 고개를 돌렸다. 하지만 마방을 전부 훑고 다시 후문을 바라봤을 때에도 그림자는 그곳에 있었고, 복희는 잠시 저것이 사람의 그림자가 아니고 나무나 건초더미를 쌓아놓은 트럭의 그림자가 아닐까 생각했지만 아무리 봐도 저 그림자는 사람의 외형이었다. 하물며 민주가 마방 안에 들어오지 않고 한곳에서 계속 서성거릴 필요가 있는가? 평일에도 외부인이 출입가능 했던가. 아니, 방문객이 많은 주말이라고 한들 마방까지 오는 길은 이정표에도 표시되어 있지 않았다. 민주가 아닌 경마장의 다른 직원일 수도 있지만 지금은 그런 직원들마저도 퇴근한 저녁이었다. 복희야 검진으로 종일 이곳에 있다 쳐도 민주가 아닌 다른 직원이 이 시간까지 있는 건 처음이었다. 혹시 늦은 시간까지 마방에 있는 복희를 이상하게 생각할까 싶어 먼저 말을 걸려던 순간, 복희는 마방 안을 향해 번쩍 빛났다가 사라지는 카메라의 셔터와 눈이 정면으로 마주쳤고 사진을 찍는 자가 직원은 아니라는 확신이 단번에 뇌리에 꽂혔다.

복희가 후문을 향해 뛰었다. 그림자가 화들짝 놀라 내려놓았던 가방을 주섬주섬 챙기는 것이 보였고, 곧이어 전속력을 다해 도망치려고 했지만 이미 손을 뻗은 복희에게 붙잡혔다. 꼭 자극적인 사진을 찍어 개인 영상채널에 업로드 해 조회수를 받아먹는 놈들이 있었다. 되지도 않는 추측과 함께 괜한 불안감을 사회에 심는 놈들. 복희는 자신의 손에 붙잡힌 이 남자도 그런 놈들

중 하나임을 믿어 의심치 않았다. 휴머노이드 기수가 도입된 지 5년이 넘어가면서 이에 대한 비판적인 시선은 날로 쌓여갔으며 경주마의 생존권이 화두에 올랐다. 그와 함께 경마 시스템의 비리라든지 이에 얽힌 대기업의 치정극까지…. 떠도는 소문이 너무 다양해 다 외울 수 없을 정도였다.

어찌 됐든 그런 지라시로 먹고사는 놈들이 꽤 있는 판국인데 이 남자의 손에도 꽤 비싸 보이는 카메라가 들려 있지 않은가. 더욱이 폐장한 경마장에 몰래 숨어들어 와, 치료받고 있는 말을 찍는다는 건 더 생각할 것도 없어 보였다.

복희가 소싯적 발광하는 소 등에 타 마취 주사를 놓았던 솜씨를 발휘하여 도망가려는 남자의 가방끈을 잡아당긴 후 목에 팔을 걸어 그대로 자빠트렸다. 체격이 꽤 건장해 보였던 남자는 땅바닥에 얼굴을 처박고 복희의 손을 간절하게 붙잡았다.

"커억, 컥… 저, 저 이것 좀…! 말, 말로!"

남자는 켁켁, 숨을 내뱉으면서도 손을 붙잡는 것 외에 딱히 이렇다 할 큰 반항은 하지 않았는데 그것은 자신이 당신을 공격할 마음이 없다는 의지의 표명이었다. 복희는 처음 본 남자를 시원하게 바닥으로 내팽개친 후에야 과잉진압이나 폭력으로 경찰서에 가는 건 아닌가 하는 뒤늦은 걱정을 했다. 복희는 남자의 목에 걸었던 손도 풀고 가방도 놓고는 어정쩡하게 자리에서 일어났다.

남자는 땅에 엎드린 채 숨을 몰아쉬었다. 족히 180센티미터
는 되어 보이는 키에 어깨도 수영 선수처럼 떡 벌어져놓고는 엄
살이 너무 심한 건 아닌가 싶었다. 남자가 몇 번 더 숨을 고르고
는 자리에서 일어났다. 일어선 남자는 훨씬 더 체격이 훤칠했고
피부가 희고 고왔다. 남자가 몸에 묻은 먼지와 잔디를 툭툭 털어
냈다.

"저 때문에 놀라셨죠?"

이 말은 복희가 아닌 남자의 입에서 나왔다. 처음 복희를 놀라
게 한 건 남자가 맞으나 어쩐지 그 말은 자신이 해야 할 것 같았
으므로 복희는 적당히 말끝을 흐렸다.

"아, 아니에요. 놀라기는…."

어디 가서도 기 한 번 죽지 않던 대장부 민복희가 이 남자 앞
에서는 자꾸만 말을 머뭇거렸다. 속으로는 '민복희, 왜 이래? 정
신 차려!' 하고 외치고 있었지만 몸은 속마음과 반대로 눈을 피
하고 있었다.

"제가 수상한 사람은 아니고요, 기자예요."

'기자면 충분히 수상한 사람 아닌가요?'라고 불쑥 되물을 뻔
한 걸 복희가 꾹 참았다. 남자는 자신의 말이 거짓이 아닌 걸 보
여주기 위해 주머니에서 명함 하나를 꺼냈다. M방송국 시사기

획부 기자, 우서진. 복희가 명함 앞뒤를 더 살펴보고는 그래서 어쩌라는 거냐는 표정으로 서진을 바라봤다. 기자라고 해서 명함 하나 툭 내민다고 경마장에 불법 침입해 사진을 찍을 수밖에 없던 모든 정황이 설명되는 건 아니었다. 취재를 하려고 왔다면 어떤 취재인지 밝혀야 함이 마땅했다. 숨어서 지켜보고 촬영하는 고리타분한 옛 취재방식은 달갑지 않은 복희였다.

하지만 서진은 명함 하나로 모든 게 설명될 줄 알았던지 복희의 반응에 당황한 기색을 감추지 못했다. 무슨 설명이 더 필요하냐는 표정이었다. 서진이 뒷목을 쓸어내리며 입을 열었다.

"어, 그러니까 저는 기자고요. 이 경마장 특집을 만들려고 조사를 좀….."

"여기에는 어떻게 들어오셨는데요?"

복희가 서진의 말을 자르고 물었다. 직원도 아니면서 괜한 트집을 잡고 있는 건 아닌가 싶었다. 자신이야말로 적당히 말 건강을 관리하는 수의사라고 소개하고 끝냈으면 될 일이었다.

"…저기로요."

서진이 가리킨 방향은 정문도, 북문도 아니었다. 손가락을 따라 쭉 가다 보면 아마 비교적 높이가 낮은 담장이 나올 거였다. 이팝나무가 무성해 감시카메라의 사각지대가 존재하는 곳이었다. 한마디로 담을 넘어 몰래 들어오셨다는 이야기였다. 복희가 팔짱을 끼고 서진을 똑바로 마주 봤다. 복희는 자신 안의 오지랖이 발동하는 것을 느꼈다. 직업이 기자라고 했고 이렇게 숨어서 조사하는 걸로 미루어보아 좋은 내용의 특집은 아닐 것이므로, 이곳이 또 하나의 직장인 복희가 위험을 감지했던 것일 수도 있으나 지금의 오지랖은 어쩐지 조금 형태가 다르다. 그런 것들은 차치하고, 복희가 서진에게 가장 먼저 묻고 싶은 건 담장을 넘을 때 어디 다친 곳은 없는지였다.

"취재정신 좋은데 준법정신은 있어야죠. 경마장 관리인한테 취재 문제는 이야기해보셨어요?"

"하하, 시도는 해봤는데 명함 보여주자마자 문 닫던데요. 썩 좋은 내용은 아니라…."

하기야 어느 장사치들이 자신들 장사 망하게 하려고 다가오는 이들을 받아주겠는가. 특히나 어디든 기자라는 사람을 반갑게 맞아주는 단체는 거의 없을 것이다.

"아무튼 놀라게 해서 죄송해요. 아! 사진은 말들만 찍었어요. 그쪽이 나오게는 절대 안 찍었으니까 걱정하지 마세요. 사실 계신지도 몰랐어요. 이 말 사진도 그냥 보도용으로 찍은 거라…."

서진이 머리 숙여 사과했다. 나쁜 짓을 하려고 온 사람도 아니었으니 더 붙잡아놓고 훈계를 할 필요가 없어 보였다. 단지 경마장은 조폭과 연계되어 있는 경우도 많으니 몸조심하라는 말만

엎어주면 될 거였다. 복희가 어영부영 사과를 받았다. 이제는 짧은 소동을 마쳐야 할 때였다. 극이 끝나면 우연히 만났던 두 사람은 제 갈 길을 갈 것이다. 복희는 그게 못내 아쉬워 속으로 대화를 이끌어나갈 수 있는 대사를 궁리했지만 마땅히 떠오르지 않았다.

하지만 예상치도 못한 전개가 펼쳐졌다. 소란이 있던 동안에도 묵묵히 투데이만 바라보고 있던 은혜가 뒤늦게야 후문으로 얼굴을 내밀며 꿈에도 상상 못 한 단어를 내뱉었기 때문이었다.

"오빠가 여기 왜 있어?"

"오빠?"

복희가 놀람과 반색을 동반하며 은혜에게 물었다.

"친척 오빠데요?"

은혜의 착각이 아니었다. 바닥에 내팽개쳐진 가방을 챙기던 서진이 은혜를 보고는 눈을 동그랗게 뜨며 알은체를 해 왔다. 복희는 그제야 두 사람의 성이 같은 '우'인 걸 눈치챘다.

셋은 경마장 앞 편의점 야외 테이블에 앉았다.

"수의사셨군요."

서진의 눈에서 복희를 향한 존경심이 묻어 나왔다. 복희는 사이다 한 캔을 그 자리에서 벌컥벌컥 마셨고 결국 참지 못하겠다며 지갑을 들고 도로 편의점으로 들어가 캔 맥주 세 개를 품에 안고 나왔다.

"마시려면 마셔요."

복희가 서진에게 무심하게 내밀고는 캔 하나를 따서 입에 부었다. 뜻하지 않은 좋은 기회였으나 대학생 때 1년 정도 만난 같은 학교 선배를 제외하고는 스물여덟이 될 때까지 연애는커녕 간지러운 기류조차 느껴보지 못했던 복희는 이 상황을 어떻게 풀어나가야 하는지 감이 잡히지 않았다. 도움을 요청할 수 있는 상대가 고작해야 은혜였으므로 실상 서진과 어떻게든 인연의 끈을 이어가려면 혼자서 헤쳐나가야 하는 수밖에 없었다. 그게 가능한지도 모르겠지만.

은혜와 서진이 사촌이었다는 극적인 상황이 펼쳐지며 전개는 전혀 다른 방향으로 흘렀다. 원래라면 그쯤에서 반가웠다며 각자의 위치에서 동물을 위해 열심히 살자는 말 정도만 나누고 헤어져야 했을 사이에서, 잠시 이야기라도 나눠보자는 인연으로 말이다. 가지고 왔던 검진도구들을 챙기는 복희를 보며 서진은 그때 복희가 수의사인 걸 알았을 터였다.

은혜가 수다스러운 성격이었다면 오랜만에 만난 듯한 친척 오빠에게 이런저런 안부를 물었겠지만 은혜는 내내 과자만 먹으며 별말이 없었다. 눈치가 조금만 빨랐어도 평소와 다르게 안절부절못하는 복희를 알아차렸을 텐데. 다행히도 어색하게 앉은 자리에서 맥주 세 캔을 전부 마시기 직전에 서진이 전화 좀 하고 오겠다고 자리를 피했다. 그러자 은혜가 곧바로 입을 열었다.

"엄청 옛날에 잠깐 친했고 그 후로는 연락 거의 안 했어요. 기자된 건 알고 있었는데 이런 걸 취재하는지는 몰랐네. 나이는 스물여섯인가, 일곱인가. 대학은 나왔는데 어느 학교 어느 과인지는 모르고 군대 갔다가 다쳐서 일찍 제대했다고 들었어요. 무슨 훈련하다가 떨어져서 어깨를 다쳤다고 그랬던 것 같은데 사는데 지장은 없대요. 형제 없는 외동이고 애인은 지금 있는지는 모르겠고. 또 궁금한 거 뭐 있어요?"

복희의 예상이 틀렸다. 은혜는 눈치가 빨랐다. 복희가 머뭇거리다가 입을 열었다.

"대충은 해결된 것 같은데…."

궁금하지 않았다고 잡아떼기에는 자신의 행동거지가 무척이나 티 났으리라. 은혜가 매운 새우과자를 입에 집어넣으며 말을 이었다.

"동물에도 관심 많아요. 동물을 너무 좋아해서 탈이기도 하고. 오빠가 했던 말 중에 아직도 기억나는 게 있어요. 앱이 업데이트되는 속도가 동물의 멸종 속도와 같대요. 제가 앱 하나를 업데이트할 때마다 지구상의 어떤 동물이 완전히 멸종한다는 괴상한 말이에요."

"딱히 틀린 말은 아닌 것 같은데."

"그래서 저는 앱 업데이트 잘 안 해요. 그냥 할 때마다 찜찜해
서."

가을 모기가 뺨에 앉았는지 은혜가 뺨을 벅벅 긁었다.

"그리고 더 아는 건 없어요."

"친척인데 왕래를 잘 안 했나 보구나. 하긴 나도 사촌들 뭐 하
고 사는지 몰라."

"아빠가 돌아가시고 난 후로 친가랑은 거의 연락 안 해요. 굳
이 할 필요도 없긴 하죠. 고모도 한 분 계시는데 멀리 살아요.
제주도."

은혜의 아버지가 돌아가셨다는 사실은 지금 처음 알게 되었
다. 복희는 방금 들은 말에 대한 적절한 반응을 생각하다 그만두
었다. 은혜가 아무렇지 않게 꺼낸 지난날을 굳이 수면 위로 올려
하지 않아도 될 말을 얹을 필요가 없어 보였다. 은혜는 시시콜콜
히 서진에 대한 정보를 몇 가지 더 알려줬다. 어렸을 때부터 피
부가 희고 고왔는데 유독 하얗던 친가 쪽 유전자를 제대로 물려
받았고, 사람이 착하기는 한데 말하다 보면 묘하게 나사 하나 빠
진 느낌이 있었다고 했다. 지금은 어떨지 모르겠지만 말이다.

통화를 마친 서진이 자리로 돌아왔을 때 복희는 은혜가 말했
던 '나사 하나 빠진' 느낌이 무엇인지 정확하게 간파했다.

"통화하러 앞에 나갔다가 과일트럭을 봤는데 두 개밖에 안 남

아서 사 왔어요. 드실래요? 꿀배라는데."

서진이 품에 안은 배를 테이블에 내려놓으며 웃었다. 도마도,
접시도 없이 서진 앞에서 배를 이로 갉아 먹을 수는 없었기에
복희가 적당히 거절했다.

베티가 야외 테이블을 정리하며 돌아다녔다. 빨리 먹고 사라
지기를 원하는 아르바이트생의 눈빛에서 벗어날 수 있다는 건
꽤 편했다. 베티는 적어도 캔과 과자봉지가 널브러진 이 테이블
을 보며 미리 스트레스받는 일은 없었으니 말이다. 서진이 테이
블에 놓인 과자를 집었다. 땅바닥에 쓸려 까진 서진의 손등은 그
때 발견했다. 기껏 마신 술이 단번에 깬 복희가 우물쭈물하다가
입을 열었다.

"아까는 미안해요. 사과가 늦었네요."

서진이 손을 빠르게 내저었다.

"아니에요, 많이 다치지도 않았는걸요. 지당했던 행동이었습
니다. 멋있으셨어요."

서진이 쌍엄지를 척 내밀었다. 그 엄지가 민망해 복희가 과자
를 괜히 더 입에 넣었다. 서진 역시 민망했는지 엄지를 내리며
말했다.

"가을밤에 노상이라, 진짜 좋네요."

대학생 때 만났던 선배는 야외에서 무언가를 먹는 행위를 청

승이라고 표현했다. 같은 과도 아니었으니 선배라는 호칭보다 '그 자식'이 더 어울리겠다. 그 자식은 기계공학과 석사 과정을 밟으며 의료기술연구원에 소속되어 환자를 개복하지 않고 암종을 완벽히 제거하는 연구 및 실험을 진행하고 있었다. 10년 이내에 의료개혁을 일으키겠다는 목표 하나로 밤과 낮의 구분이 없었고 가끔은 식사 대신 영양제를 맞아갈 정도로 일에 몰두하던 자식이었다. 그 와중에도 꿋꿋하게 복희를 만났다.

처음에는 복희를 정말로 사랑해서 시간을 쪼개가며 만나는 줄 알았다. 아니, 처음에는 분명 그랬을 것이다. 그 자식은 일이 바빠 이렇게 좋은 사람을 놓치면 평생을 후회할 것 같다고 말했다. 그 말에 넘어가선 안 됐다. 왜냐하면 그 자식은 제 밥그릇도 식탁에 알아서 갖다 놓을 줄 모르는 덜된 인간이었기 때문이었다. 데이트 장소는 그 자식이 피곤하다는 이유로 점점 연구원 옆 그 자식의 자취방으로 한정되었고 매번 시켜 먹던 음식도 어느 순간부터 물린다며 해 먹자는 쪽으로 넘어갔다. 분자 크기의 나노봇을 제작한다던 그 새끼, 아니 그 자식은 분자보다 몇만 배 큰쌀을 씻고 안칠 줄 모르는 천치였다. 밥해주려고 만난 거 아니라는 말을 하면서도 굶길 순 없다는 심정으로 주방에 들어가 쌀을 씻는 자신을 자각할 때마다 모든 것이 혐오스러웠다. 그래서 결국 헤어질 때 20킬로그램짜리 쌀을 그 자식 집에 다 쏟아붓고 나왔다.

물론 밥이 헤어진 이유의 절반이었고 나머지 이유는 다른 사상의 문제였는데, 그 자식은 의료기술의 발달을 위한 동물실험을 필수불가결한 것으로 보았고 그 개죽음을 숭고한 죽음이라 치장했다. 복희는 강하게 항변했다. 인간을 위한 죽음이 어떻게 숭고한 죽음일 수 있느냐고 말이다. 그리고 그 새끼가 길거리에 있는 고양이들은 전부 병을 옮기고 다니는 바이러스 덩어리라고 말했던 것을 떠올렸을 때, 복희는 1년 연애의 정이고 뭐고 하루 빨리 털어내고 싶어 몸부림을 쳤다.

헤어지며 그 자식 집에 쌀을 쏟아붓고 나서 빈 포대를 뿌리며, 너도 언젠가 우리보다 뛰어난 외계인이 나타났을 때 그 외계인을 위한 숭고한 죽음을 겸허히 받아들이라고 저주했다. 그 자식은 외계인이라는 단어를 비웃었다. 지구의 삶에서 이제 막 걸음마를 뗀 애새끼 주제에 어디서 감히 우주의 생명을 논하느냐고 악을 쓰고 나왔다. 나름 총학생회까지 했던 그 자식 덕분에 복희는 학교 내에서 공공연한 외계인 추종자가 되었지만 신경 쓰지 않았다. 덕분에 공부에 열중해서 다른 동기들보다 빨리 졸업의 문을 넘었고, 그렇게 케냐로 떠날 수 있었다.

짧으면 짧았다고 볼 수 있는 1년 남짓의 연애 때문에 복희는 인생에서의 분홍빛은 끝났음을 확신했으나 이게 무슨 일이던가.

편의점 불빛이 유일한 경마장 근처에서 가을밤, 난데없이 분홍 달이 떠버렸는걸. 서진이 어떤 사람인지 알 수 없는 건 당연했지만 그 자식과 반대의 사람이라는 건 얼핏 느꼈다. 몸의 감지기는 훌륭히 작동 중이었다.

복희에게서 맥주 한 캔을 받은 서진은 맥주 한 캔만 마시고도 광대와 귀가 불그스름해졌다. 얼굴이 뜨거운지 볼을 만지며 술을 못하는 건 아닌데 한 잔만 마셔도 얼굴이 달아오른다는 변명을 덧붙였다. 술에 취해 정신을 놓아도 낯빛 하나 바뀌지 않아 연기한다는 말을 듣고 살았던 복희로서는 그런 서진의 반응이 부럽고 귀여웠다. 은혜는 꽤 묵묵히 옆을 지키고 있었는데, 시간이 늦었음에도 집에 들어갈 생각이 없어 보였다. 바람이 잔잔하게 불 때마다 흔들리는 은혜의 머리칼이 이 가을밤을 조금 더 즐기고 싶다는 마음을 대변하는 것 같아 복희는 일부러 귀가를 채근하지 않았다.

서진이 벌게진 귓바퀴를 매만지는 걸 꽤 대놓고 바라보던 복희는 문득 서진에게 어떤 취재를 하고 있는지 물었다. 동물을 좋아한다고 했으니 역시 경마장이나 경주마에 대한 특집이 아닐까 복희가 추측했다. 서진은 입술을 달싹이며 한참을 망설이다 입을 열었다. 복희가 예상했던 것과는 전혀 다른 주제였다.

"경마장 비리에 관한 건데, 아직 보도되기 전이라 구체적으로 말씀드리기가 어렵네요."

"불편하면 말씀하시지 않아도 돼요."

"아, 불편하다는 건 아닌데… 승부조작에 관한 뭐 그런 이야기
예요."

"아니, 보안문제로요."

"아아, 네. 보안은 그렇죠."

오해를 풀려는 사람과 오해하지 않았다는 사람의 말이 계속
물렸다. 둘은 불필요한 탄성만 계속 내지르다 입을 다물었다. 옆
에 앉아 있던 은혜가 헛웃음을 한 번 흘렸다.

한동안 지속됐던 어색한 분위기를 깬 건 서진이었다.

"선생님은 경마장 말들을 관리해주시는 건가요?"

복희 입장에서는 고마운 질문이었다. 서진이 그때 질문을 던
지지 않으면 복희는 아쉬움을 무릅쓰더라도 그만 자리를 파해
야겠다는 생각을 하고 있었기 때문이다.

"선생님은 무슨. 그냥 편하게 복희라고 해주세요. 아무튼 그렇
죠. 그게 제 일이에요."

말을 마친 복희는 대화가 끊기지 않도록 뒷말을 이었다.

"동물에 관심 많다고 들었어요."

"내가 말했어."

가만있던 은혜가 고개를 빠끔 내밀며 복희의 말에 사족을 붙

였다. 서진은 아아, 하고 고개를 끄덕였다. 그러고는 쑥스러운 듯 뒷목을 벅벅 긁었다. 수의사 앞에서 동물 사랑을 말하기가 민망한 거였다.

"이걸 좋아한다고 해야 할지… 볼 때 사랑스러워하는 거니까요. 근데 이런 마음은 누구나 가지고 있으니까…."

"누구나 가지고 있지는 않을 거예요. 동물을 키우면서도 동물을 제대로 사랑하는 법을 모르는 사람도 많고요. 함께하는 동반자로 생각하는 게 아니고 동물을 소비하는 사람들이 많아요. 유행에 따라, 필요에 따라."

"경마장에 있는 말도 그럴까요?"

서진의 목소리가 조심스러웠다. 그것이 자신에게 책임을 묻는 것이 아님을 알면서도 복희는 입 안이 까슬까슬했다.

"주로를 달리지 못하는 말들은 운이 좋으면 살고 운이 나쁘면 죽어요."

죽는 것까지는 예상하지 못했던 모양이다. 서진이 안타까운 탄식을 내뱉었다.

"운이 나빠서 죽게 되는 경우는 단순해요. 그 좁은 마방을 벗어나 살 곳이 없거든요. 저는 안락사를 반대하는 입장이지만, 무턱대고 반대하는 건 결국 그 아이들에게 알아서 죽으라는 말밖에 되지 않는 것 같아요. 이미 이 행성은 인간 중심의 행성이 됐잖아요. 사람의 손길이 닿지 않는 세상 밖으로 나가면 어느 동물도 살아남지 못해요. 동물들이 살 수 있는 네트워크가 아예 존재하지 않아요. 이걸 해결하기 위해서는 어떤 부분을 고치는 게 아니라 처음부터, 아예 다시 프로그래밍을 해야 된다는 말이에요. 이 사회가."

이곳이 아니라 더 좋은 세상에서 자유롭게 살라며 문을 열어주고 싶었던 적이 얼마나 많았던가. 그 좁은 케이지 안에서, 정해진 시각에 배식하는 기계에게 온기를 느끼겠다고 몸을 부비는 아이들을 보며 이 행성에서 인간이 사라졌으면 하고 얼마나 많이 바랐던가. 지독히도 인간 중심적인 이 행성에서 동물들은 변화의 희생양일 뿐이었다. 보호받지 못하면 살 수 없도록 만들어놓고 이제 와서 자유를 주다니. 복희는 그것 역시도 착해지고자 하는 인간의 이기심이라 여겼다.

복희는 정확히 3년하고 5개월 전에 케냐에 다녀왔다. 프랑스를 경유해 북아프리카인 모로코를 찍고, 그곳에서 다시 케냐로 이동했다. 아프리카에 간다는 것은 그 땅을 밟기 전과 밟은 후 모두 고단함을 뜻했는데, 복희는 떠나기 일주일 전부터 말라리아 약을 복용해야 했고 황열병 주사까지 챙겨 맞아야 했다. 잘 다녀오라는 말보다 살아서 돌아오라는 말을 더 많이 들었다. 다들 호들갑이 심하네, 하고 비웃었던 생각은 케냐의 마사이마라로 향하던 버스에서 토사물과 함께 쏟아냈다. 멀미가 없는 편이었으나 그 나라에서 처음 느꼈던 온도와 습도가, 공원 초입에서 마주친 굶어 죽은 동물의 사체가 복희의 속을 뒤흔들었다. 이대로 있다가는 죽을 수도 있겠다고 생각했다. 정말로 죽을 수도 있겠다. 이 땅을 밟고 사는 모든 것들이 말이다.

서울에 서울숲이 있고 뉴욕에 센트럴파크가 있듯이 지구에는 아마존이 있었고 동물들에게는 마사이마라가 있었다. 케냐에서는 마사이마라로 불렸고 탄자니아에서는 세렝게티라고 불렸다. 물론 이런 기준마저도 지극히 인간의 관점이었지만. 복희는 그곳에서 태어난 지 3개월밖에 되지 않은 코끼리를 만났다. 무리에서 버려진 코끼리는 배고픈 사자에게 뜯기길 기다리듯 누워 있었다. 영양실조 상태로 도저히 코끼리라 볼 수 없는 몰골이었다. 다행히 하이에나 사자를 만나기 전 복희의 무리를 만났다. 코끼리는 안전한 곳으로 옮겨져 영양제를 맞았다. 복희는 코끼리에게 상아가 없다는 것을 그때 알았다. 밀렵꾼을 만나 무리에서 떨어지고 상아마저 빼앗긴 후 버려졌다는 시나리오를 만들고 있는 복희에게 현지 관리인은 그런 게 아니라며 고개를 저었다.

"몇몇 아이들이 상아 없이 태어나기 시작했어요. 설령 있다 하더라도 아주 짧죠. 흔적만 남아 있는 정도로요. 이 녀석도 상아 없이 태어났을 거예요."

"…좋은 진화인가요?"

복희는 묻고서 멍청한 질문이었음을 깨달았다. 진화란 살아남기 위한 선택의 결과물일 뿐이다. 심지어 상아의 탈락은 오로지 인간에게서 살아남기 위한 선택이었다. 그것이 좋은 진화일 리가. 관리인은 웃으며 대답했다.

"자신들의 종족을 없애는 게 가장 최선의 방법이라는 결론에 도달하지 않기만을 바라야죠."

그로부터 며칠 후, 얼룩말의 집단자살을 목격하지 않았더라면 복희는 관리인의 말을 평범한 농담쯤으로 받았을 것이다.

짧은 시간 안에 케냐로 떠났던 기억까지 훑고 왔던 복희는 뒤늦게야 자신이 너무 깊은 이야기를 내뱉었다는 것을 깨달았다. 복희가 삭막해진 분위기를 수습하려 입을 열었다. 복희가 원했던 분위기는 초저녁에 망한 듯했다.

"뭐, 너무 간 말이죠?"

서진은 이내 별다른 말 없이 웃었다. 복희는 그 웃음이 어떤 긍정도, 부정도 아니라는 걸 깨달았다. 복희는 대화의 흐름이 너무 예민하게 흘러갔음을 느꼈고, 이로써 서진과 두 번째 만남은 기약하기 힘들어졌다는 것을 실감했다. 하지만 방금 했던 말은 후회하지 않았다. 은혜도 복희와 같은 생각을 하고 있는지 눈이 마주치자 안타깝다는 표정으로 고개를 저었다. 그래도 혹시 모르니 더 도와줄 수 있는 방법이 있을까 싶어 은혜가 입을 열었지만 이마저도 뒤늦게 찾아온 방문객에 의해 무산되었다.

체크남방 차림에 슬리퍼를 직직 끌고 다가온 방문객은 은혜의 어깨를 붙잡으며 "언니" 하고 말했고, 곧 은혜가 오늘 서진을 만났을 때와 같은 표정으로,

"우서진?"

하고 놀라는 걸로 보아 은혜의 동생임이 확실했다.

보경

이름이 지수라고 그랬지, 서지수.

보경은 휴대폰 메모장에 이름 석 자를 적어놓았다. 다음에 찾아왔을 때 혹여나 이름을 잊어 기분 상하게 하는 불상사를 막기 위함이었다. 예의도 바르고 공부도 잘하게 생겼던데 어쩌다 연재와 친해졌는지 그 계기가 궁금했다. 물론 연재가 나쁜 애라는 것은 아니지만 한 번도 성적표를 가져오지 않는 것으로 추측컨대 로봇을 만지는 것 외에 공부에는 그다지 소질이 없다는 게 보경의 생각이었다. 보경 때도 그랬지만 요즘 애들이야말로 서로에게 득이 되지 않는 관계는 깔끔하게 쳐내는 기지를 잘 발휘

하지 않던가. 누군가는 경쟁시대에 익숙해져 유대를 잃어버렸다고 비판했지만 보경은 그런 면모를 나쁘게만 생각하지 않았다. 도움 되지 않는 관계에 얽혀 시간을 허송으로 낭비하는 것보다야 현명했다.

어찌 됐든 학교를 졸업할 때까지 친구 한 명 데려오지 않을 줄 알았던 연재가 데려온 친구였다. 보경은 연재가 그 친구와 오래도록 관계를 유지하기를 소망했다.

보경은 오늘 아침에도 연재에게 친구에 대해 물어볼 타이밍만 찾고 있었다. 연재가 또 밤을 새운 얼굴로 내려와 식탁 앞에 멍하니 앉을 때에도 보경은 내내 곁눈질로 눈치를 살폈는데, 연재는 반찬으로 내놓은 브로콜리를 젓가락으로 집었다 놓았다 반복하더니 대뜸 젓가락을 놓고 2층으로 뛰어 올라갔다. 보경이 황급히 연재를 불렀지만 소리보다 더 빨리 달린 그 걸음을 붙잡을 수 없었다. 아침부터 뭐가 그렇게 바쁜지 보경으로서는 이해할 수 없었다. 몇 분 후 빠르게 계단을 내려오던 연재는 밥 먹으라는 소리에도 늦었다며 얼굴도 안 비추고 집을 나갔다. 대화도 별로 없고 성질도 급한 연재를 볼 때마다 보경은 연재의 성질머리에 혀끝을 찼지만 그 성질이 어느 유전자를 복사해 갔는지 잘 알고 있었다.

사고현장에서는 언제나 1초의 촌각을 다투었던지라 평상시의 소방관은 목숨이 걸린 일이 아니면 급하지 않아도 된다는 주의였다. 연애 시절에는 답답하다고 느꼈다. 영화 시작 5분 전에도 느긋하던 소방관의 걸음은 영화 시작 30분 전에는 미리 도착해 있어야 했던 보경의 속을 충분히 뒤집을 만했다. 교통사고로 꽉 막힌 고속도로에서도 짜증은커녕 사고 난 사람들의 안위를 걱정했고(이건 직업정신이 반쯤 투영됐다고 생각했다), 어쩌다 알람을 듣지 못해 보경이 약속 시간에 일어났을 때에도 소방관은 천천히 준비하고 오라고 말하고는 보경이 올 때까지 근처 서점에서 책을 몇 권씩 읽었다. 식당에서 주문 순서가 바뀌어 음식이 한참 동안 나오지 않을 때에도 화난 보경을 얼렀고, 신발을 신는 동안 엘리베이터가 도착해도 붙잡지 않고 그대로 보내 다음 엘리베이터를 기다렸다.

처음에는 연기라고 생각했다. 연애 초반이었고 서로에게 잘 보여야 했을 때니 소방관이 지나치게 신경 쓰고 있다고 말이다. 하지만 만난 지 1년이 넘어가도록 바뀌지 않는 모습을 보고는 연기가 아님을 깨달았고 설령 연기라고 할지라도 이 정도의 연기력이면 속아 넘어가주는 게 맞는 듯했다. 보경은 결혼 준비 역시도 타고난 성격으로 준비해나가는 소방관을 보다가 물었다. 답답함이나 짜증이 아니라 순전한 궁금증이었다. 그때쯤에는 소방관의 성격에 보경도 어느 정도 융화된 후였다.

"당신은 뭐가 그렇게 여유로워? 가끔 보면 답답해."

소방관을 만나며 보경은 이따금씩 자신의 성격을 돌아봤는데, 옆 사람이 답답함을 느낄 만큼 급한 편은 아닌 것 같았다. 달리기도 느렸고 대본을 외우는 속도도 더뎠다. 체력이나 기억력의 문제일 수도 있지만 어찌 됐든, 되지 않는 일에 짜증과 역정을 내며 매달리는 성격은 아니었고 언젠가는 되리라 믿으며 묵묵히 앉은 자리에서 될 때까지 해나갔다. 대중교통을 놓칠 때도 다음 차를 타면 된다고 생각하는 편이었고 영화관에 일찍 도착하기는 했으나 그렇다고 입장 시작 전에 부리나케 달려가 앉아 있는 것도 아니었다. 보경은 단지 어떤 일을 하기 전에 느끼는 다급함과 초조함이 싫었다. 그러니 모든 일은 예정보다 조금 더 일찍, 버스를 놓치거나 영화 관람 시간에 늦는 일이 없도록 부지런을 떨었을 뿐이었다. 하지만 소방관은 초조함을 한 번도 느껴본 적이 없다는 듯 행동하지 않았던가. 세상의 시간에 묶여 있지 않는 것처럼.

소방관은 그때 보경의 질문을 듣고는 맞잡고 있던 손에 깍지를 끼며 별 하나 떠 있지 않은 하늘을 올려다보았다. 그때의 걸음도 느긋했던가. 양반걸음이라 놀릴 만큼 보폭이 크고 느렸던 걸음걸이…. 이제는 보경이 흉내 내려고 해도 도저히 떠오르지 않는.

"너무 빠르니까요. 조금 느려도 되지 않을까요?"

무엇이 빠르고 무엇이 느려도 된다는 말이냐고 묻고 싶었지만 묻지 않았다. 궁금했으면서 왜 묻지 않았을까. 보경은 그 순간의 자신을 자주 탓했다. 그때 묻지 못한 죄로 그 말에 대한 궁금증은 영원히 미제로 남았다.

그 이후의 시간은 소방관도 어쩌지 못할 정도로 빠르게 흘렀다. 결혼식을 올렸고 아이가 생김과 동시에 소방관은 자신의 느긋한 삶을 조금 포기했다. 아이들은 빠르게 성장했고 또 빨리 뛰었기 때문이었다. 둘 다 씻지 못하는 날들이 많아졌고 보경이 결혼하며 야심 차게 샀던 예쁜 잠옷은 입지 못한 지 오래됐으며 식탁 의자에는 물건들이 쌓여갔다.

보경은 슬슬 소방관의 여유가 그리워졌고 아이들이 어느 정도 손을 필요로 하지 않게 되면 곧바로 영화 시작 5분 전에도 여유롭게 걷는 삶을 살리라 마음먹었다. 하지만 그걸 해줄 수 있는 유일한 사람이었던 소방관이 떠났다. 두 사람의 삶을 해결해야 하는 보경은 그 전보다 더 빨라졌다. 브레이크를 잃은 보경은 멈출 수 없었고 소방관의 걸음걸이마저도 까마득하게 잊었다. 그러니까 자신의 유전자다. 연재를 볼 때마다 느꼈던 묘한 기시감은 자신을 빼닮아서 그런 것이리라.

은혜는 평소보다 기상이 늦었다. 아무리 늦게 자도 오전 8시에는 밖으로 나오던 은혜였다. 보경은 8시 10분까지는 아침을 차려놓고 TV를 보며 기다렸다가, 30분이 지났을 때 은혜의 방문을 슬쩍 열어보았다. 침대 옆에 휠체어가 놓여 있었고 그 너머로 등을 보인 채 옆으로 누워 있는 은혜가 보였다. 보경이 은혜의 이름을 부르며 방으로 들어갔다. 지금 일어나지 않으면 차려놓은 아침을 치울 생각이었다. 어제 잠들기 전까지 공부를 했는지 은혜의 머리맡에 놓인 교과 태블릿을 책상으로 치웠다.

다른 수험생들의 엄마가 어떻게 아이를 관리하는지는 모르겠지만 보경의 방식은 '방목'이었다. 숨통을 조이는 순간 분명 어느 한 곳이 짓무르기 시작할 거라고 믿었다. 아이들은 필요하다 느끼면 무엇이든 스스로 찾아 해냈으며, 보경이 느끼는 두 딸은 착실하게도 자신의 인생을 스스로 고민하며 꿰어 나가고 있었다. 정말로 다급하게 손을 뻗을 때에만 아이들의 SOS를 놓치지 않고 들으면 되는 것이 부모의 역할이리라. 섣부른 판단과 간섭은 아이를 답답하게 할 뿐이었다.

보경이 침대에 걸터앉아 은혜의 어깨를 붙잡았다.

"은혜 더 잘 거니?"

보경은 은혜가 끙끙 앓으며 자고 있는 걸 보고 나서야 은혜의 상태가 평소와 다르다는 걸 알아차렸다. 가쁘게 숨을 뱉는 정도는 아니었지만 은혜는 인상을 잔뜩 찌푸린 채 몸에서 나는 열을 감당하려고 애쓰고 있었다. 보경이 은혜의 이마를 짚었다가 느껴지는 열에 황급히 거실 서랍에 있던 체온계를 찾았다. 37.4도. 어젯밤에 연재와 함께 늦게 들어가던 걸 식당에서 목격했는데 그때 옷이 너무 얇았다. 이제 밤이 제법 추워졌으니 말이다.

"은혜야, 병원 가게 일어나봐."

은혜가 눈을 꽉 감고는 고개를 저었다.

"열이 나는데 병원 갔다 오는 게 낫지 않겠어?"

"…"

"은혜야."

"…엄마 나 그냥 자게 둬. 제발."

열에 푹 잠긴 목소리로 은혜가 부탁하듯 말했다. 보경이 침대에 걸터앉아 생각에 잠겼다. 연재였다면 얼른 다녀오자고 이끌기라도 했을 텐데 은혜에게는 집을 나서는 과정조차 큰 스트레스일 거였다. 은혜가 원하는 대로 해주는 것이 감기를 더 빨리 낫게 해주는 방법일지도 모른다. 그렇게 생각하자마자 보경이 곧장 거실로 나가 집에 있던 해열제를 챙겨 들어와 은혜에게 먹이고는 도로 눕혔다. 냉동실에 있던 아이스팩을 수건으로 한 번 감싼 뒤 이마와 목, 양 겨드랑이에 껴 넣었다. 버리지 않고 모아 두기를 잘했다. 찬 기운이 괴로웠는지 은혜가 인상을 찌푸렸다. 보경은 30분만 이러고 있으라는 부탁을 남겼다.

은혜가 아팠으므로 보경은 식당 오픈을 조금 미뤘다. 어차피 손님도 적은 평일이니 문제없으리라. 혹시 몰라 상비약 종류를 확인하고는 몸살감기약과 해열제를 선반에 꺼내두었다. 죽을 먹인 후 한 번 더 먹일 생각이었다. 보경이 쌀을 씻어 물에 불려놓았다. 그리고 또 무엇을 해야 할까 잠시 고민에 빠졌다가 문득 식탁 의자에 이유 없이 앉았다.

뭘 또 그렇게 해요, 그냥 좀 쉬지. 당신도 간만에 시간 낸 거잖아. 당신 몸도 챙겨야죠.

소방관이 있었다면 이렇게 말하지 않았을까. 보경이 식탁에 엎드려 눈을 감았다. 보이지 않으면 무엇이든 더 생생해졌다. 상상도, 소리도. 보경은 식탁 맞은편에 앉아 그 선한 눈으로 웃고 있는 소방관을 떠올렸다. 여보, 요즘 나도 늙었나 봐. 가만히 있어도 허리가 아프고 무릎이 아파. 이러다가 오십견 오는 거 아닌가 몰라. 식당일도 점점 혼자 하는 게 버거워. 근데 그렇다고 평일에도 사람 두기에는 형편이 또 허락지 않더라고. 이제 애들 대학도 갈 테니까 조금만 더 악으로 버텼다가 나중에는 당신처럼 살아야겠어. 그 양반 걸음걸이. 그게 나도 될지 모르겠지만.

보경은 그 상태로 까무룩 잠이 들었다가 문득 누군가 자신의 등을 토닥이는 손길을 느꼈다. 가위에 눌린 것도 아니었다. 생생한 꿈 정도라고 생각했다. 보경은 일부러 눈을 뜨지 않고 잠에서 깨지 않기 위해 손가락도 움직이지 않았지만 조절할 수 없는 눈물이 기어코 한 방울 흘렀고 눈물방울이 떨어짐과 동시에 꿈이 깼다.

상체를 일으켜 두 손바닥으로 얼굴을 감쌌다. 웃음이 났다. 아직도 청승을 떨 기력이 남아 있는 자신이 새삼 대견스러웠다. 그리움이 밀고 들어오는 순간을 예견할 수 있다면 오래도록 그 순간을 만끽할 수 있게 준비라도 할 텐데, 친절하지 못했던 이별처럼 그리움도 불친절하게 찾아왔다.

불린 쌀을 냄비에 담던 보경이 2층을 올려다보았다. 타인의 비밀을 캐내고 싶은 욕망이 안에서부터 불현듯 솟아올랐고 '에이, 봐서 뭐 해'라고 고개를 저으며 냄비를 인덕션 위에 올리던 보경은 또다시 손을 멈췄다. 비밀은 아니지 않나? 연재가 그 고장 난 휴머노이드를 리어카에 싣고 오는 것도 다 보지 않았던가. 더욱이 연재는 단 한 번도 2층에 올라오지 말라는 소리를 한 적이 없었다. 문만 잘 닫아둔 거지 그게 '들어오지 말라'와 연결되는 것은 아니지 않던가. 암암, 그렇고말고.

안 된다고 딱 잘라 말하는 것 외에 보경이 할 수 있는 일은 없었다. 멋대로 가져가버릴 수도 없는 노릇이 아니던가. 엄연히 연재의 물건이다. 아무리 화가 나도 선은 넘지 말아야 한다고 허벅지를 꼬집어가며 다짐했다. 대신 보경과 연재 사이를 치고 들어온 것은 살벌한 침묵과 외면이었다. 연재는 휴머노이드를 버리거나 보경을 설득시킬 의지가 없어 보였다. 지수가 다녀간 후에도 침묵은 유지됐다. 친구에 대해 묻고 싶은 욕구가 머리끝까지 차올랐으나 참아냈다. 적어도 이번만큼은 호락호락하게 넘어가고 싶지 않았다. 연재가 상처받지 않는 선에서 휴머노이드를 도로 팔게 하리라.

　누가 들으면 갑갑한 사고방식이라고 혀를 내두를 거라는 걸 알고 있었다. 로봇이 위험하다는 구시대적 발상을 비웃겠지. 하지만 보경이 정말로 두려워하는 것은 로봇의 공격이나 반란이 아니라, 그들이 속한 세상이다. 연재가 들어가려다 튕겨져 나온 그들만의 세상. 아무 대답도 할 수 없었다고 덤덤히 말하던 연재의 옆에서 뭉그러지는 속을 애써 눌러야 했던 순간. 소방관이 있었다면 연재의 꿈에 날개를 달아주었을지도 모른다. 그렇지만 소방관은 없다. 소방관은 왜 우리를 떠났던가…. 거기까지 생각을 한 보경은 잽싸게 손 물기를 닦고 2층으로 올려가려다가 괜히 찔려 마포걸레를 쥐고 올라갔다. 아주 혹시나 연재가 갑자기 왔을 경우 청소를 하고 있었을 뿐이라는 변명을, 그와 동시에 자기 양심에게 마지막 설득을 하기 위해서였다.

　보경이 계단을 밟으며 컴컴한 2층으로 올라갔다. 2층 거실 블라인드를 끝까지 내린 탓에 빛이 들어오지 않았다. 보경이 벽을 더듬어 거실 불을 켰다. 닫힌 방문 앞에 서서 침을 꿀꺽 삼켰다. 떨 필요가 없는데 괜히 떨고 있다고 생각했지만 안에서 들리는 정체불명의 소리는 환청이 아니었으므로 보경은 자신이 느끼는 공포감을 인정해야 했다.

연재가 이상한 걸 만들고 있지는 않을 거야. 무서워할 필요가 뭐가 있어? 워낙 로봇에 관심이 많았던 애니까 가져와서 이거저거 만져봤겠지.

랩처럼 빠르게 생각을 정리하고는 보경이 문손잡이를 잡았다. 하필 그 순간 별안간 아래층에서 방문 열리는 소리가 났고, 곧 이어 휠체어가 문턱을 넘는 소리까지 듣게 되자 보경은 1층으로 빠르게 내려갔다. 은혜가 아직 열을 품고서 무리하게 밖으로 나와 있었다. 현관으로 가려는 은혜를 붙잡았다. 그 몸을 하고는 어디에 가냐고 말하며. 처음에는 약이라도 사 오려고 하는 건가 싶었다. 하지만 은혜의 입에서 나온 말은 보경을 황당하게 만들었다.

"나 경마장에 잠시만 다녀올게. 빨리 갔다가 올게."

매일같이 경마장에 들르는 건 알고 있었지만 아픈 몸을 이끌고 가야 할 만큼 절박한 이유가 있다는 말인가? 보경이 단호하게 입을 열었다.

"오늘은 안 돼. 몸이 이런데 어디를 간다는 거니."

"정말 30분도 안 돼서 다녀올게. 열도 별로 안 나. 아까는 자느라 그랬던 거야."

은혜가 보경의 손을 붙잡고 자신의 이마에 올렸다. 약효가 빠르게 돈 것인지 아니면 은혜의 말처럼 잠에 취해 몸이 더 뜨거웠던 것인지 보경이 아까 만졌을 때보다는 열 기운이 조금 내려갔다. 그렇다고 해서 다 나은 것은 아니었으며 이 상태로 무리했다가 더 크게 역풍이 올 거였다.

"이건 네가 나한테 허락을 받고 말고의 문제가 아닌 것 같아, 은혜야. 딸이 아픈데 외출하고 오라고 너 같으면 하겠니. 그렇게 가고 싶으면 엄마랑 병원 들렀다가 차 타고 잠시 가보든가."

보경은 자신이 이렇게 나오면 은혜가 포기하고 물러날 줄 알았다. 은혜는 잠시 고민하더니 고개를 끄덕였다. 병원에 들렀다가 같이 차를 타고 가자는 것이다. 괜히 투정 부리지 말라고 할 수도 있겠으나 보경은 아침만 먹고 나가자는 조건을 덧붙였다. 은혜는 순순히 보경의 제안을 받아들였고, 은혜가 씻으러 들어간 동안 보경은 냄비에 불을 올렸다. 은혜가 저렇게까지 원하는 데에는 필시 그럴 만한 이유가 있으리라. 무조건 안 된다고 할 게 아니라 일단 은혜의 뜻대로 해준 후에 이 문제에 대해 화를 내도 늦지 않았다. 은혜는 애초에 무언가를 원한다고 말하던 아이가 아니지 않았던가.

은혜가 소아마비 확진을 받고 치료를 시작할 때에도 보경은 울지 않았다. 숨이 버겁게 느껴질 만큼의 답답함은 느꼈지만 그 게 눈물로 이어지지는 않았다. 운다고 해결되는 것은 없었다. 지 금 할 수 있는 최대한을 해야 한다고 믿었다. 그게 설령 살이 찢 길 정도로 이를 악문 채 버티고 서 있는 것이라고 해도 말이다. 그리고 그 버팀목 중 하나는 의사가 말했던 생체 적합성 의족이 었다.

상태가 악화되어 두 다리를 쓰지 못한다고 해도 크게 걱정할 일은 아닙니다, 어머니. 요즘에는 기술이 워낙 좋아서요. 생체 적합성 의족을 쓰면 다른 사람 걷는 것과 똑같아요. 티도 안 나 고요. 요즘 병이 예전 같지 않아요, 영상 한번 보세요. 나중에 필 요하시면 이 분야에서 가장 잘하시는 박사님도 소개시켜드릴게 요. 아직 조금 가격은 있지만… 점점 보편화될 거예요. 좌절하지 마세요, 어머니. 보호자가 힘을 내야 합니다. 모든 병은 결국 병 과 환자, 그리고 보호자 셋의 싸움이거든요.

긴 병은 가족 사이의 부채負債를 만들었다. 서로가 서로에게 적 잖은 상처를 줬지만 그 상처를 해결할 틈도 없이 또 새로운 상 처가 쌓였고, 이전에 쌓였던 상처는 자연스럽게 묻혔다. 지금 당 장은 아니더라도 언젠가는 충분히 빚을 덜어낼 기회가 있을 거 라 스스로를 위로하면서. 힘내라는 말이 영혼 없이 습관처럼 나왔고 화낼 일이 아닌데도 목소리가 높아졌으며 그렇게 슬프지 않은데도 걷다가 괜히 벤치에 주저앉기도 했다. 그때마다 의사의 말을 떠올리며 참았다. 끝이 있는 고난이라 다독일 수 있었다. 그리고 결국 보경을 울린 것도 의사의 말이었다.

어머니, 이게 비보험이거든요.

병도, 환자도, 가족과의 상처도, 사람들의 시선도 아니었다. 돈만 있으면 할 수 있는 일을 하지 못해 아주 처절하게 울었다. 소방관의 사망보험금을 전부 쏟기에는 앞으로 살아가야 할 날이 까마득했으므로, 보경은 결국 식당과 집을 마련했고 남은 돈으로는 아무것도 할 수 없었다. 살면서 그렇게 비참하고 서글펐던 적은 처음이었다. 소방관의 사고 때도 이 정도는 아니었다. 그 일은 애초에 보경의 손이 닿을 수 없는 문제였으므로 탓할 수 있는 것이 세상에 많았다. 억울하다고 소리치며 삿대질할 수 있는 대상이 존재했다. 하지만 이번에는 그 손가락이 보경의 가슴을 찔렀다. 날카롭게 파고들어 기어코 상처를 덮어둔 가슴을 짓이겼다. 그 밤, 보경이 밤새 죽인다고 죽인 숨으로 울었던 새벽에 문 앞을 한참 서성이다 조용히 휠체어를 끌고 돌아간 은혜를 보경은 몰랐다.

그날 이후로 보경과 은혜 사이에는 갚을 수 없는 부채가 쌓였다. 누구의 잘못도 아니어서 결국 서로가 떠안고 있어야 했다.

은혜는 그때부터 바라는 것이 없어졌고 보경은 반대하는 일이 사라졌다. 두 사람 사이에는 선이 생겼다. 서로에게 쉽게 상처 줄 수 없도록 거리를 유지하기 위한 장치였고, 그 관계에 연재가 없다는 걸 알면서도 보경은 이해해주기를 바랐다. 어쩌다 두 아이의 엄마가 된 보경은 자신이 가진 것이 너무 없는 채 엄마가 되었으므로 두 아이에게 이해를 바랄 수밖에 없게 되었다.

씻고 나온 은혜의 열을 다시 쟀다. 36.9도, 그렇게 위험하지는 않지만 그렇다고 안심할 정도도 아닌 체온을 확인하고는 은혜에게 끓인 죽을 건넸다. 그 옆에 꺼내두었던 약도 올렸다. "밥 다 먹고 이거 두 알도 먹어, 알겠지?" 하고 말하자 은혜는 일부러 숟가락 가득 죽을 올리며 고개를 끄덕였다.

보경이 다시 2층으로 올라간 이유는 은혜에게 입힐 두꺼운 외투를 찾기 위해서였다. 지금 입기에는 조금 이르지만 겸사겸사 올봄에 박스에 넣어 정리해두었던 옷을 이참에 거실에 내다놓을 생각이었다. 계절은 금방 지나갔으므로 추석이 지나면 가을을 제대로 느낄 새도 없이 시베리아의 찬바람이 훅 코에 스치리라. 조금만 게으르면 모든 걸 놓치는 시대가 아니던가. 옷도 미리 꺼내두어야 환절기에 찾아올 감기를 예방할 수 있었다.

보경이 2층에 있는 두 방 중 연재가 쓰지 않는 방문을 열었다. 쓰지 않는 동안 이따금씩 청소를 하기는 했지만 역시나 사람 발길이 닿지 않는 곳은 먼지가 금방 쌓였다. 보경이 손바닥으로 입과 코를 틀어막고 창문을 열었다. 결혼할 때 보경이 집에서 가져온 원목 디지털피아노와 오래된 식탁, 예전에 쓰던 공기청정기까지 이 방에 전부 있었다. 이사를 오며 버려야 했던 물건들이었는데 그러지 못했다. 별다른 이유가 있었던 것은 아니고 그저 이물건들이 예전 아파트 분리수거장에 쓸쓸히 서 있는 모습을 도저히 볼 수가 없어 내놓고도 다시 들고 온 것들이었다.

박스 다섯 개를 열었는데 찾는 옷들이 보이지 않았다. 보경이 지금 입기에는 너무 두꺼운 패딩을 들었다가 도로 박스에 넣었다. 한겨울에 입을 법한 옷들만 가득했다. 그제야 다른 방에 박스가 몇 개 더 있던 것이 기억났다. 아마 그 박스에 이맘때쯤 걸칠 수 있는 옷들이 있는 모양이었다. 보경이 열어놓은 박스 뚜껑을 도로 닫으며 마지막으로 맨 밑에 깔려 있던 박스 하나만 더 확인해보려고 손을 뻗었다. 세월의 풍파를 맞았는지 다른 박스들에 비해 색이 더 짙었고 쌓아놓은 박스 무게에 짓눌려 뚜껑이 휘어져 있었다. 저런 박스가 있나 싶었다. 당연하게 자리 잡은 박스 안에 어떤 물건이 들어 있을지 짐작되지 않았고, 보경은 아무런 방어자세 없이 박스 뚜껑을 열었으며 그렇게 방심한 틈에 쏟아져 나왔다.

10여 년간 묵혀두었던 소방관의 소방복 앞에서, 묶어두었던 감정이 혹 끼쳐 오는 날카로운 바람처럼 보경을 스쳤다. 물에 닿으면 전부 용해되어 사라질까 봐 닦지도 못한 소방복이 그날의 흔적을 그대로 품은 채 잘 개어져 있었다. 그 순간 보경이 느낀 감각은 박스를 열자마자 혹 끼쳐 온 바람에 베인 가슴의 따끔거림과 함께 만지면 안 된다는 본능이었다. 만졌다가는 그날 이 옷에 묶어두었던 감정들이 옮겨지겠지. 보경이 박스 뚜껑을 닫고는 원래 있던 자리에 도로 밀어 넣었다. 또다시 저 박스에 든 것이 무엇인지 잊을 때쯤 찾을 것이다. 그때까지는 잊고 살리라 다짐했다.

보경은 마지막 박스에 생각을 빼앗겨 연재가 쓰던 방을 아무런 거리낌 없이 열었다. 그 속에 무엇이 있는지 새까맣게 잊고 있었다. 그래서 보경은 자신을 향해 고개를 돌려 초록 불빛을 깜빡이며 말을 건네 오는 그것 때문에 하마터면 뒤로 자빠져 뒤통수가 깨질 뻔했다.

"안녕하세요? 브로콜리입니다. 콜리라고 부르셔도 돼요. 이런, 저 때문에 놀라신 건가요?"

은혜

    홈스쿨링은 열여섯 살에 시작했다. 은혜는 훨씬 전부터 홈스쿨링을 원했지만 보경이 반대했다. 다르지 않다고, 피할 이유 없다고 아침마다 주문처럼 외워주는 보경이었지만 은혜는 그 말이 전부 소용없다는 걸 알고 있었다. 하지만 속는 척했다. 속는 척하다 보면 언젠가 정말 속아질지도 모른다고 믿었다.

    홈스쿨링을 하기 전에는 학교를 다녔다. 집에서 휠체어를 타고 30분 정도 걸리는 위치에 있는 학교였다. 큰길로 나가 버스를 타면 10분 정도밖에 걸리지 않지만 은혜는 여러모로 버스를 타고 다니는 게 더 오래 걸렸다. 그래서 은혜는 휠체어를 타고 다녔다. 겨울에는 얼굴이 얼어 텄고, 여름에는 등이 땀으로 흥건했다. 육체적으로 여간 힘든 게 아니었지만 그래도 그게 나았다. 은혜가 탈 수 있도록 만들어진 저상버스였지만 여러모로 '얹혀 간다'라는 느낌을 지울 수가 없었다. 등교를 할 때는 노래도 들을 수 없었다. 사람들이 지나가는 은혜에게 말을 너무 툭툭 걸었기 때문이었다. 거기 조심해. 그 앞에 뭐 있다. 뒤에 차 온다, 애…. 그리고 아주 가끔씩 경사진 인도를 내려가는 은혜의 휠체어를 허락도 없이 붙잡아 도와주는 사람도 있었다. '도와준다'라고 표현하고 싶지 않지만 그 사람들 입장에서는 그랬다. 그들은 은혜가 놀라든 말든 상관없이 은혜의 휠체어를 훅 밀었다. 손잡이를 잡는 것뿐인데 은혜는 그럴 때마다 길 가다 팔이 붙잡힌 사람처럼 늘 심장이 크게 뛰었다.

사람들은 그걸 선의라고 생각했다. 은혜가 '알아요'라고 차갑게 말하거나 대꾸하지 않으면 자신의 선의를 무시한 못된 인간이 된다. 그럼 곧장 인상을 찌푸리거나 대놓고 혀를 차는 경우도 있었다. 웃어야 한다. 사람들이 은혜에게 바라는 건 어떤 불굴의 상황도 웃음으로 이겨내는 긍정의 힘이었다. 은혜는 사람들이 자신에게 원하는 것이 무엇인지 안다. 그렇지만 은혜는 그렇게 호락호락 그들 삶의 위안과 희망이 되고 싶지 않았다. 본인 인생은 본인이 알아서 보듬으세요. 가끔은 마이크 잡고 소리치고 싶을 정도였다. 그래도 다행히 집에 돌아올 때는 혼자 오지 않았다. 주원과 함께 왔다.

주원과 은혜는 집 방향이 같았다. 그래봤자 교차로에서 헤어져 한참을 따로 가야 했지만 아파트가 몰려 있는 단지 안에서 살지 않는 건 그 학년에 주원과 은혜뿐이었다.

인공렌즈삽입술을 하지 않은 주원은 전교생 중 유일하게 안경을 꼈다. 보통의 친구들은 열다섯 살 이전에 렌즈삽입수술을 마쳤다. 웬만한 특이사항이 없다면 요즘 렌즈삽입수술은 통과의례 같은 절차였다. 안압이나 각막의 두께 여부와 상관없이 개인 특성에 맞춰 특수제작이 이루어졌으므로 부작용은 거의 없다 봐도 무방했다. 다칠 위험이 있는 안경보다 렌즈 삽입이 훨씬 편했으며 근시와 난시 교정이 가능했고 시간이 지나면 새 렌즈로 교체할 수도 있었다. 무엇보다 의료보험이 됐다. 거기에 수술 시간이 10분도 걸리지 않았으니 시력이 나쁜 아이들 중에서는 렌즈 삽입을 하지 않는 아이가 없었다. 안경이 아예 사라지지는 않았지만 도수가 있는 안경을 착용한 사람은 도태된 자로 취급되었다. 그렇지만 주원은 안 했다. 아니, 못 했다. 유전성 질환인 푹스내피이상증으로 각막내피세포의 감소가 일반인보다 몇 배는 빠르다는 주원은 수술을 받을 수 없었다.

은혜는 주원과 함께 집에 갈 수 있어서 좋았지만, 종종 주원과 집 방향이 같은 것이 불행일지도 모른다고 생각했다. 혼자 집에 가는 것보다 주원과 함께 가는 게 훨씬 재미있고 안전했던 것은 맞지만, 다시 말하자면 주원이 옆에 있어 사람들이 은혜에게 굳이 친절을 베풀지 않아 편했지만 반 아이들은 종종 둘을 묶어 취급했다. 묶을 수 없는 두 존재를 꾸역꾸역 묶으려는 단어들은 너무 직설적이었고 너무 일차원적이었다.

"삼차원의 우리가 일차원의 말에 상처받지 말자."

주원이 말했다. 은혜는 정말 그게 가능한 것인지 확신할 수 없었다. 가끔은 자신과 주원이 삼차원에 있고 아이들이 다차원에 있는 것 같았다. 주원은 남들과 다른 사고방식으로 세상을 설명했고 이해했다. 가끔은 주원이 하는 말이 무슨 뜻인지 이해하지 못할 때도 있었지만, 은혜는 주원의 표현방식이 좋았다. 주원의 배려는 남들과 다르다. 주원은 대화를 나누다가도 인도로 올라가는 길목에서는 자연스럽게 걸음을 멈춰 은혜를 기다렸다. 그 행동에는 은혜를 배려해야겠다는 선의가 보이지 않았고 그저 그렇게 행동하는 것을 당연하게 여길 뿐이었다. 은혜는 그런 주원이 편했다. 주원에게는 선의가 아니었겠지만 은혜에게는 그것이 선의였다. 은혜가 미안함이나 고마움 따위를 느끼지 않을 정도로 당연하고 자연스러운 것. 사람 사이에 당연하게 일어나는 화음 같은 것.

고등학교에 올라가게 되면 공학으로 가지 않는 이상 주원과 헤어져야 한다는 게 그때부터 마음 아팠다. 학교가 가까우면 끝나고 만날 수도 있겠지만 새로운 환경에 정신없이 적응하다가 그렇게 연락이 끊길 거였다. 은혜는 주원 같은 친구를 또 만날 수 없을 거라는, 알 수 없는 확신이 들었다. 하지만 그보다 더 빨리 주원과 헤어지게 될 줄 알았더라면 은혜는 그런 아쉬움을 달래는 것에 주원과 함께 있는 시간을 낭비하지 않았을 텐데.

주원은 여름방학에 이사를 간다고 했다. 옆 동네나, 옆 지역이 아니라 비행기를 타고 12시간을 날아가야만 새집이 나온다고 했다. 그 소식을 듣고서도 나지 않았던 실감은, 떠나기 몇 시간 전에 주원이 찾아왔을 때에서야 나기 시작했다.

"거기까지 가서 뭐 해?"

"영어 공부를 더 하겠지?"

"바로 옆에도 영어마을 있잖아."

"그거랑 이거랑 어떻게 같아. 본토는 조금 다르지 않겠어?"

은혜도 가보지 않았으니 다른지 다르지 않은지 확언할 수 없었다. 어쨌거나 주원도 이사를 싫어하지 않는 낌새였고 이미 정해진 이사를 돌이킬 수도 없었다. 주원은 자주 연락하겠다는 약속을 하고 집으로 돌아갔다. 은혜는 몇 번이나 가던 길에 멈춰서서 주원을 돌아봤다. 혹시나 주원도 아쉬움에 은혜를 돌아보지 않을까 기대했지만 주원은 점이 되어 사라질 때까지 앞만 보고 걸어갔다.

주원을 좋아했던 걸까? 은혜는 그 고민을 주원에게서 작별 인사를 들은 후에야 하기 시작했다. 주원은 별 볼 일 없는 애였는데. 은혜가 느끼기에 주원은 또래에 비해 키도 작은 편이었고, 안경 때문에 다친다는 핑계로 친구들이 운동경기에도 끼워주지 않았다. 그래서 그런지 몸도 좀 약한 편이었다. 하지만 이런 식으로 주원을 평가하는 건, 스스로 주원을 좋아하지 않는다고 생각하고 싶은 바람의 불건전한 표상이다. 은혜는 오래 걸리지 않아 인정해야 했다. 좋아하는 마음을 인정하지 않으려고 주원을 안 좋게 생각하는 짓은 더 하고 싶지 않았다. 주원을 좋아했다. 그러자 은혜는 곧 다른 고민에 빠졌다. 자신은 왜 주원을 좋아한다는 걸 인정하고 싶어 하지 않았을까? 이 물음의 답은 너무나도 간단했다.

우리의 사랑이, 다른 이들의 사랑처럼 보이지 않을 거야. 주원의 말처럼 일차원에 사는 사람들이 삼차원에 사는 사람의 사랑 깊이를 알 수 있을 리가 없지. 혹 그게 아니라 그들이 다차원에 있다면, 그들의 배배 꼬인 시각이 우리의 사랑을 올곧게 바라보지 못하거나. 하지만 이런 고민이 다 무슨 소용이람. 옆에 주원이 없다면, 주원이 은혜의 마음을 알지 못한다면 그건 완성된 사랑이 될 수 없는데.

은혜는 주원이 이륙하기 전에 이 말을 꼭 하고 싶었다. 그동안 함께해서 즐거웠고, 네가 다시 돌아올 때까지 기다리고 있겠다고. 좋아한다는 말은 차마 할 수 없을 것 같았다. 그렇지만 이렇게 말하면 주원도 알아들으리라. 은혜는 주원에게 전화를 걸었다. 통화음은 한참 동안 이어졌지만 주원은 받지 않았다. 정신없는 건가 싶어 은혜는 시간 차를 두고 전화를 몇 번 더 걸었지만 그때도 받지 않았고, 그렇게 주원은 전화를 받지 않은 채 비행기에 올랐다. 도착하면 연락이 올 줄 알았는데 오지 않았다. 정신이 없어서, 시차가 달라서, 휴대폰이 고장 나서…. 별의별 이유를 다 생각했지만 전부 틀렸다.

주원의 소식은 여름방학이 끝난 후에 들었다.

"수술을 했대."

"무슨 수술?"

"렌즈삽입수술."

"정말? 안 된다고 하지 않았어?"

"미국에서는 된다는 소식 듣고 그거 하려고 미국 갔다더라. 우리 엄마가 그러는데 돈까지 빌려서 갔대."

반 친구들이 하는 소리를 가만 들었다. 우리나라에서는 힘든 수술이라 하지 못하고 있었는데 거기서는 할 수 있었다고. 의료보험도 되지 않아 한국보다 훨씬 비쌌지만 그렇게 해서라도 수술을 받았다고 했다. 은혜는 자리에 우두커니 앉아 잘됐다고 생각했다. 정말로 잘됐다고 생각했는데 은혜의 의지와 상관없이 몸이 떨리더니 곧 턱도 떨렸고 그 떨림을 반동 삼아 눈물도 흘러나왔다.

주원은 왜 사실대로 자신에게 말하지 않았을까. 왜 주원이 자신을 두고, 혼자만 다른 차원으로 가버렸다고 느꼈을까. 먼 미래로 혹은 메인 세계로 들어가는 것처럼 느껴졌을까. 실제로 주원이 그렇게 생각했는지는 중요하지 않다. 은혜가 그렇게 느꼈으므로. 은혜는 혼자 툭 떨어진 느낌을 받았다. 너무 높은 곳에서 떨어져 감각이 고장 났다. 눈물이 주룩주룩 흐르는데 울고 있다는 느낌이 들지 않았다. 그렇게 해서라도, 그렇게까지 해서라도 맞춰가야 맞는 것일까?

은혜는 게을러서 이러고 있는 것일까.

집으로 돌아가는 내내 울었다. 울고 싶지 않았지만 어쩔 수 없었다. 평소보다 바퀴를 굴리는 힘이 셌고, 휠체어는 낮은 둔덕에도 크게 흔들리다가 기어코 높지 않은 경사에 바퀴가 걸렸다. 앞으로 넘어질 뻔한 사고는 면했지만 은혜는 참지 못하고 욕을 뱉었다. 몇 년이 지나도 매끄럽게 다듬어지지 않는 경사면이 화가 났고, 여전히 바퀴를 두 손으로 돌려야 한다는 사실에 화가 났다. 이유를 알 수 없고 형체가 보이지 않는 분노가 몸속에서부터 끓어오르는 기분이었다. 은혜는 비명을 토해내듯 소리 질렀다. 평소 은혜에게 친절 베풀기를 좋아했던 사람들이었지만 그 순간만큼은 아무도 다가오지 않았다. 은혜가 연장을 쥐고 휘두르고 있기라도 한 것처럼 말이다.

집에 도착한 후에도 눈물이 멈추지 않았다. 우는 모습을 보이고 싶지 않았는데 뜻대로 되지 않아서 더 서럽게 울었다. 은혜에게 왜 우냐고 물어봤던 보경은 울음이 길어지자 말없이 방 앞을 서성이다가 돌아갔다. 밥도 먹지 않고 울었고 자다가 새벽에

깰 때도 울었다. 다음 날 학교에 가지 않았다. 보경은 왜 그러냐고 따졌다가, 곧 조용히 담임에게 전화해 은혜가 아파서 학교에 가지 못한다고 전했다. 다음 날은 다행히 주말이었고 식당 일로 바쁜 보경과 연재는 종일 집에 돌아오지 않았다. 은혜는 그 시간 동안 밥도 먹지 않고 침대에만 누워 있었다. 움직이는 법을 아예 잊은 것 같았다. 영영 움직이지 못하는 악몽 때문에 자다가 깨기도 했다.

보경이 은혜에게 말을 걸어온 것은 일요일 밤이었다. 자정에 가까워진 시간이었다. 주말 동안 바쁘게 손님을 받았던 보경은 퍽 지친 표정이었으나, 어떻게든 은혜의 마음을 풀어주려고 노력했다. "엄마랑 내일 학교 같이 갈까?"라고 설득했다가 "혹시 누가 괴롭혀?"라고 묻기도 했다. 은혜는 입만 꾹 닫았다. 보경에게 설명하고, 그로 인해 위로받을 수 있으면 좋겠지만 은혜도 자신이 왜 이러는지 도저히 알 수 없었다. 보경이 지금이라도 화를 내며 은혜를 두고 나갈 것 같아 두려웠지만 은혜의 마음은 문장으로 옮겨지지 않았다. 하지만 보경은 차분했고, 끈질겼다. 이런 건 예상하고 있었다는 것처럼 흔들리지 않았다. 대신 등 돌아 누워 있는 은혜를 끌어안으며, 원하는 것이 있으면 무엇이든지 말하라고 했다.

"이유도 묻지 않고 들어줄 테니까 아무거나 다 말해도 돼, 은혜야."

은혜는 한참을 망설이다 학교에 가고 싶지 않다고 말했다. 보경은 당황한 기색을 감추지 못하다가 본인이 한 말을 어기고 싶지 않았는지 이유를 묻지 않고 그렇게 하자고 대답했다. 만일 보경이 이유를 물어봤다면 은혜는 이렇게 대답했을 거다. 돌아오는 길이 외로워, 엄마. 힘들지는 않은데 외로워. 외롭다는 게 정확히 어떤 의미인지 아직 잘 모르겠지만, 나는 그 길을 외롭다고 부를 수 있을 거 같아.

보경은 홀로 학교를 몇 번 들락날락하더니 곧 은혜에게 이제 학교에 가지 않아도 된다고 말했다. 대신 집에서 공부를 해야 했기에 홈스쿨링 서비스를 신청했고, 정해진 시간에 일어나 수업을 듣기로 약속하기를 원했다. 은혜는 그 정도쯤은 쉽게 약속할 수 있었다. 그때가 되어서야 보경에게 미안하다고 사과하고 싶었지만 끝내 그 말은 나오지 않았다.

그러니 이제 차분해질 차례였다. 운다고 해서 해결되는 것은 없다. 눈물이 날 정도로 속이 엉망이지만 울면 더 엉망이 될 것이다. 시원하게 울었지만 달라지는 일은 없었다. 평생토록 울게 아니라면 이쯤에서 우는 건 그만두어야 했다. 이제부터는 앞으로 무엇을 어떻게 해야 하는지 생각해야 한다. 학교도 그만두었으니 은혜에게는 고민할 수 있는 시간이 늘었다.

자, 너 이제 어떻게 할래?

답은 바로 내리지 못했다. 은혜는 일기장을 하나 만들었다. 그리고 첫 장에 이렇게 적었다.

나는 아프다.

다시금 스스로에게 물었다.

자, 그래서? 아픈 게 뭐? 너 이제 진짜로 어떻게 할래?

음… 모르겠다.

네가 모르면 어떻게 해?

그럼 이걸 누가 알아? 답이 있기는 해? 해결할 수 있기는 해?

그럼 어디 한번 말해봐. 방법이 있으면 해볼 테니까.

….

봐봐, 없지? 모르겠으니까 일단은 열심히 할 거야.

뭐를?

뭐든! 밥 먹는 거든, 약 먹는 거든, 운동하는 거든, 공부하는 거든. 내가 해야 하고 할 수 있는 건 일단 열심히 하고 있을래. 그렇게 있다 보면 무슨 일이든 방법이 생기지 않겠어? 언제까지 그렇게 있을 수는 없잖아.

그래, 알겠어.

뭐가?

내가 할 수 있는 걸 할게. 그게 뭔지 모르겠지만, 나도 그걸 해볼게. 그리고 나를 내가 응원해볼게.

응원은 사실이었다. 은혜가 은혜에게, 화나고 답답해서 눈물이 날 때마다 응원을 보내왔다. 그 응원은 보경이 은혜에게 해주는, 할 수 있다거나 다 좋아질 거라는 통상적인 응원과는 조금 달랐다. 이를테면 '안 해서 어쩔 건데?'라거나 '징징거려봤자 너만 피곤해' 식이었다. 어느 쪽이 효과가 더 좋았느냐면 후자였다. 속을 갉아먹고 얻은 힘이라고 해도 상관없었다. 다정한 말이 능사는 아니었다.

은혜의 생활에는 타인의 도움이 필요하지 않았다. 낯선 곳에 갈 때 초행자가 당연하게 헤매는 것처럼 낯선 상황에서 아주 조금 당황할 뿐이지 그것은 곧 해결될 문제였다. 하지만 그렇다고 해서 은혜가 모든 길을 헤쳐나갈 수 있던 것은 아니었다. 불가능이 없는 시대라지만, 은혜는 도달할 수 없는 세계였다.

피하는 거야?

피하는 거 아니야.

그런데 왜 숨어 있어?

덜 피곤하려고.

도망치는 거 아니고?

….

여기서 도망친다고 다른 뾰족한 수가 있어?

도망치면 왜 안 되는데?

뭐?

나도 피곤해서 좀 쉬게. 그게 나빠? 나라고 꼭 매사에 열정적으로 도전해야 돼? 왜? 남들은 안 그러잖아. 네가 말하는 보통 사람들은 피곤하면 쉬고, 힘들면 도망치고 하는 거잖아. 나도 내 마음대로 할 거야. 짜증 나 죽겠으니까.

그때는 도망치는 기간을 정해뒀어야 한다는 걸 몰랐다. 정확한 날짜를 정해두지 않으니 돌아가는 날이 점점 미뤄졌다. 가끔 세상은 은혜가 들어갈 틈 없이 맞물린 톱니바퀴 같았다. 애초에 은혜가 들어갈 수 없게 조립된 로봇 같았다. 그런 세상에 제대로 한 방을 날려줘야 한다고 생각하면서도 세상이 그렇게 만만하지 않다는 것을 몸으로 깨달을 때마다 분에 못 이겨 경마장을 찾았다. 투데이는 은혜만의 대나무 숲이었다. 어떤 이야기를 하든 비밀이 보장되는 유일한 속마음의 창구였다. 그런 투데이가 이제 살아갈 날이 얼마 남지 않았다.

"울지 않아."

무거운 몸을 이끌고 투데이를 찾은 은혜는 다짐하듯 그렇게
말했다.

"운다고 해결되는 일은 없어."

투데이에게 하는 말 같기도 했고 스스로에게 하는 말 같기도
했다. 울어서 해결되는 일은 없다. 눈물이 비집고 나오려는 걸
꾸역꾸역 참아내며 다짐하듯 말했다.

"내가 너를 놓지 않을 거야."

은혜는 지금이야말로 잠적을 끝낼 시기이며, 세상에 한 방 먹
일 타이밍이라고 생각했다. 그날 오랜만에 일기장을 펼쳐 은혜
는 이렇게 적었다.

나는 강하다.

나는, 지킬 수 있다.

연재

담임은 의외라는 표정을 감출 생각이 전혀 없어 보였다. 연재

가 얼마나 불쾌한지는 애초에 신경 쓰지 않는다는 듯, 지수만 바라보며 물었다. 옆에 연재가 서 있었는데도.

"정말 우연재랑 나간다고?"

짜증 난다. 신청서를 같이 제출하러 오는 게 아니었는데. 연재가 화를 참기 위해 콧김을 후욱 뱉었다. 담임의 마음을 이해하지 못하는 건 아니었다. 연재가 선생이었어도 학교만 오면 엎드려 자는 학생과 전국 석차 윗물에서 뛰어노는 학생의 조화를 납득할 수 없을 것이다. 혹여나 엎드려 자는 학생이 협박한 건 아닐까 의심해볼 만했다. 그렇지만 연재라면 적어도 학생이 있는 눈앞에서 저렇게 티를 내지는 않았을 것이다. 선생님이 눈치가 빠르다거나 둘이 조금 더 친했다면 지수가 먼저 연재의 능력에 대해 담임에게 설명해줬겠으나 둘 다 아니었으므로 지수는 "네" 하고 당당하게 대답하고 말 뿐이었다.

"이거 중요한 대회인데…."

담임이 말끝을 흐렸다. 삭제된 뒷말을 연재가 작문해보자면 '중요한 대회인데 이걸 저 우연재랑 나가겠다니, 제정신이니?' 정도겠다.

"알아요. 그래서 우연재랑 나가는 건데요?"

지수가 퍽 당당하게 말했다. 그 이상으로는 연재를 앞에 두고 나무랄 수 없었는지 담임은 떨떠름한 표정으로 신청서를 파일에 넣었다.

"어쨌든 내일까지 신청 마감이니 내일이라도 정정할 사항 있으면 찾아오고."

담임이 연재와 지수를 번갈아 쳐다보다가 물었다.

"너희 원래 친했니?"

"아뇨, 근데 그게…"

친하고 말고가 지금 꼭 중요하냐고 물으려던 연재의 대답을 자르며 지수가 대답했다.

"네, 친한데요. 왜요?"

"아니, 둘이 노는 걸 본 적이 없는 것 같아서."

담임의 표정이 떨떠름했다.

"학교가 노는 곳은 아니잖아요, 공부하는 곳이지. 아무튼 저희 그럼 가볼게요."

지수가 연재의 손을 붙잡고 교무실을 빠져나왔다. 연재는 자신이 하려고 했던 대답보다 지수의 대답이 적절했다고 생각했다. 사실이 아닐지언정 덕분에 담임은 군소리 덧붙이지 못했으니 말이다.

교무실을 빠져나오면 놓을 줄 알았으나 여전히 손을 잡은 채 지수가 몇 걸음 앞서 복도를 걸었다. 끌려가듯이 가고 있던 연재는 손을 뿌리칠까 생각했다가 상대방의 기분을 무엇 하러 상하게 하나 싶어 "손"이라고 입을 열었다. 지수가 한 번에 알아듣지 못하고 뒤돌았다.

"뭐라고?"

"손 좀 놔줄래?"

지수가 붙잡은 손을 한 번 쳐다보고는 파리 떼어내듯 손을 털었다. 이럴 줄 알았으면 먼저 손을 놓을걸 그랬다. 연재는 떨쳐진 손이 민망해 교복바지 주머니에 넣었다.

신청서도 눈앞에서 확인 차 같이 제출했으므로 연재는 이제 각자 알아서 갈 길 가면 된다고 생각했으나 지수는 그럴 생각이 없는지 연재 옆에 나란히 서서 정문까지 함께 걸었다. 야간자율학습 교실로 이용되는 반만 불이 켜져 있었다. 정문 앞에서 아이들을 기다렸다 학원으로 나르는 자동차마저 다 빠진 하굣길이었다. 연재는 차가 지수를 기다리고 있을 줄 알았으나 교문 앞에는 차가 한 대도 없었다. 지수가 교문을 나와서까지 연재와 나란히 걸었다.

왜 따라오냐고 물으려다가 입을 다물었다. 지수의 집이 어디인지 몰랐으므로 같은 방향일 수도 있다고 생각했다. 그리고 한편으로는 말 붙일 타이밍을 재고 있기도 했는데, 이 계약이 성사된 조건에 대해 다시 대화를 나누어야 하지 않을까 싶어서였다.

연재는 어젯밤 신청서를 20분 만에 완성하고는 곧바로 콜리에게 필요한 부품 목록을 파일에 빼곡하게 적었다. 두루뭉술하게 적었다가 잘못된 걸 가져올까 봐 부품 제조 회사와 품명까지 세세하게 말이다. 그 파일은 지금 휴대폰에 저장되어 있다. 지수가 물어보기만 한다면 바로 파일을 보내줄 수도 있었다. 횡단보도와 상가를 지나 연재가 자주 따라 걷는 막계천에 도착할 때까지도 지수는 멀어지지도, 가까워지지도 않는 거리를 유지하며 걸었고 연재는 지수가 집으로 가는 것이 아니라 자신을 따라오고 있다는 것을 확신할 수 있었다. 연재가 예고 없이 걸음을 멈췄다. 지수도 곧바로 연재를 따라 멈췄다.

"너 어디 가는 길인데?"

연재가 물었다.

"너 따라가는 중인데?"

지수가 모르고 있었냐는 듯 물었다. 연재가 운동하는 사람 하나 없는 막계천을 둘러봤다.

"나를 왜 따라오는데?"

연재는 두 번 다시 지수를 집으로 데려갈 생각이 없었다. 특별한 이유가 있다기보다는 굳이 두 번씩이나 데리고 갈 이유가 없지 않은가. 계약은 성사되었고 필요한 것은 얼마든지 전달할 수 있었다. 어쭙잖게 친해지는 시간을 갖자는 건 아닐 테고 시간이라면 쪼갤 수 있을 만큼 쪼개어 쓸 것 같은 애가 왜 이런 고생을 하나 정말로 순수하게 궁금했다. 지수는 고민도 없이 입을 열었다. 연재가 전혀 예상하지 못했던 말이었다.

"나도 그 휴머노이드 보고 싶어서."

"네가 왜?"

"보고 싶은데 꼭 이유가 필요해? 되게 이상한 걸 물어본다, 너."

"너 오늘 학원은?"

연재가 비장의 무기처럼 물었다.

"너랑 오늘부터 대회 준비한다고 좀 뺐어."

"너 그러다가 성적 떨어진다."

"그 정도로 떨어질 머리는 아니거든."

지수가 고깝다는 웃음을 띠웠다. 여유로움과 자만함이 적절히 뒤섞여 있었다. 괜한 걱정으로 못 볼 꼴을 봤다 싶어 연재가 인상을 찌푸렸다.

"아무튼 나는 너 데려갈 생각 없는데."

연재는 그 말 한마디 덧붙였다가 지수에게 좀생이를 비롯한 온갖 거친 단어로 맞았다. 그럼에도 불구하고 연재의 마음은 조금도 변하지 않았다. 한차례 말을 토해낸 지수는 꽤 화가 난 표정이었다. 지수가 가방에 매달아놓은 인형과 표정이 똑같았다. 눈썹이 매서운 북극곰이었다.

연재가 친구를 집에 데려가지 않는 이유에 그리 대단한 상처가 있던 건 아니었다. 때는 연재가 계주 경기에서 레일을 이탈했던 열한 살 무렵이었다. 연재는 방과 후 활동으로 마이크로봇을 제작하며 그곳에 있던 동갑내기 넷과 친구가 되었고, 그 아이들 집에 놀러 갔을 때, 인생 처음으로 모든 사람이 자신과 비슷하게 살지 않으며 때로는 비교할 수 없을 만큼 격차가 많이 난다는 것을 깨달았다. 연재의 집에도 가자는 아이들의 제안에 연재는 하루 정도 고민한 후 기꺼이 아이들을 초대했지만, 그 아이들은 연재의 집에 실망감을 감추지 못했다. 새로운 것이 나오면 옛것은 빨리빨리 모습을 감춰야 된다는 듯이, 아직까지 탈바꿈하지 못한 연재의 삶을 희한하고 불편한 것으로 치부했다. 정작 살아가는 연재는 아무런 불편이 없었음에도. 아이들은 착해서 대놓고 집에 대한 품평은 하지 않았지만 그 후로 연재의 집에 가자는 이야기는 꺼내지 않았다. 그때 처음으로 어렴풋이 느꼈다. 어떤 것들은 숨길 수 있는 한 숨기는 것이 좋다고.

하지만 연재는 지수에게 물품을 지원받기로 계약된 상태였으며, 지수가 수틀려 신고라도 했다가는 빼도 박도 못하게 콜리를 빼앗길 거였다. 대회가 걸려 있으니 지수도 그러지 않을 거라고 믿고 있지만 그건 어디까지나 연재의 생각일 뿐이었다. 더불어 대놓고 널 데려가기 싫다는 말을 내뱉고 이해를 바랄 만큼 인간미가 없지는 않았으므로 연재는 그쯤에서 화난 북극곰 같은 지수에게 다음에 함께 가자는 약속을 꺼냈다. 지난번에는 어쩔 수 없었지만 두 번씩이나 가족에게 말없이 손님을 데려가기를 원치 않는다는 방금 막 만들어낸 그럴듯한 이유를 덧붙였고 다행히도 지수는 수긍했다.

연재는 말을 튼 참에 적어두었던 부품 목록을 지수에게 전송했다. 지수가 필요한 제품을 눈으로 훑었다.

"일단 아빠한테 말해볼게. 만약에 못 구하는 것들이 있으면 나도 어쩔 수 없어. 그건 알아둬. 구하게 되면 집으로 보낼 거고."

"근데 너희 아버지는 용케도 허락해주셨네."

"나보다 이 대회에 목숨 건 사람이 우리 아빠거든."

이유를 물어도 되는지 고민하는 찰나에 고맙게도 지수가 알아서 말을 꺼냈다.

"그쪽 관련으로 아빠가 원하는 과에 가려면 입상 정도는 무조건 해야 하니까 그렇지 뭐. 우리 아빠 거기서 우승하면 너한테도 뭐든 다 해줄 기세야."

"왜?"

연재의 물음에 지수가 기가 차다는 듯이 대답했다.

"그만큼 간절히 원한다는 거지. 뭘 또 왜는 왜야. 너 문맥 파악 잘 못하지."

"내 말은 왜 네가 로봇 관련된 과를 가느냐는 건데. 너 로봇에 관심 없잖아."

연재가 정곡을 찔렀는지 지수가 반박하지 못했다. 이 정도쯤은 지수와 친하지 않아도 알았다. 지수가 로봇에 관심이 있었다면 아까 연재가 작성한 부품 목록을 보고 전혀 알아보지 못하겠다는 듯이 인상을 찌푸리지도 않았을 것이고 조금 더 나아가면 카본과 알루미늄을 섞어 휴머노이드의 중량을 늘리는 이유를 물어봤을 것이다.

지수가 입술을 비죽 내밀고는 가방 끈을 붙잡았다. 가방에 매달린 북극곰이 딸랑딸랑 흔들렸다. 지수는 다른 말을 덧붙이지 않고 거기서 안녕을 고했다.

"무튼 내일 봐. 간다. 괜히 여기까지 따라왔어. 귀찮게."

지수의 속사정은 알지 못했지만 누구에게나 사정이 있는 법이었으므로 연재는 굳이 알고 싶지 않았다. 그렇지만 연재는 막계천을 따라 걸으며 반대편으로 걸어가고 있는 지수를 자기도 모르게 힐끔힐끔 뒤돌아봤는데, 지금껏 보여줬던 기세등등하고 싸가지 없던 모습이 어쩐지 한풀 꺾인 것이 마음에 조금 걸렸다. 하지만 제 갈 길을 가던 지수가 갑자기 뒤돌아 연재와 눈이 마주치자 망설임 없이 "뭘 봐" 하고 외쳤다. 그런 지수의 모습에 연재가 대꾸 없이 뒤돌아 집으로 향했다. 그리고 집을 향해 아주 빨리 걸었다. 남들이 보면 마치 뛰는 것처럼 느껴지게끔 말이다.

연재는 오늘 아침 콜리에게 '브로콜리'라는 이름을 붙여주고 나왔다. 보경이 차린 아침상에 브로콜리가 있었는데 연재는 마침 그날 새벽부터 콜리에게 새로운 이름이 필요하다고 생각했다. 공통점이라면 초록색이 전부였지만 '브로콜리'라는 이름을 속으로 몇 번씩 되뇌어보니 꽤 괜찮은 발음처럼 느껴졌다. 어딘가 모르게 미국 냄새가 나지 않는가. 영어가 꼭 멋있다는 것은 아니었지만 그래도 연재는 자신의 휴머노이드에게 멋스럽고도 친근한 이름을 지어주고 싶었다. 그런 의미에서 '브로콜리'라는 이름은 세련된 듯하면서도 동시에 지나치게 신경 쓴 것 같지는 않은 친숙함이 있었다. 연재는 밥을 먹다 말고 뛰어 올라가 설정된 이름을 제어장치에서 변경했다.

브로콜리.

브-로-코올-리이.

빨간 불빛이 들어오는 동안 발음을 정확하게 읊었다. 그리고 추가로 브로콜리가 아니더라도 반응할 수 있는 설정으로 '콜리'를 넣었다. 애칭이 될 거였다.

콜리

"콜리."

연재가 전원을 끄지 않고 나갔다. 덕분에 콜리는 마음껏 자신의 이름을 읊어볼 수 있었다. 질릴 때까지 말하고 싶었다. 하지만 질린다는 감정을 느낄 수 없었으므로, 콜리는 스스로 말을 멈춰야 했다. 아쉬운 기색도 없이, 컴퓨터 전원이 꺼지듯이 뚝.

학교에 다녀오겠다는 연재는 대략 10시간 뒤에야 자신을 볼 수 있을 거라고 말했다. 콜리는 텅 빈 방에 홀로 앉아 있었지만, 이 방은 그 전에 지냈던 기수방처럼 좁지 않았다. 자신과 같은 휴머노이드가 열다섯 대는 둘러앉아도 충분할 만큼 큰 공간이었다. 높이는 조금 낮지만 고개를 숙이면 투데이도 충분히 들어올 수 있을 것 같았다. 방에는 넓은 창이 나 있었고 벽에는 초록색 페인트를 칠했으며 한쪽 벽면에는 서랍이 놓여 있었다. 그 안에는 책과 앨범, 잡동사니가 가득 꽂혀 있다. 꾀죄죄한 야구공과 낡은 글러브, 액자에 꽂은 상장과 먼지 쌓인 트로피, 레고로 만든 성과 쓰지 않는 드론 따위가 있고 그 물건들은 하나같이 포근해 보인다. 전혀 그런 재질이 아님에도 말이다. 방에 있으면 시간이 예전보다 빠르게 흐르는 듯했다. 콜리는 자신이 만들어지던 과정에서 하자가 있었던 게 분명하다고 확신했다. 그렇지 않고서야 시간이 이렇게 들쭉날쭉일 리가.

콜리는 자리에 앉아 그 시간 동안 이 집에서 만난 사람들을 헤아렸다. 이 집에는 김보경, 우은혜, 그리고 우연재라는 세 여자가 살고 있으며 서지수는 우연재의 친구다. 콜리는 이 집의 다채로운 소리를 바닥과 벽을 통해 진동으로 느꼈고, 그로 미루어 보아 이 집은 살아 있는 집이었다. 투데이가 시속 80킬로미터로 달렸을 때의 진동과 떨림. 그만큼 빠르게 살아가는 진동이 느껴지는 집. 콜리는 이 집에 사는 인간들을 한 명, 한 명 살폈다. 전부 다르고 독특한, 이를테면 파랑노랑 하늘이거나 분홍보라, 초록빨강의 하늘 같은 인간들이었다. 천 개 이상의 단어를 알고 있었다면 이 인간들을 표현하는 데 아무런 어려움도 없었을 텐데.

세 사람 중 보경은 분홍보라 같은 인간이었다. 콜리와 마주쳤을 때 놀람을 감추지 못했던 보경은 어느 순간부터 하루에 한 번씩은 2층에 올라와 콜리의 동태를 살피고 내려갔다. 눈이 마주치면 콜리는 인사를 건넸고 보경은 어색하게 "으응, 그래" 하고는 후다닥 밑으로 내려갔다. 그리고 이따금씩 "창문 열어줄까?" 하고 조심스럽게 물었고 때로는 "너도 뭐가 필요한 게 있니…?" 하고 말을 얼버무리기도 했다.

콜리를 바라보는 보경의 눈을 뭐라고 표현해야 좋을까. 거부감, 적개심, 모멸감, 환멸…? 아니, 환멸은 아니다. 약간의 공포심. 그래, 이 정도가 좋겠다. 거부감, 적개심, 약간의 공포심. 그리고 적당한 호기심. 보경이 의식하고 내비치는 표정이 아니다. 보경은 자신이 어떤 표정으로 콜리를 쳐다보는지 모를 것이다. 보경은 왜 그런 표정을 짓게 되는 것일까. 콜리의 어떤 것이 보경으로 하여금 거부감과 적개심, 약간의 공포심을 발현시키는 것일까.

콜리에게 새로운 다리가 생기기 전까지, 연재가 없는 시간 동안에 콜리가 마주할 수 있는 사람은 보경이 전부였다. 콜리는 필연적으로 보경의 표정에서 그 감정을 거둬낼 수 있는 방법을 고민할 수밖에 없었다. 일정 거리 이상 가까워지지 않는 보경과의 거리를 좁히고 싶었다. 콜리에게는 두 가지 궁금증이 생겼다. 하나는 '어떻게 해야 보경과의 거리가 좁혀질 것인가'였고 또 하나는 '자신이 왜 보경과의 거리를 좁히고 싶어 하느냐'였다. 둘 중 어느 것도 답을 내릴 수 없었다. 인간의 안면 근육을 분석했을 때 어느 부분의 근육이 움직일 경우 그것을 바로잡아야 한다는 정보가 자신의 내장장치에 입력되어 있을지도 모른다는 정도로 결론을 내렸다.

보경은 정오부터 거의 자정까지 일했으며, 나갈 때의 발걸음과 집에 들어올 때 발걸음의 무게감이 달랐다. 일을 마치고 돌아오는 보경은 마치 양발에 20킬로그램짜리 모래주머니를 달고

걷는 사람 같았다. "엄마 왔어"라는 말을 습관처럼 내뱉고는 소
파에 한 번 앉지 않고 곧장 샤워를 했으며, 침대에 누울 때에는
땅이 꺼질 것 같은 한숨을 쉬었다. 그리고 아무 기척도 내지 않
고 아침까지 잤다. 아침에는 7시에 눈을 떴고, 식사를 준비했으
며 연재가 학교에 간 이후에는 늘 집 청소를 했다. 어느 날은 거
실만, 어느 날은 방까지, 또 어느 날은 2층과 화장실 청소까지
했고, 아주 가끔은 "힘들어서 못 해먹겠네" 하고 그냥 소파에 드
러누웠다.

보경은 에이스 경주마 같았다. 쉬지 않고, 빠르고, 세다. 힘든
건 별개의 일인 것 같지만.

보경은 콜리와 둘이 있을 때 대화할 상대를 찾은 것처럼 입을
열었다. 콜리에게 다리가 생겨 1층과 2층을 자유롭게 오가기 시
작한 때부터였다. 적개심은 사라지지 않았지만 너라도 있어서
다행이라는 느낌이었다. 하지만 열 발자국 떨어진 거리는 늘 일
정하게 유지되었다. 보경이 식탁에 앉아 있으면 콜리는 거실에
서 있고, 보경이 소파에 앉아 있으면 콜리는 계단에 서 있는 정
도였다. 한참 수다스럽게 이야기를 하다가 보경은 문득문득 방
금 전과 다른 눈을 하고서는 이렇게 말했다.

"그 사람이 옆에 있었으면 이런 얘기 전부 그 사람한테 했겠지?"

"…"

"딸이 두 명이나 있는데도 말을 못 꺼내겠더라고. 힘든 애들한 테 힘든 거 얹어주는 걸까 봐. 엄마를 신경 써줘야 할 존재로 인식할까 봐."

"…."

"미안, 인간이 원래 이렇게 주책없어. 그런데 너는 그리움이 뭔지 모르겠지? 부럽다."

"그리움이 어떤 건지 설명을 부탁해도 될까요?"

보경은 콜리의 질문을 받자마자 깊은 생각에 빠졌다. 콜리는 이가 나간 컵에서 식어가는 커피를 쳐다보며 보경의 말을 기다렸다.

"기억을 하나씩 포기하는 거야."

보경은 콜리가 아닌 주방에 난 창을 쳐다보며 말했다.

"문득문득 생각나지만 그때마다 절대로 다시 돌아갈 수 없다는 걸 인정하는 거야. 그래서 마음에 가지고 있는 덩어리를 하나씩 떼어내는 거지. 다 사라질 때까지."

"마음을 떼어낸다는 게 가능한가요? 그러다 죽어요."

"응. 이러다 나도 죽겠지, 죽으면 다 그만이지, 하면서 사는 거지."

보경은 민주처럼 콜리가 알아들을 수 있도록 말을 풀지 않고 더 어렵고 난해하게 대답했다. 그게 무슨 말이냐고 묻고 싶었지만 창을 바라보는 보경의 시선 각도와 느려진 숨이 대화를 이어가고 싶지 않다는 것을 대변하고 있어 콜리는 입을 다물었다.

하지만 돌아가지 못한다는 것을 인정한다는 건 어느 정도 납득할 수 있었다. 콜리 역시 메모리에 저장된 순간으로 돌아갈 수 없음을 잘 알고 있었다. 흉내는 낼 수 있겠지만 그 순간으로는 절대 돌아갈 수 없다. 콜리는 아무런 말도 하지 않고 그 자리에 우두커니 서 있었다. 식탁 끄트머리에 걸쳐 있던 노을빛이 길어져 이내 식탁을 반으로 가르듯 가로질렀다.

"그리운 시절로 갈 수 있는 유일한 방법은 현재에서 행복함을 느끼는 거야."

보경의 눈동자가 노을빛처럼 반짝거렸다. 반짝거리는 건 아름답다는 건데, 콜리 눈에 그 반짝거림은 슬픔에 가까워 보였다.

"행복이 만병통치약이거든."

"…."

"행복한 순간만이 유일하게 그리움을 이겨."

그리움이란 그런 것이구나. 콜리에게도 그리워할 순간이 생겼다. 투데이와 주로를 달릴 때다. 투데이가 행복해하는 진동을 느끼면서.

보경은 콜리에게 사사로운 것까지 내뱉은 자신의 말을 후회했는데, 그때 거부감이 한 꺼풀 벗겨졌다는 것은 알지 못했을 것이다. 하지만 콜리는 보았다. 자신이 쓸데없는 이야기를 꺼냈다며 말을 무르는 보경의 표정에서 이전에는 보지 못했던 소량의 편안함을 발견했다. 콜리는 이를 통해 한 가지 방법을 습득했다. 대화다. 대화를 많이 할수록 보경에게 깔려 있던 부정적인 감정들이 표피같이 얇게 한 꺼풀씩 벗겨졌다.

보경의 얼굴에서 그것들을 전부 벗겨내기 위해서는 얼마나 많은 대화를 나누어야 할까. 얼마나 많은 보경의 이야기를 들어야만 할까. 얼마만큼의 시간이 걸릴까, 자신에게 그만큼의 시간이 주어져 있을까.

콜리는 또 한 가지 보경의 특이한 점을 발견했는데, 보경은 은혜에게 손을 뻗으면서도 입으로는 연재의 이름을 제일 많이 꺼냈다. 입과 눈이, 손과 마음이 따로 움직이는 고단수였다. 보경은 콜리와 연재가 둘이 있을 때 어떤 이야기를 하는지 궁금해했다.

"걔가 나한테는 입을 다문 지 오래됐단 말이야."

보경은 상냥한 말투로 콜리에게 부탁했지만, 콜리는 자기와 나누는 대화를 아무에게도 발설하지 말라는 연재의 명령 때문에 알려줄 수 없었다.

"왜? 비밀로 할게. 그냥 말해봐."

보경은 그런 콜리를 보며 답답한 듯 따졌지만 콜리는 설계 자체가 불가능하게 되어 있기에 할 수 없다는 말만 반복했다.

"약간 그런 건가. 인간이 눈 뜨고 자는 게 안 되는 것 같은 불가능."

하지만 보경은 그 후로도 틈만 나면 콜리를 떠봤다. 언젠가 자신의 꼬임에 콜리가 넘어갈 거라고 믿는 모양이었다. 콜리에게는 다시 만들어지지 않는 한 불가능한 일이었는데. 다행인 건 보경은 절대 입을 열지 않는 콜리에게 짜증을 내기는커녕 오히려 그 상황 자체를 즐기는 것처럼 보였다. 알려주면 안 돼? 안 돼요. 오늘은 진짜 알려주면 안 돼? 안 돼요. 오늘은 알려줄 생각 없어? 없어요…. 반복되는 대화에 둘 중 누구도 지치지 않았다.

또 보경은 연재의 친구인 지수가 올 때에도 즐거워했는데, 평소에는 식당에서 일하고 있을 저녁 시간에도 집에 들러 과일이나 과자 같은 것을 꼬박꼬박 챙겨주고 나갔다. 아무래도 보경에게 지수가 오는 날은 평소와 다른 날인 듯했다. 서지수. 콜리도 이 인간은 흥미로웠다. 그 인간이 오면 묘하게 들뜬 보경과 유달리 말이 많아지고 행동이 어수선해지는 연재 때문이었다. 지수가 오면 연재는 평소와 표정도, 목소리 톤도, 행동 반경도 묘하게 달라졌다. 이 부분에 대해서는 조금 더 심도 깊은 관찰이 필요한 것으로 보여, 콜리는 메모리에 '연재와 지수' 카테고리를 따로 만들었다.

지수가 이곳에 왔던 날들 중, 연재가 가장 해맑게 웃었던 날은 한 트럭 가득 부품이 집에 도착했을 때였다. 연재는 그날 밤새 2층 방에는 얼굴도 비추지 않고 마당에서 쾅쾅거리며 부품을 살펴보더니 다음 날 아침 일찍 콜리를 찾아와 3D 설계도면과 콜리의 몸이 될 부품을 가지고 올라왔다. 품에 한가득 안고도 몇 번이나 마당과 2층을 오갔고, 연재의 이마에는 땀이 송골송골 맺혔다. 모든 준비를 마친 연재가 웃으며 콜리에게 섬뜩한 말을 했다.

"주말에 네 몸을 뜯어서 이렇게 다시 조립할 거야."

거사를 앞두고 있는 연재의 태도는 비장했다. 그날부터 이틀 동안, 연재는 예전처럼 콜리의 옆에 앉아 밤을 지새우며 설계도면을 수정하고 또 수정했다. 그리고 틈틈이 수술의 방향성을 고지하는 의사처럼 콜리에게 설계도면을 보여주며 설명했다.

"척추와 골반이 연결되는 중심축에 에어링을 넣어서 하반신이 돌아가게끔 만들 거야. 근데 너무 잘 돌아가면 이상하니까, 회전율을 좀 조정해야겠다. 그리고 모터가 썩 좋은 모터는 아니거든. 부탁하는 와중에 너무 비싼 걸 요구하기가 좀 그래서…. 유격이 커서 모터가 좀 떨릴 거야. 감안해줘. 달달달 떨려서 걸어 다니는 꼴이 우스울 수는 있겠지만. 아 참, 그리고 이번에는 알루미늄으로 몸체를 만들 거야. 카본이었을 때보다는 무겁겠지만 이제 가벼워야 할 필요도 없잖아, 그렇지? 금전적인 문제도 있겠지만 이건 조금 더 개인의 취향이랄까. 알루미늄에서 느껴지는 그 차갑고 이질적인 느낌이 좋아서. 내가 아무리 설명해도 너는 모르겠지만. 유압모터도 굳이 넣지 않을 거야, 이제 그렇게 큰 충격을 흡수할 필요 없으니까. 발목에 충격 흡수 장치를 따로 달기는 할 거야. 스프링 안에는 공압실린더를 넣을 건데, 이거야. 은색 막대기. 끝에 거는 장치가 있는 거. 몸체가 무거우니까 하반신은 최대한 걷는 용도로만 만들려고 해. 불만 있어?"

"없어요, 완벽해요."

콜리의 말에 연재가 콧방귀를 뀌었다.

"완벽? 네가 그런 말 하니까 되게 웃기다."

"하지만 정말 완벽한 설명이었어요. 믿고 맡길 수 있겠어요."

"그런 말은 어디서 배웠어?"

"민주 관리자님요. 투데이를 언제나 제게 믿고 맡겼거든요."

"그 아저씨도 진짜 이상해."

"당신도 이상해요."

투데이는 달리고 나면 지친다. 콜리는 에너지를 얻는 수단이 외부에 있지만 모든 생명은 에너지 동력원이 몸 안에 있다. 그러므로 일정 수준 이상으로 에너지를 소모하면 생명은 쉬어야 한다. 에너지를 회복하는 대표적인 방법이 잠을 자는 것이나 식사를 하는 것이다. 하지만 연재는 주말이 다가오는 이틀 동안 잠을 자지도, 밥을 제대로 먹지도 않았다. 몇 번씩이나 도면을 보여주며 콜리에게 설명했다. 콜리는 연재가 하는 말들, 제 몸이 될 부분들에 관한 설명을 들으며 유독 빛나는 연재의 눈을 보았다. 사람은 아주 가끔, 스스로 빛을 낸다.

콜리가 투데이의 소식을 듣게 된 건 연재가 콜리의 다리를 만들기 위해 전원을 끄기 직전이었다.

"하반신이 생기면 투데이와 다시 뛸 수 있나요?"

콜리의 물음에 연재는 머뭇거리다가 고개를 저었다.

"투데이가 너를 태우고 경기를 뛰기에는 이제 네가 전보다 무거워. 그리고 투데이도 뛸 수 있는 다리가 아니고."

"투데이는 어떻게 되나요?"

"뭐?"

"뛰지 못하는 투데이는 아무 쓸모가 없다고 들은 적이 있어서요. 쓸모없어진 투데이는 어떻게 되나요?"

연재는 입술을 먹기라도 할 것처럼 잘근잘근 씹더니, 곧 한숨을 내쉬었다.

"죽겠지."

"왜죠?"

"쓸모가 없어졌으니까. 네가 더는 경주할 수 없어 폐기되려고 했듯이."

"그렇다면."

"…?"

"당신이 나를 고쳐주듯이 투데이를 고쳐줄 수 있나요? 부탁드릴게요."

연재의 대답은 듣지 못했다. 연재가 콜리의 전원을 꺼버렸기 때문이었다. 하지만 콜리는 입술을 꽉 깨물며 잔뜩 인상 쓴 연재의 표정을 보았다.

콜리는 이곳에서 다른 곳으로 가고 싶지 않았다. 콜리에게 선택권이 있다면 이곳에 오래도록 있겠노라 다짐했다. 당장에 자신이 무엇을 할 수 있을지, 또 무엇을 해야 할지는 아무것도 정해진 것이 없지만 투데이도 함께 있을 수 있다면 좋겠다는 그리움을 꺼내면서.

무엇보다도 콜리는 은혜를 더 알고 싶었다. 은혜는 신기한 인간이다. 다른 인간들과 다르게 기구를 이용해 움직인다. 능수능란하고 힘차다. 은혜의 모든 움직임이 콜리에게는 그렇게 보인다.

은혜

투데이의 퇴출 날짜가 이틀 후인 일요일로 정해졌다.

가까스로 걸을 수 있는 상태까지는 회복했지만 예전 속도는 절대 나오지 않을 것이며 이 상태로 뛰어봤자 시속 30킬로미터도 나오지 않을 거라는 복희의 진단으로 내려진 결정이었다. 은혜는 퇴출당한 투데이가 어디로 가는지 잘 알고 있었다. 간신히 몸을 구겨 앉을 수 있는 아주 작은 트럭을 타고 교외로 나가 은혜는 가본 적 없는 '어딘가'에 도착할 것이고 그곳에서 하루 동안 맛있는 식사를 한 뒤 의지와 상관없이 눈을 감게 될 거였다. 그렇게 되지 않기 위해서는 누군가가 투데이를 데리고 가는 수밖에 없었으나 제대로 걷지도 못하는 말을 필요로 하는 사람은 없었다. 인간이 필요로 하지 않으면 죽었다. 복희가 말했던 이 행성에서의 동물들의 위치였다.

은혜는 그 이야기를 듣고도 듣지 않은 척, 집에서 싸 온 아몬드를 꺼내 먹으며 투데이에게도 나눠주었다. 말은 영리해서 탈이었다. 조금만 더 멍청했어도 됐을 텐데 개나 고양이만큼이나 인간과 너무 가까이 지낸 탓에 인간들의 기류를 전부 읽을 수 있었다. 어쩌면 표현하지만 못할 뿐 인간들의 말을 전부 알아듣고 있을지도 모른다. 어느 방면으로나 비극이지만. 은혜는 오늘따라 얌전한 투데이의 콧등을 손바닥으로 크게 어루만졌다.

복희의 이야기를 은혜가 직접 듣지는 않았다. 경마장에 오자마자 은혜도 분위기로 알아차릴 수 있었는데, 평소라면 휴대폰을 만지고 있을 다영이 출입문 앞에 서서 은혜를 기다리고 있었다는 점부터 수상했다. 다영은 오늘만 돌아가라고 했다가, 아니면 조금만 늦게 들어가라고 했다가 은혜가 열아홉 살인 것을 다시금 상기하며 복희와 경마장 대표가 마방에서 이야기를 나누는 중이므로 지금은 들어갈 수 없다고 솔직하게 말했다. 은혜는 거기까지만 듣고도 어떤 대화를 나누고 있을지 짐작할 수 있었다. 좋은 대화는 아니리라. 평범한 대화도 아닐 것이고, 굳이 따지자면 아주 슬프고 절망적인 대화겠지. 은혜는 아무 말도 않고 다영과 함께 예능 프로그램을 봤다. 연예인들은 눈물을 훔치며 웃고 있는데 다영과 은혜는 헛웃음 한 번 터트리지 않았고, 은혜는 시간을 때우다 투데이에게 왔다. 아무것도 모르는 척해야 되는데 그게 쉽지 않았다.

바꿀 수 있는 아주 최소한의 방법이라도 떠오른다면 은혜는 그렇게 했을 거였다. 하지만 살아가며 맞닥뜨리게 되는 난관은 은혜가 뛰어넘거나 비껴갈 수 없을 만큼 커다랗고 무거웠다. 아예 방향을 틀어 다른 길로 가야만 했다. 그렇게 많은 길들이 막혔다. 은혜는 현재까지 무수히 많은 난관에 부딪혀 돌고 돌아 이곳까지 오지 않았는가. 이 길의 끝을 알 수도 없고, 알게 된다고 한들 도달할 수 있을지도 모르는 길로. 은혜는 이럴 때마다 자신의 한계에 대해 생각했다. 보경은 주어진 한계 따위는 없다고 살아오며 귀에 딱지가 앉도록 말했지만 정말로 한계가 없다면 한계라는 것조차 모르지 않았을까.

은혜가 투데이의 흑구슬 같은 눈동자를 쳐다보며 말했다.

"생각보다 빠르다. 너도 그렇게 생각하지?"

말을 알아듣기라도 하는 것처럼 투데이가 콧바람을 훅 내뱉었다. 은혜의 머리칼이 흔들릴 정도로 센 콧바람이었다.

"우리 집에 너랑 같이 달렸던 기수가 있어. 너한테 떨어져서 하반신이 완전히 날아갔더라."

비닐봉지에 남은 아몬드 다섯 개를 손바닥에 털어 투데이에게 내밀었다. 투데이는 가까이 다가와 냄새를 큼큼 맡더니 진공청소기로 흡입하듯 아몬드를 입으로 훔쳤다.

"그런데 내 동생은 로봇 만지기 달인이거든. 며칠 전에 집으로 웬 트럭이 와서 이거저거 놓고 가더니 그걸로 뒷마당에서 혼자 때리고 부수고 용접하고는 그 휴머노이드 다리를 만들더라. 진짜 천재 아닌가 싶어."

아파트나 집들이 옹기종기 모여 있는 단지가 아니어서 다행이었다. 학교 끝나고 자정이 다 되는 시간까지 쿵쾅거리는 연재를 이해해줄 너그러운 이웃은 없었을 테니까. 집은 그런 의미로 좋았다. 사막 한가운데에 뚝 떨어진 외딴 오두막같이, 사막을 횡단하는 이들이 가끔씩 들러 쉬고 가지만 결국 혼자 남게 되는 곳. 사람은 사람과 함께 살아야 한다고 했지만 은혜는 사람이 피곤했다.

"나도 너한테 도움이 될 수 있는 사람이면 좋을 텐데. 너나 나나 이게 무슨 고생이니."

한탄하듯 내뱉던 은혜가 곧 아무렇지 않게 뱉은 말을 물렀다.

"하지만 그렇다고 다리를 고치고 싶다는 건 아니야. 물론 고치게 된다면 좋겠지. 하지만 그렇게 되지 않는다고 해서 불행하지는 않아. 꼭 같을 필요는 없잖아. 그러지 않아도 살아갈 수 있으니까."

투데이가 은혜의 머리에 코를 박고 킁킁, 바람을 뿜었다.

"그저 불편하니까 그렇지. 이 바퀴로는 오를 수 없는 계단과 밟지 못하는 땅이 너무 많으니까. 기술이 발전해서 로봇이 말도 타는데 왜 나는 아직도 이걸 타고 있는지 몰라. 안 그러니?"

은혜가 투데이의 얼굴을 두 팔로 감싸 끌어안았다. 억울했다. 자신이 억울한 것인지 투데이의 억울함을 대리로 느끼는 것인지 잘 모르겠지만 은혜는 가슴이 꽉 막힌 듯한 답답함을 느꼈다.

"너도 나도 알아서 잘 살아갈 수 있는데. 반드시 도움이 필요한 것도 아닌데, 그렇지 않으면 안 된다는 것처럼, 도움받지 못하면 살아가지 못하기라도 하는 것처럼 자기들 멋대로 생각하는 게 꼴 보기가 싫다. 우리 엄마는 내가 좋은 대학에 가서 남들에게 잘 살아갈 수 있다는 걸 당당하게 보여주라고 하는데 나는 왜 굳이 그렇게 멋있게 살아서 내 존재를 증명해야 하는지도 모르겠어. 있지, 나는 그냥 여행을 다니며 살고 싶어. 카메라 들고 밟지 않은 땅이 없을 만큼 아주 많이."

마사로 누군가 들어오는 기척을 느끼고 고개를 돌렸다. 민주
였다. 마방 문을 닫을 시간이었으므로 은혜에게 시간을 알리기
위해 온 것이 뻔했다. 은혜가 먼저 가려던 참이었다고 입을 열었
다. 하지만 민주는 전혀 다른 목적을 꺼냈다.

"떡볶이 시켜 먹을까 하는데."

은혜는 잠시 고민하다가 대답했다.

"어묵튀김도 추가해요."

민주의 사무실은 마사에서 그리 멀지 않은 실내마장 옆에 있
었다. 직원들을 위한 1층짜리 시멘트 건물이었다. 인덕션과 전자
레인지, 전단과 쿠폰이 붙은 중형 냉장고와 4인용 식탁이 놓인
탕비실이 있었고 누워서 휴식을 취할 수 있는 휴게실이 있었다.
간단히 씻을 수 있는 샤워실과 화장실도 함께 딸려 있었다. 휴대
폰 앱을 이용해 주문을 끝낸 민주가 냉장고에서 알로에 음료수
하나를 은혜에게 내밀었다.

"너 너희 어머니랑 똑같이 생겼더라. 우연재랑 너는 닮은 거
모르겠던데."

민주는 며칠 전 은혜가 보경과 함께 경마장을 찾았을 때를 떠
올렸다. 은혜가 가족임을 소개하지 않아도 단번에 피가 섞였음
을 확신할 수 있는 닮음이었다. 보경은 감기 걸린 은혜가 문 열

지도 않은 경마장을 찾아왔다는 것을 이해할 수 없다는 표정으로 민주를 향해 인사를 해 왔다.

"연재는 아빠 닮았어요."

기억 속 아빠를 떠올리다 보면 도중에 연재가 겹쳐 떠올라 아빠의 얼굴이 쉽게 흐려지고는 했다. 기억하는 순간도 많지 않은데, 그럴 때마다 연재의 모습을 잠시 잊고 싶을 때도 있었다. 은혜가 기억하는 아빠는, 은혜가 처음 휠체어에 앉았을 때 옆에서 같이 휠체어에 앉아 병원 복도에서 경주를 하던 사람이었다.

은혜는 알로에 유리병을 두른 종이를 손톱으로 살살 긁으며 떼어냈다. 민주는 은혜와 대화를 더 이어가려다가 생각에 잠긴 듯한 은혜를 보고는 잠깐 침묵하는 방향으로 생각을 바꿨다. 민주는 사실 떡볶이를 먹을 생각 따위 조금도 없었고 오늘 저녁도 김밥과 라면으로 끼니를 때우려고 했다. 생각이 복잡하기로는 민주도 은혜와 다를 바 없었는데, 복희와 대표의 이야기를 옆에서 듣고 있으면서도 말 한마디 꺼내지 못했던 자신이 못내 한심했기 때문이었다. 그렇지만 이 괴로움은 결국 스스로를 더 궁지로 몰아넣을 뿐이었다. '이제 와서? 지금까지는 뭘 하고 있었는데?'라는 뒷문장이 바로 따라왔으니까.

달리지 못하는 말들의 최후를 익히 봐왔기에 투데이를 두고 나누는 그들의 대화는 민주에게 충격적이거나 실의를 느끼게 할 정도는 아니었다. 민주는 언제나처럼 씁쓸한 도라지를 씹는 것 같은 기분만 어렴풋이 느낄 뿐이었다. 말들이 불쌍하다고 해서 민주가 할 수 있는 일은 없었다. 돈이 되지 않는 말들을 경마장 측에서 계속 보살핀다면 그건 경마장의 손해였고, 그렇게 경마장 운영이 어려워지면 그 역풍은 민주에게 닿을 거였다. 민주는 말들의 관리인이 아니고 보이지 않는 마방에 갇힌 또 다른 말이었다. 사회는 개개인이 촘촘히 연결된 시스템이었고 그 선은 서로의 목을 감고 있었다. 살기 위해서는 끊어야 할 때 연결된 선을 과감하게 끊어야 하는 것이다. 죽느냐 사느냐의 문제가 아니다. 죽이느냐 마느냐의 문제였다.

어쨌거나 민주는 그들의 대화를 피해 마방 복도에 들렀다가 투데이와 은혜의 대화를 엿들었다. 민주는 투데이의 얼굴을 감싸 안고 조곤조곤 말하는 은혜를 보며 끼어들어야 할 지점을 찾다가 '학생들은 떡볶이를 가장 좋아했었나?' 하는 고민을 했고, 그 뒤 일부러 기척을 내며 마방으로 들어갔다. 다행히 은혜는 민주가 초대한 저녁 식사에 응했다.

문제는 지금부터였다. 민주는 입을 꾹 다물고 있는 은혜에게 어떤 주제를 꺼내야 할지는 고민하지 않았다. 민주가 머릿속으로 몇 가지 질문을 떠올렸지만 전부 진부하고 하찮았다. 슬퍼하지 말라는 말은 통하지 않을 듯했고 괜찮다는 위로는 어울리지 않았다. 그렇다고 수능 공부는 하고 있냐는 꼰대 같은 질문은 하고 싶지 않았다. 투데이가 사라지고도 이곳에 올 거냐는 질문을 가장 하고 싶었지만 절대 해서는 안 될 터였다. 왜 떡볶이를 배달하는 데 60분씩이나 걸릴까 하는 원망이 들었다. 하지만 민주의 노력과 달리 은혜는 너무 심드렁한 목소리로 물었다.

"죽죠?"

애꿎은 휴대폰 앱만 들락날락거리던 민주가 깜짝 놀라 고개를 돌렸다. 민주는 으응, 하고 천천히 고개를 끄덕이고 난 후에야 꼭 죽는 건 아니라고 말하는 게 낫지 않았나, 하고 후회했다. 은혜는 별 내색 없이 민주의 대답을 받아들였다.

"시간을 더 끌 수는 없어요? 이틀은 조금 짧잖아요. 한 생명을 죽이거나 살리기 위한 시간으로요."

"음… 글쎄. 그 사람들은 이틀도 길다고 생각할걸."

민주의 속마음과 달리 입은 자꾸 진실만을 말했다.

"관절이 망가진 것 외에 다른 몸 상태는 전부 건강하다는 걸 그 사람들도 알아요?"

"알지. 수의사 선생님이 다 말했는걸."

"아직 어리다는 것도요?"

은혜가 민주를 응시하며 물었다. 은혜는 틈을 찾고 있었다. 어쩌면 그 사람들이 중요한 사실을 잊고 있는지도 모른다. 무릎 이외에는 건강하다거나, 투데이가 아직 3년밖에 살지 않았다거나….

"그것도 당연히 알지."

역시나 은혜가 알고 있는 사실을 그들이 모를 리 없었다.

"근데 어째서 이틀이에요?"

"…"

"열 받아. 짜증 나서 못 참겠어요."

은혜의 목소리가 격앙되었다. 눈시울이 붉어졌다. 은혜도 민주가 해결할 수 없는 부분이라는 건 잘 알고 있었다. 민주의 잘못은 단 하나였다. 지금 이 순간 은혜의 앞에 있다는 것. 민주가 휴지를 뽑아 건넸지만 받지 않았다. 눈물은 위태롭게 매달려 있었지만 끝내 흐르지 않았다. 은혜의 눈은 독기로 가득 차 있었다. 투데이의 운명과 세상의 무책임한 몰이해에 대한 분노가 한계치를 넘은 듯했다.

"이 세상에서, 아니 이 우주에서 사람만 이렇게 잔인한 거 같아요."

보경이 은혜에게 괜찮다고 말할 때마다, 이 사소한 불편이 너를 규정할 수 없다고 말할 때마다 은혜는 도리어 이렇게 말하고 싶었다. 정상적인 사람에게 너의 정상성은 괜찮은 것이고, 그것이 너를 규정할 수 없다고 말하지 않는 것처럼 은혜도 그런 말을 들을 이유가 없다고. 보경이 건네는 따뜻한 위로가 가끔은 자신이 정상의 범주에서 벗어났음을 확인시키는 차갑고 날카로운 창살 같다는 것을. 휠체어 덕분에 걷지 못하던 이들이 움직일 수 있게 된 게 아니라, 버스와 지하철, 인도, 계단, 에스컬레이터 때문에 이동할 수 없게 되었다는 걸. 기술의 발달 과정에서 은혜는 철저하게 삭제되었다. 사람들은 지하로 가라앉은 은혜를 모르는 척 외면하더니 어느 순간 휠체어에 앉혀놓고 측은하고도 안쓰러운 눈빛으로, 이 기술이 너를 구원했다는 듯이 굴었다. 이 몸으로 세상을 살아갈 수 없었다면 애초에 생겨나지도, 태어나지도 않았을 거였다. 우주는 자신이 품을 수 있는 것만 탄생시켰다. 이 땅에 존재하는 것들은 모두가 각자 살아갈 힘을 가지고 태어난다는 것을, '정상의' 사람들은 모르는 듯했다.

배달원이 문을 두드렸다. 하필 이런 때에. 적당한 대답을 찾지 못했던 민주는 쫓겨나는 사람처럼 엉거주춤한 자세로 일어나 문으로 향했다. 60분도 걸리지 않을 거면 도대체 왜 60분씩이나 걸린다고 메시지를 남긴 걸까. 민주가 문을 열었다. 탕비실 바로 앞에는 떡볶이를 든 배달 직원과,

"우연재?"

벽에 기대어 선 연재가 있었다.

"…저도 먹고 가도 돼요?"

연재가 뚱한 표정으로 물었다. 민주가 헐레벌떡 나무젓가락을

더 찾았다.

집으로 돌아가는 동안 은혜는 연재가 자신의 이야기를 어디까지 들었는지 못내 궁금했지만 그 어떤 것도 묻지 않았다. 울지 않았는데 목소리 때문에 운다고 생각하지 않았을까. 운 건 아니라는 말은 하고 싶은데…. 하지만 역시나 입 꾹 다물고 있는 연재에게 나서서 아까 일을 꺼내고 싶지는 않았다.

연재와는 우애가 좋지도, 그렇다고 나쁘지도 않은 자매 관계였다. 절친한 친구보다는 못하지만 그렇다고 아예 타인은 아닌 수준. 같은 반이어서 이름과 얼굴 정도는 알지만 서로의 성향이나 관심사는 잘 모르는 1분단과 4분단 거리라고 말하면 적당할 것 같았다.

은혜가 알고 있는 연재라면 짧은 헤어스타일을 편하게 여긴다는 것과 샤워는 아침과 취침 전 두 번씩 한다는 것. 반찬 투정을 하지 않으면서 동시에 무언가를 먹고 싶다고 먼저 말한 적도 없으며 로봇을 좋아하지만 무슨 이유에서인지 어느 순간부터 만지지 않는다는 것이 전부였다. 학교생활과 최근에 본 영화, 좋아하는 음악, 최근의 고민거리, 요즘 관심 가는 아이돌이 있는지조차 은혜는 알지 못했다. 가끔은 1분단과 4분단에 앉은 같은 반 친구 관계조차도 되지 않는다고 생각했다. 같은 학교도 아니고, 같은 나라에 살지도 않는, 아주 특별하고 운명적인 일이 일어나지 않는 한 서로 존재하는지도 모르는 채로 살다가 죽을 타인 같았다. 가끔 미디어에 나오는 자매들은 같이 쇼핑도 하고 여행도 가던데, 연재와는 그런 날이 영영 오지 않을 것 같았다. 형제는 태어나면서부터 한정적인 사랑을 함께 나누어야 하는 관계였다. 시간적 여유가 아무리 충분하다고 해도 사랑을 둘로 나누는 것은 어쩔 수 없는 경쟁구도를 만들었다. 형제는 관심을 차지하기 위한 선의의 경쟁을 통해 성장했다. 물론 이것은 이상적인 관계였을 때를 말했다.

연재는 경쟁을 포기한 쪽이다. 연재는 은혜가 있는 한 부모의 관심을 반의반도 얻지 못할 거라는 걸, 자신이 무슨 일을 해내도, 아주 잠시라도 관심을 전부 가져오지 못한다는 것을 일찍 깨달았다. 연재는 투정이 없었다. 하라는 것을 불만 없이 해냈고 속을 썩이지도 않았다. 반대로 말하자면 바라는 것이 없었고 입을 열지 않았다.

연재가 필요 이상으로 침묵하고 있다는 걸 보경도 알고 있을 것이며, 그 점을 미안하게도 생각하고 있었으나 생각 외에 행동으로 연재를 챙겨주지는 못했을 것이다. 그걸 해야 했던 때에, 그러니까 연재가 여덟 살 무렵, 기계에 관심이 많고 로봇에 유연한 사고를 가진 걸 막 알게 되어 연재의 재능을 살려주려고 했던 때에 부부 중 한 명이 자리를 비웠기 때문이었다.

아빠가 떠난 후에는 연재의 역할이 더 커졌는데, 친구들과 노는 와중에도 보경이 부르면 집으로 달려가 은혜의 밥을 차려주거나 머리를 감겨주는 등 은혜의 손발이 되어야 했다. 연재는 한 번도 그 부름을 무시하거나 싫다고 하지 않았다. 자신이 하지 않으면 팔이 두 개인 보경이 팔이 네 개인 괴물이 되어야 한다는 걸 알고 있었다. 연재는 묵묵히 도와달라는 것을 도왔다. 또다시 반대로 말하자면 한 번도 먼저 도와주겠다고 말한 적 없었다.

"그냥 친구들이랑 가서 놀아, 나 혼자 감을 수 있어."

"됐어. 엄마가 뭐라고 해."

"엄마한테 내가 가라고 했다고 하지 뭐."

"엄마가 나 부르는 것도 이것밖에 없으니까 괜찮아."

은혜는 연재의 무조건적인 순응이 결국 관심받기 위한 최후의 수단이었음을 알았다. 그 후로 은혜는 연재에게 도와주지 않아도 된다는 말은 하지 않았고 대신 고맙다는 말을 남겼다. 연재에게 그 말이 닿는지는 알 수 없었지만. 하지만 그 공생관계도 은혜가 모든 것을 스스로 할 수 있게 되면서부터 끊겼다. 은혜는 더는 연재가 필요치 않았다. 그 해방이 연재에게 가져다준 것은 자유가 아니라 허탈함이었다.

그 허탈함을 토대로 쌓인 연재의 외로움은 은혜가 학교를 그만두었을 즈음 최대치로 몸을 부풀렸다가 터졌다.

보경은 흔쾌히, 아무 문제 없다는 듯 은혜의 자퇴를 허락했지만 그게 보경의 연기였다는 건 은혜도 알고 있었다. 학교를 그만두는 이유를 묻지 못해, 보경의 상상이 커져만 가는 걸, 그리고 그 상상의 형태가 좋지 않다는 걸 알면서도 은혜는 먼저 이유를 말해주는 배려를 베풀지 않았다. 주원은 눈 수술을 받기 위해 미국까지 간다는데 자신은 한국에서도 할 수 있는 수술을 하지 못한다고 떼쓰는 것만 같았다. 그런 이유가 아니라고, 절대로 그런 것 때문이 아니라 그 아이를 좋아했기 때문에 그런 것이라고 설명해도 보경은 제멋대로 받아들일 것이 뻔했다. 그리고 괴로워하겠지. 그 모습이 보고 싶지 않았다. 때로는 침묵이 답이라는 생각이 들었다. 하지만 자신의 침묵이 건너고 건너 연재의 족쇄가 될 줄은, 정말이지 예상하지 못했던 일이었다.

주말이면 오전에 나가 놀다가 오후에 보경 일을 도와주던 연재는 은혜가 학교를 그만둠과 동시에 이상하다 싶을 정도로 주말에도 집에 붙어 있었다. 처음에는 별 신경 쓰지 않았다. 주말마다 약속이 있는 건 아닐 거였으니 다음 주면 예전처럼 아침 일찍 친구를 만나러 나갈 줄 알았다. 하지만 다음 주도, 그다음 주에도 연재는 집에 있었다. 집에 있는 연재는 특별히 무언가를 하지도 않았다. TV를 틀어놓고 온종일 휴대폰을 만지다가 짧은 낮잠을 자고, 다시 또 휴대폰을 만지다가 가끔 한 번씩 은혜를 쳐다보고 말았다. 지루하고 무료해 보였다. 때마침 흘러나오는 TV 프로그램 속 사육장에 갇힌 북극곰의 표정이 딱 저랬다. 아니다. 열정 없는 사육사의 표정에 더 가깝다. 지루하게 사육장에 갇힌 북극곰을 쳐다만 보고 있는.

보경이 연재에게 부탁했다는 것쯤은 머리를 바쁘게 쓰지 않아도 알 수 있었지만 은혜는 애써 외면했다. 아마 언니가 요즘 우울해하고 있으니 나가서 놀지 말고 언니랑 같이 있으라고 하지 않았을까. 아니면 언니가 자학적인 행동을 하지 않도록 감시하고 있으라고 했다든가. 어쨌거나 은혜 역시 연재에게 밖에서 놀아도 된다는 말을 꺼내기에도 애매한 입장이었다. 싫었으면 연재가 어련히 싫다고 거절했겠지…. 딱 이 정도로만 생각하고 말았다.

하지만 연재가 주말에 집에 있은 지 한 달이 되어가던 무렵, 소파에 누워 있던 연재는 전화를 받더니 갑자기 벌떡 일어나 은혜의 방문을 벌컥 열었다. 방에서 책을 읽던 은혜는 그 소리에 깜짝 놀랐는데, 더 놀라운 일은 연재가 가타부타 말도 없이 은혜의 휠체어를 끌어당긴 것이었다.

"뭐 해? 뭐 하는 거냐고!"

"밖에 나가서 산책이라도 하고 오래."

연재도 자신의 행동이 은혜에게 얼마나 무례한지 알고 있었을 것이다. 하지만 그렇게라도 하지 않으면 속에 쌓인 울분이 풀리지 않았던 거겠지. 은혜는 나중에야 그때 연재를 떠올리며 그런 생각을 했다. 상처 주고 싶어서 하는 의도적인 행동. 은혜는 거기에 꼼짝없이 말려들었다.

거실까지 끌려 나왔을 때 은혜는 더 이상 참지 못하고 손 떼라며 뒤돌아 연재를 밀쳤다. 쉽게 밀려나지 않는 연재 때문에 은혜는 연재의 팔을 꼬집고 때렸다. 연재가 고통을 호소하며 팔을 놓았다. 은혜는 분노와 당혹스러움, 서러움이 뒤섞인 눈물을 터트리며 왜 그러느냐고 연재에게 소리쳤다. 그 순간 은혜는 연재가 너무 미웠고, 너무 싫었다. 이 모든 건 무조건 연재 잘못이며, 연재가 못돼서 자신에게 저지른 만행이라 생각했다. 은혜는 자신의 울음이 정당했으며 연재가 자신의 울음소리를 듣고 미안해하기를, 자신의 잘못을 깨닫고 얼른 사과하기를 바랐다. 하지만 은혜를 쳐다보던 연재는, 점점 눈이 빨갛게 충혈되더니 머지않아 굵은 눈물을 소리 없이 뚝뚝 흘렸다. 은혜는 연재가 우는 걸 처음 봤다. 울지 않을 만큼 독한 성격의 애라고 생각하고 있었다.

연재는 눈물과 어떤 말들을 꾹꾹 삼키는 것 같더니 곧 은혜에게 '미안' 하고 말했다. 울음이 멎은 은혜는 연재의 볼에 뚝뚝 흐르는 눈물을 멍하니 바라봤다. 연재는 자신의 행동을 곧바로 후회하며 은혜에게 사과했지만 서러워 보였다. 은혜는 도망치듯 자리를 피하는 연재의 뒷모습을 바라보기만 했다. 그 후로 은혜는 날마다 바쁘게 움직였다. 방에 웅크려 있지도 않았고 주말이면 경마장을 배회했다. 연재는 더 이상 주말에 집에 있지 않아도 되었다. 하지만 연재가 사과를 하고 도망치듯 나갔던 그때, 은혜는 연재를 불렀어야 했는지도 모른다. 왜 그런 표정을 짓고 있었느냐고 물을 수 있던 마지막 기회이지 않았을까.

집을 코앞에 두고 연재가 말을 걸었다.

"그 말."

처음에는 잘못 들은 줄 알았다. 은혜가 연재를 향해 고개를 돌렸다. 제법 차가워진 바람이 목덜미를 감쌌다.

"투데이 있잖아. 안락사시키는 거야?"

"그렇다고 들었어."

"언제?"

"이틀 후."

그렇구나, 하고 연재가 중얼거렸다. 은혜는 연재의 반응이 매몰차다고 생각했지만 말에는 별 관심을 두지 않았던 연재였으니 그 반응이 한계일 거라고 이해했다.

"살리고 싶어?"

하지만 이번 질문은 이해할 수 없었다. 왈칵 화가 치민 은혜가 톡 쏘아 대답했다.

"당연한 거 아니야?"

"언니. 콜리랑 제대로 이야기한 적 없지."

은혜의 울화 섞인 목소리가 민망해질 만큼 연재는 신경 쓰지 않고 재빠르게 되물었다. 은혜가 고개를 끄덕였다.

"가자. 언니만큼, 아니 어쩌면 언니보다 그 말을 살리고 싶어 하는 게 걔거든."

연재가 현관문을 열고서는 은혜에게 먼저 들어가라고 현관문을 잡고 옆으로 비켜섰다.

"그리고 아까 못 들었어."

연재가 한 숨 내뱉고 말을 정정했다.

"아니, 듣기는 들었는데 제대로 안 들렸어. 그러니까 신경 쓰지 않아도 돼."

"…신경 안 썼어. 들어도 상관 없었고."

연재가 잠시 머뭇거렸다.

"그런데 내가 들었으면 했다면 나한테 그냥 말해도 돼."

"뭐?"

"들을 수 있어. 적절한 답을 주지는 못하더라도."

말을 마치고 먼저 집으로 문 닫고 들어갔던 연재는 아차, 싶었는지 힐레벌떡 현관문을 도로 열었다.

사람이 아닌 것이 사람처럼 두 다리로 계단을 내려왔다. 발을 내딛을 때마다 연결된 무릎과 관절이 함께 움직였다. 부자연스럽지만 유연한 움직임이었다. 발바닥에 부착된 완충제가 바닥에 푹신하게 닿았다가 떨어졌다. 계단을 내려온 콜리가 은혜를 향해 고개를 돌렸다. 흠집이 잔뜩 나 있는 투구, 가슴에 쓰인 글자도 전부 긁혀 알아보기가 힘들었다. 콜리가 천천히 은혜와 연재에게 걸어왔다. 가까이 온 후에야 은혜는 콜리의 왼쪽 가슴 부근에 무지개 스티커가 붙어 있는 걸 발견했다. 새끼손톱만큼의 작은 크기였다.

은혜는 언제 보아도 어색하기만 한 콜리를 향해 소극적인 손인사를 건넸다. 콜리가 그런 은혜를 유심히 바라보다가 오른팔을 따라 흔들며 은혜의 앞에 섰다. 은혜가 콜리를 올려다보자, 콜리는 시선이 수평이 되도록 무릎을 굽혔다. 이토록 가까이에서 콜리를 본 건 처음이었다. 로봇 자체에 흥미가 없기도 했지만 무엇보다도 연재의 작업실이 2층이었기 때문이다. 2층은 크게 마음먹지 않는 이상 올라가지 않는 곳이었다. 은혜가 콜리를 천천히 뜯어보다가 손을 뻗어 어깨를 만졌다. 차갑고 딱딱하다. 투데이를 끌어안을 때와 같은 체온을 느낄 수 없는 존재였다. 살아 있지 않은데 살아 있는 것처럼 행동하는 이상한 존재이기도 했다. 지구에서 그 출처를 가장 명확하게 알 수 있는 유일한 개체. 알루미늄의 얇고 가벼운, 콜리의 차가운 외피를 쓸던 손가락이 무지개 스티커에 닿았다. 속은 텅 비어 있을 텐데, 얘가 뭘 안다고 투데이를 살리고 싶어 한다는 걸까. 그 감정이 뭔지도 모를 텐데. 하지만 만에 하나라도 살릴 수 있는 방법이 있다면 은혜는 기꺼이 이 차가운 존재의 말을 따를 생각이었다. 은혜의 마음속에서 불신과 희망이 동시에 피어올랐다. 뜨겁지도, 차갑지도 않았다.

콜리는 은혜를 쳐다보며, 감정이 섞이지 않은 차분한 말투로 말했다.

"저는 투데이를 살리고 싶어요. 제 파트너니까요."

콜리는 연재에게서 투데이가 안락사당할지도 모른다는 이야기를, 뛰지 못하는 말은 죽을 수밖에 없다는 이유를, 인간은 원래 효율성이 없는 것은 빨리 버리기 때문에 효율성 높은 네가 생겨난 것이라는 근거를 전부 들었다.

"나도 그래."

은혜가 대답했다.

"저에게 투데이를 살릴 수 있는 방법이 있는데, 한 번 들어보시겠어요?"

콜리의 물음에 은혜는 고개를 끄덕였다. 연재가 은혜를 데리러 가는 동안 콜리는 혼자 방에 앉아 머릿속으로 정리했던 질문과 답을 은혜에게 전달했다.

투데이는 죽어야 한다.

왜?

달리지 못하기 때문이다.

왜?

관절이 망가져 아프기 때문이다.

왜?

너무 빠르게 달렸기 때문이다.

왜?

인간이 원했다.

왜?

빠른 말만이 인간에게 쾌락을 주기 때문이다.

왜?

….

투데이를 치료할 수는 없는가?

현재 인간의 의료기술로는 닳기 이전의
완벽한 관절로 되돌릴 수 없다.

또 다른 방법은?

과거로 돌아가는 것이다. 아프기 전으로.

콜리의 말을 듣던 은혜가 다소 어이없다는 투로 물었다.

"돌아갈 방법은?"

과거로 돌아가는 것만큼 완벽한 해결방법은 없을 것이다. 과거로 돌아갈 수만 있다면 세상에는 어떤 고통이나 슬픔도 존재하지 않을 것이며 동시에 누구도 현재를 소중하게 여기지 않게 되겠지. 콜리가 검지를 들어 올리며 말했다. 왜 굳이 저렇게 손가락을 들고 말을 할까 싶었다.

"투데이를 행복하게 만드는 거예요."

콜리의 말을 알아듣지 못한 은혜와 연재는 멀뚱히 눈만 깜빡였다. 콜리가 소리의 크기를 한 단계 더 높였다. 확실한 해결책을 가지고 있다는 자신감이었다. 물론 콜리가 스스로 깨닫거나 책에서 읽은 방법은 아니었지만, 그 어떤 책보다 더 정확하고 지혜롭다는 인간의 삶에서 나온 진리였다.

"행복만이 유일하게 과거를 이길 수 있어요."

복희

병원을 찾아온 이들은 연재와 은혜, 그리고 리어카에 이불을 덮어 그 속에 숨긴 콜리였다.

"웬 리어카야?"

이불을 들춘 복희는 그 속에서 빛을 내뿜는 두 개의 구멍과 눈이 마주쳤고 놀라 괴성을 지르며 뒷걸음질 쳤다. 그러고서는 놀랄 것 없다며 "쉿, 쉿!"을 외치는 은혜 때문에 자기도 모르게 황급히 입을 틀어막았다. 처음에는 이 자매가 범죄를 모의하려고 같이 찾아왔나 의심했다. 인간 병원도 아니고 동물병원을 찾아올 이유가 그것 말고는 없어 보였다. 복희는 리어카에 숨어 있는 휴머노이드가 투데이와 함께 달렸던 기수란 사실을 알게 되었고 머지않아 '콜리'라는 새로운 이름을 갖게 됐다는 것도 알았다.

복희는 자신의 외투와 모자로 콜리를 가리고는 셋을 진료실 안으로 밀어 넣었다. 문을 열 때까지 밖으로 절대 나오지 말라고 신신당부를 하고는 뒷정리 중이던 직원에게 나머지 일은 자신이 할 테니 지금 퇴근해도 된다고 이야기했다. 다른 건 다 용납해도 출퇴근만큼은 단 1초의 지각과 야근도 허용하지 않았던 복희였던지라 직원은 다소 얼떨떨한 표정으로 "정말요?" 하고 되물었고 그래도 된다는 확인을 세 번 받은 후에야 부쩍 밝아진 얼굴로 환복했다. 복희는 진료실 문 앞에 팔짱을 끼고 섰다. 직원과 눈이 마주칠 때마다 부담스럽게 웃어가며 얼른 퇴근하라고 사근사근하게 재촉했고, 직원이 동물병원 문을 나설 때까지 두 손을 흔들었다.

복희가 정문을 잠그고 대기실 불을 껐다. 진료실로 도로 들어가기 전에 숨을 깊게 몰아쉬었다. 투데이의 기수 휴머노이드는 진작 폐기되었다고만 생각했다. 민주도 그러지 않았던가. 이미 어디로 팔려 갔다고. 그런데 여기로 오다니? 그 기수를 저 아이들에게 팔았다는 걸까. 만일 아이들이 콜리를 훔쳐서 자신을 찾아온 거라면 자신은 어떻게 대처해야 하는 걸까. 복희가 두 눈을 질끈 감았다 뜨고는 문을 열었다. 진료실에는 아이들과 어느새 리어카에서 나와 의자에 앉아 있는 콜리가 있었다.

"…뭐라도 마실래?"

대답을 듣지도 않고 복희가 음료를 가지러 냉장고로 서둘러 향했다.

오늘 아침 복희는, 살리기 위해 그토록 애썼던 투데이의 사형일을 통보했다. 그것이 복희의 일이었다. 며칠 전 우연히 만난 서진과 나누었던 대화를 복희는 다시금 곱씹었다. 복희야말로 누구보다도 동물들이 자신의 삶을 살아가기를 원했지만 동물들은 살아갈 수 없다. 이미 인간만이 살아남을 수 있도록 만들어진 이 행성에서는. 죽음을 코앞에 둔 시점, 좁은 마방에서 부위별로 나뉘어 팔릴 거라는 이야기를 듣고 있는 투데이에게, 이 행성은 존재 자체가 지옥임이 분명해 보였다.

투데이의 안락사 일을 정하는 자리는 그곳에 있다는 것 자체만으로도 복희를 힘들게 만들었다. 그중 가장 힘들었던 건 오랜 흡연으로 니코틴이 착색된 누런 치아를 드러내며 웃는 대표의 면상을 치고 싶은 욕구를 참는 거였다. 뭐가 좋아서 실실 웃고 있느냐고 따지고 싶었다. 당신에게 돈을 벌어다 주느라 연골이 다 닳아버린 짐승에게 일말의 미안함도 없느냐고. 굳이 따지지 않아도 대표의 속마음 정도는 금세 알 수 있었다. 대표는 벌써 새로 사들인 세 마리의 말에 대한 기대감을 감추지 않았다. 되도록 대화를 빨리 끝내는 게 복희의 분노를 잠재울 수 있는 방법이었다. 투데이에게 어쩌면 소용없을 영양제를 다시 맞히고 경마장을 빠져나가던 길에서 북문 관리실에 다영과 함께 있는 은혜를 봤지만 일부러 보지 못한 척 지나쳤다. 은혜의 얼굴을 볼 수 없었다. 힘없고 겁 많은 어른으로 자라난 것이 창피했다. 네가 그토록 아끼던 그 말이 연골이 닳았다는 이유로 결국 죽게 된다는 것을 보고만 있으므로.

한 해 1만여 마리 정도의 동물이 자신의 의지와 상관없이 눈을 감았다. 인간도 살기 비좁은 땅이라는 이유로 동물들이 사라져야 했다. 이런 비정상적인 생태계를 이상하게 생각하지 않는 인간은 없다. 모두가 입을 모아 동물의 생존권을 지켜야 한다고 말한다. 하지만 그중 대부분의 인간들이 여전히 개 공장에서 태어나 펫숍으로 팔려 온 강아지를 구매했고 쓰레기통을 뒤지는 고양이를 발로 찼다. 털이 뭉친 노견은 너무 못생겼다 느꼈으며 갓 태어나 젖도 떼지 못한 개만이 가족이 될 수 있는 조건을 갖췄다고 생각했다. 고양이에 대한 최소한의 상식 없이 집에 들였다가 털이 너무 많이 빠지거나 아이가 생겼다는 이유로 유기했고 같은 케이지 안에 넣어 서로 죽이는 햄스터를 징그럽다는 눈으로 바라보았으며 수온과 염분을 맞추지 못해 떼죽음당한 열대어를 변기통에 흘려보냈다. 새를 위해 새장을 하늘이 보이는 베란다에 놓았고 그해에 유행했던 동물들은 반짝 개체수를 늘렸다가 소리 소문 없이 사라졌다. 가축이 된 짐승과 인간과 친한 몇몇의 동물들 빼고 모든 동물들은 몇 세기 안에 사라질 것이다. 소리 소문 없이.

복희가 냉장고에서 오늘 웰시코기의 보호자가 선물한 오렌지주스 두 병을 꺼냈다. 산책을 좋아하는 녀석인데 일주일 전에 산책하다가 깨진 병 조각에 찔려 발바닥이 찢겼다. 피를 철철 흘리며 병원에 도착해 발을 봉합하고 붕대로 싸맨 그 녀석에게는 안타깝게도 산책 금지령이 내려졌다.

"인간들이 못됐어요. 바닥에 유리병을 왜 버려요? 그런 거 법으로 막을 수 없나."

속상함에 투덜거리는 보호자에게 복희는 웃으며 말했다.

"방법이 하나 있긴 있어요. 인간도 맨발로 다니면 돼요. 그럼 거리는 실내처럼 깨끗해질걸요."

복희가 진료실로 들어갔다. 의자에 앉은 콜리가 복희를 향해 인사했다.

"안녕하세요?"

"어어, 그래…."

음료수를 자매에게 나눠주며 복희가 콜리를 힐끔힐끔 쳐다봤다. 복희가 지금까지 보아왔던 기수와는 다른 느낌이었는데 정확하게 무엇이 다른지 알아보는 눈썰미가 복희에게는 없었다. 콜리가 복희의 동선을 따라 고개를 움직였다.

"투데이를 진찰하는 수의사 선생님이시죠?"

"…용케 기억하는구나."

"저는 기억이 아니라 저장을 해요. 저장은 삭제하지 않는 한 사라지지 않죠."

"삭제하지 않아줘서 고맙다고 해야 하나."

복희는 혼잣말하듯이 내뱉고는 은혜를 쳐다봤다. 이 늦은 시간에 콜리를 데리고 자신을 찾아온 이유를 이제는 들어야겠다싶었다. 은혜가 거두절미하고 본론부터 꺼냈다.

"투데이를 도와주세요."

뜸들이던 복희가 "어떻게?" 하고 물었다. 불가능하다는 말을 먼저 뱉으려다 한 번 참은 거였다.

"추석이 끝나고 2주 후에 있을 경기에 출전하는 거예요."

"그건 힘들지 않을까 싶은데. 투데이에게도."

복희가 차분하게 입을 열었다. 누구보다 절박할 은혜인 걸 알고 있지만 불가능한 것을 가능하게 할 수는 없었다.

복희는 은혜에게 적당한 위로를 던지려고 했다. 투데이는 이미 충분히 행복하다고, 상투적이지만 슬픔 앞에 절박해진 아이를 위로하는 어른의 마땅한 방식이라 생각했다. 투데이의 좁은 마방 안에 세상을 불어넣어줬던 은혜가 아니었던가. 투데이도 분명 알아들었을 것이다. 은혜가 들려주는 세상의 이야기를, 은혜가 안겨줬던 애정의 온도를.

"출전을 하고 말고의 문제가 아니라 투데이는 예전만큼 달릴 수가 없어. 그건 불가능이야, 은혜야. 투데이는 이미 충분히 네 마음을…"

"예전만큼 달리라는 말이 아니에요."

하지만 은혜는 비장한 표정으로 복희의 말을 잘랐다. 의미심장했다. 꿍꿍이가 있는 것이 틀림없다.

"출전만 하면 돼요. 그럼 2주는 벌 수 있는 거잖아요. 출전이 확정된 선수를 없애지는 않을 테니까요. 일단 저희 좀 믿어주시면 안 돼요? 선생님이 생각하기에도 이틀은 짧잖아요. 너무 많이, 정말 많이 짧잖아요."

어떻게든 출전권을 따내면 그때까지는 투데이를 살릴 수 있었다. 복희는 은혜의 목적이 오로지 이틀을 2주로 연장시키는 데 있다는 걸 알아차렸다. 고작 2주에 어떤 의미가 있는지까지는 알 수 없었지만.

투데이를 출전시키려면 수의사와 경마장 총괄관리자의 승인이 필요했다. 총괄관리자의 승인은 일단 차치하더라도 이 자매와 휴머노이드는 먼저 수의사를 설득시키기 위해 온 것이다. 어렵지 않은 부탁이었다. 투데이가 2주 정도 마방을 차지하고 있어도 경마장 스케줄에 크게 영향을 끼치지는 않았다. 그러니까 문제는 경마장 총괄관리자의 승인을 어떻게 받느냐는 것인데…. 복희가 짧은 고민을 끝냈다.

"좋아."

투데이를 조금 더 살게 할 방법을 두고 길게 고민할 것도 없었다. 하지만 복희가 이렇게 허락한다고 간단히 해결될 문제가 아니었다. 앞서 말했다시피 총괄관리자의 승인도 필요했다.

"그다음은? 내가 아무리 요구해도 관리자는 승인하지 않을 거 같은데."

"그 문제는 일단 방법이 있기는 한데, 지금은 선생님이 신경 쓰지 않으셔도 돼요."

강한 확신에 차 있는 은혜의 얼굴을 보고 있노라면 복희는 그저 고개를 끄덕일 수밖에 없었다. 복희도 하지 못한 일을 은혜는 어떻게 당당하게 해낼 수 있다고 말하는 것일까.

복희는 자신을 보고 있는 두 아이와 한 대의 휴머노이드를 바라보다 다시 한 번 당부했다.

"그래도 은혜야, 투데이가 예전처럼 달리는 건 다시 말하지만 정말로 안 돼. 그건 투데이가 고통스러운 일이야. 고작해야 아주 느리게 걷는 것 정도는 되겠다."

"알겠어요, 걱정 말아요. 투데이가 힘들어하는 일은 절대로 하지 않을 거예요."

거기까지 대화를 나눈 복희는 콜리의 존재 이유를 묻지 않아도 알 수 있었다. 호흡을 맞춘 상대가 편할 테지. 복희가 콜리를 쳐다봤다. 경기 도중에 낙마했다고 들었는데 그렇다면 저렇게 멀쩡할 리 없었다. 더욱이 경마장 측에서 망가진 기수를 고쳤을 리는 없을 것이고 개인적으로 수리를 맡겼다고 할지라도 사설 센터는 값이 꽤 나갔을 거였다. 누가 망가진 기수를 고친 것일까….

"동생이 고쳤어요."

은혜가 입을 열었다.

"동생이?"

복희가 깜짝 놀라 반사적으로 물었다. 연재가 "그런 걸 왜 말해?" 하고 은혜에게 작게 속삭이는 것으로 보아 은혜의 말이 사실인 듯했다. 그러면서도 내심 복희는 다른 이의 도움을 받았겠지, 하고 생각했는데 그 생각마저 읽은 은혜가 또다시 쐐기를 박았다.

"재료 구해서 처음부터 끝까지 혼자 다 만졌어요."

하반신이 부서졌다는 티가 하나도 나지 않았으며, 오히려 새부품으로 교체된 다리는 이전보다 튼튼해 보였다. 복희가 콜리를 가리키며 물었다. 복희가 알기로 휴머노이드는 쉽게 사고 팔수 있는 물건이 아니었다.

"저건 그냥 얻은 거니?"

"콜리예요."

복희의 말에 콜리가 재빨리 반박했다.

"아, 미안."

복희는 사과하고도 '도대체 휴머노이드에게 왜 사과한 거지?' 싶었다. 내내 묵묵히 앉아 있던 연재가 입을 열었다.

"아뇨, 샀어요. 전 재산 다 털어서."

"왜?"

"…그냥 이상해서요."

사고팔 수 없는 물건이 아니냐고 물으려다가 그만두었다. 그건 지금 그다지 중요하지 않아 보였다. 은혜는 나중에 승인 허가를 받기 위해 다시 찾아온다고 말했다. 두 사람이 먼저 빠져나간 후에 콜리가 일정한 간격으로 다리를 움직였다. 문 앞에 선 콜리가 뒤돌아볼 때, 복희는 순간 저도 모르게 느껴진 긴장감에 마른침을 삼켰다. 어쩔 수 없는 본능이다. 인간은 오래도록 금속으로 이루어진 개체를 두려워하지 않았던가. 콜리가 복희에게 말을 걸었다.

"저는 오래도록 투데이와 호흡을 맞춰왔어요. 제가 숨을 쉬지는 않지만 관용적인 표현으로요. 무엇인지 아시죠?"

"그럼, 알지."

"저는 투데이가 행복한 순간을 알아요. 투데이가 행복할 수 있도록 협조해주셔서 감사해요. 이 말을 꼭 드리고 싶어요."

도대체 이 금속의 개체는 왜 자신에게 감사를 전하는 것일까. 복희는 어떤 오묘함과 얼떨떨함을 느끼면서, 마치 소주 한 병을 마신 듯 무감각한 상태로 고개를 끄덕였다. 연재의 말이 맞았다. 이 휴머노이드는 이상하다. 콜리는 다시금 리어카에 들어가 몸을 구겼다. 연재가 유모차에 찬바람이 들지 않게 이불을 꾹꾹 누르는 것처럼 리어카의 구석구석을 이불로 꼼꼼하게 감쌌다. 복희는 조심해서 들어가라는 말을 몇 차례나 반복했다. 귀가가 늦었으니 밤길을 몸 성히 돌아가라는 뜻도 있었고 너희가 가지고 있는 휴머노이드를 들키지 않고 데리고 가라는 뜻도 있었다. 아이들은 인사를 하고 돌아갔다. 리어카를 끌고 가는 연재와 그 옆에서 휠체어를 움직이는 은혜의 뒷모습은 마치 전투에 나가는 전사 같기도 했다.

복희는 그 모습이 희미해질 때까지 지켜보다가 추운 바람에 진찰 가운을 여미며 몸을 돌렸다. 원래라면 아침부터 느꼈던 피로감 때문에 일찍 퇴근해 욕조에 몸이라도 담글 생각이었지만 이미 퇴근 시간은 한참이나 지났고 복희도 편안히 쉬고 있을 수만은 없다는 생각이 들었다. 전공 서적과 최신 논문들을 읽어봐야겠다. 분명 어딘가에 투데이를 조금 더 호전시킬 수 있는 방법이 있으리라. 2주 밖에 연장되지 못하는 목숨이라 할지라도, 호전이 되지 못한다면 최소한 고통을 없앨 수 있는 방법이라도.

"복희 선생님?"

문을 닫던 몸이 도로 밖을 내다보았다. 익숙한 목소리였다.

"어, 안녕하세요?"

회색 후드 티에 검은 트레이닝바지, 검은 크로스백을 메고 있는, 퇴근 중인 듯한 민주였다. 늘 보아오던 얼굴이었는데 밖에서 마주친 게 신기했는지 언제나 무미건조했던 민주의 목소리에 반가움이 묻어 나왔다.

"이제 퇴근하시나 봐요."

복희가 고개를 끄덕였다.

"그쪽도?"

"아, 네. 퇴근 중입니다."

그쯤에서 복희는 조심히 가라는 인사를 남기고 뒤돌았으나, 문손잡이를 잡는 순간 방금 자신을 찾아왔던 아이들을 떠올렸다. 민주도 알고 있을까. 기수 한 대를 아이들이 가지고 있다는 걸. 혹시 그 애들에게 기수를 넘겨준 것이 민주일까.

복희는 뒤돌아 민주를 불렀다. 민주가 복희를 돌아보았다.

"시간 괜찮으시면 저랑 이야기 좀 하실래요?"

다행히 민주는 고개를 끄덕였다. 조금 얼떨떨한 표정이었지만.

복희가 옷을 갈아입고 병원 뒷정리를 마칠 때까지 민주는 얌전히 대기실 소파에 앉아 있었다. 동물병원 내부는 깔끔했다. 한쪽에서는 사료와 간식, 의류와 기타 용품들을 판매하고 있었고 다른 한쪽에는 동물 입원실이 있었다. 투명한 케이지 안에 링거를 꽂거나 붕대를 하고 있는 동물들이 있었다. 외출복으로 갈아입은 복희는 나가기 전 입원한 동물들의 상태를 다시 한 번 살폈다. 머리와 턱을 한 번씩 쓰다듬어주며, 내일 올 테니까 잘 자고 있으라는 인사를 남겼다. 민주는 그런 복희를 쳐다보다, 복희가 고개를 돌렸을 때 허겁지겁 시선을 거두었다. 복희가 민주 앞으로 다가와 물었다.

"카페를 갈까요, 맥주를 마실까요?"

"…퇴근했으니 아무래도 카페인보다는 알코올이 낫지 않을까요."

"좋아요, 이 앞에 있는 맥줏집으로 가요."

이 근방의 자주 가는 맥줏집으로 복희가 민주를 이끌었다.

수의사가 되겠다고 다짐하게 된 이유 중 하나는 성적 때문이었고 또 하나는 똑같이 무언가를 살린다면 인간보다 동물을 살리고 싶어서였다. 동물을 그렇게 사랑했냐면 그건 아니었다. 복희는 살아오며 단 한번도 반려동물을 키운 적 없었고 고등학생 때 봉사시간을 채우기 위해 친구 넷과 함께 유기동물센터에서 30시간 일했던 것이 전부였다. 하지만 돌이켜 생각해보면 등하굣길에 길고양이 사료와 물을 이따금씩 챙겨주었으며 강아지를 찾는 전단은 휴대폰으로 찍어 반 단톡방에 뿌리기도 했다. 복희는 정정해야 했다. 관심이 없어서 반려동물을 키우지 않은 것이 아니라 무서워서 그랬다. 어느 생명체의 일생을 전부 책임질 용기가 나지 않았고 생을 마감한 동물을 오랫동안 가슴에 품고 있는 것도 겁났다. 복희는 자신이 철저하게 겁쟁이였음을 수의사가 된 후에 인정했다. 이곳에 오는 보호자들을 보며 자연스럽게 깨닫게 됐다. 한 생명을 오롯이 책임지는 자들의 자세. 대단하고 존경스러웠으며 복희는 할 수 없을 것만 같았다.

맥주잔을 매만지며 어떻게 운을 떼야 할지 고민하던 복희는 그 고민이 부질없을 정도로 직설적인 질문을 던졌다.

"혹시 댁이 휴머노이드, 애한테 넘겼어요?"

아무리 생각해도 연재에게 기수를 넘겨줄 사람은 민주뿐이었다. 민주도 경마장 직원 중에서 그럴 사람이 자신밖에 없다는 걸 인정하는지 조금의 부정도 없이 바로 고개를 끄덕였다.

"그런 거 다 불법이죠?"

신고하겠다는 협박은 아니었다. 단지 너무 쉽게 수긍하는 민주를 보니, 복희는 자신이 알고 있던 상식이 잘못된 것인가 싶어 확인 차 물어본 것일 뿐이었다.

"그렇기는 한데 중고거래쯤으로 봐도 무방할걸요?"

"위험하지는 않고요?"

복희의 질문에 민주가 헛웃음을 터트렸다. 복희가 미간을 찌푸렸다. 비웃을 의도는 아니었다고 민주가 사과했지만 이미 흘린 웃음은 수습이 불가능했다.

"기수는 말을 타기 위해 만들어져서 위험하지 않아요. 기능을 바꾸려면 소프트웨어 칩을 통째로 갈아야 하는데 그거야말로 교도소 들어가는 불법이고…."

"아무튼 위험하지 않다니 다행이네요."

복희가 볼멘소리로 대답했다.

"그럼 혹시 애들이 지금 뭘 작당하고 있는지도…?"

민주가 대화의 맥락을 모를 것 같아서 복희는 말끝을 흐렸다. 하지만 다행히도 복희에게 오기 전에 그 일당이(이렇게 표현하는 게 가장 적확해 보였다) 민주를 먼저 만나고 오는 참이었다. 일당의 다음 목적지가 복희인 것도 알고 있었으므로, 민주는 당황하는 기색 없이 고개를 끄덕였다.

민주라고 말리지 않은 것은 아니다. "관리자를 대상으로 거래를 할 거라고?" 듣고도 제대로 들은 건지 확실치 않아 몇 번이고 다시 물어봤다. 민주 입장에서는 터무니없는 계획이었으나 일당은 망설임 없이 고개를 끄덕이며 자신들의 계획을 민주에게 차분히 설명했는데, 듣다 보니 일당의 계획이 심상치 않다는 것을 알아차렸다. 자칫 잘못하면 민주가 일자리를 잃을 수도 있었다. 민주는 이 일을 응원해야 하는지 하지 말라고 말려야 하는지 갈피를 잡지 못했지만, 이미 일당이 꾸미고 있는 일은 민주가 막는다고 막을 수도 없었다. 일당이 민주에게 계획을 말한 건 일종의 통보였다. 곧 이런 일이 일어날 것이니 알아두고 있으라는. 일당의 계획은 치밀했고 민주가 자신의 밥줄을 지킬 수 있는 수단은 일당의 거래가 성공하는 일뿐이었다.

"걔들 사촌 중에 기자가 있다면서요."

민주가 물었다. 복희는 서진을 떠올리며 고개를 끄덕였다.

"그 사촌이 관리자 약점을 가지고 있다는데, 그걸로 거래를 할 거래요."

"거래요?"

"기사를 터트리지 않는 대신 투데이 출전권을 따내는 걸로요. 정확히는 저도 잘 몰라요. 제 밥줄이 걸린 일이라고 미리 말해주기만 하더라고요."

그 이상의 자세한 것은 자신도 모른다고 민주가 대화를 일단
락 지었다. 민주가 더는 모른다는데 붙잡고 물을 수도 없는 노릇
이었으므로 복희도 그만 대화를 마무리 지을 수밖에 없었다. 지
금으로서는 대책이 있다는 점이 중요했다. 그렇다면 복희도 투
데이를 위해 조금 더 힘을 실어줄 수 있었다.

대화는 생각보다 빠르게 마무리되었지만 술은 아직 반 잔이나
남아 있었다. 이쯤에서 정리하고 일어날까 싶었으나, 집에 가던
사람을 붙잡아뒀으니 용건만 보고 헤어지자는 건 도리에 어긋나
는 일 같았다. 복희가 민주의 눈치를 살폈다. 피곤한 기색이 보
이면 그만 돌아가서 쉬자고 운을 떼려고 했다. 하지만 민주는 한
잔을 금세 다 비우고 다시 메뉴판을 쳐다보며 복희에게 양해를
구했다.

"오랜만에 마시는 거라…. 피곤하면 먼저 가셔도 돼요, 저는
한 잔만 더 하고 가려고요."

복희는 잠시 고민했다. 마음 같아서야 피곤해서 이쯤에서 일
어난다고 하고 싶었다. 그렇지만 먼저 자리에서 일어날 뻔뻔함
이 복희에게는 부족했다. 술도 반 잔 정도 남았으니 이것만 다
비우고 일어나자는 마음으로 복희는 조금만 더 앉았다가 일어나
겠다고 대답했다.

민주가 생맥주 한 잔을 더 시켰고 둘 사이에는 적막이 흘렀다.

평일 밤이라 가게에는 복희와 민주 테이블을 제외하고 두 팀 정도 더 있었다. 손님 소리보다 틀어놓은 TV 소리가 더 컸다. 둘다 말없이 화면을 바라봤다. 어색함을 견디지 못하고 먼저 입을 연 것은 복희였다.

"우리 과 농담 중에 앞으로 수의사가 되려면 기계과를 가야된다는 말이 있거든요."

퍽 흥미진진한 이야기는 아니었지만 다행히 민주는 대화를 이끌어나갈 수 있을 만큼의 적당한 반응을 보였다.

"기계과요?"

"예. 테드 창의 소설 중에 소프트웨어가 반려동물을 대신하는 소설이 있거든요. 그게 제목이 뭐였더라. 소프트웨어 객체의 생애? 삶?* 아무튼 소설 속에서 인공지능 객체가 생물의 진화를 모델링한 유전 알고리즘을 가지고 있어요. 발달할 수 있는 거죠. 발전이기도 하고요. 아프지 않고, 죽지 않는 애들이요. 가끔 고장은 나겠지만."

복희는 소설의 줄거리를 더 말하고 싶었지만 술기운 탓인지 읽은 지 오래돼서 그런지 내용이 가물가물했다.

"어쨌든 그 소설이 꽤 오래전에 나왔는데 머지않았다고 생각

_____
* 테드 창, 『소프트웨어 객체의 생애 주기』

했어요. 그때 막 공업용 휴머노이드가 보급되고 인공지능 프로그램이 사이버 범죄를 전부 잡아냈다는 것과 조직 하나만으로 그 장기를 똑같이 만들어냈다는 뉴스를 듣고 있었거든요."

"그게 사실이라면 좀 암울하네요."

가만히 듣고 있던 민주가 입을 열었다. 빈말은 아니었는지 민주의 얼굴에 잿빛 그늘이 옅게 깔렸다.

복희가 맥주를 몇 모금 마시고는 입을 열었다.

"언젠가는 구하려고 해도 구할 수 없는 시기가 올까 봐 두려워요."

복희의 말을 이해하지 못한 민주가 잠자코 뒷말을 기다렸다.

"물론 빠른 시일 내에는 아니겠지만 아주 먼 미래에요. 짐승이 이 행성을 포기하게 되는 거요. 이곳에서는 더는 살 수 없다고 판단한 동물의 유전자가 스스로 죽음을 택하는 거예요. 빛 한 번 보지 못하고 좁은 울타리에 갇혀 착취당하는 삶을 반복하다 보면 언젠가 유전자가 생존의 수단으로 죽음을 택할지도 모르잖아요."

복희가 자조적으로 웃었다. 기술의 발달과 멸망의 속도가 같다. 사람들이 조금만 더, 매일 뉴스에 나오는 새로운 기술과 우리가 맞이할 미래에 관심을 가지는 만큼만, 사라져가고 학대받는 동물들에게 관심을 나눠줬으면 좋겠다고 생각했다. 대화를 우울하게 끌고 가고 싶지 않아 복희가 말을 꺼냈다.

"그래도 우리가 불행한 미래를 상상하기 때문에 불행을 피할 수 있다고 믿어요. 우리가 생각하는 미래는 상상보다 늘 나을 거예요. 예를 들면 동물이 사라지고 인공지능을 키우는 시대가 도래하는 대신 동물과 교감할 수 있는 인공지능이 인간이 부재하는 시간 동안 동물을 돌봐주겠죠. 동물의 영양 상태를 매일 체크해서 필요한 영양소도 알려주고요."

"괜찮은 생각인데 여러모로 수의사 자리 안 뺏기게 조심해야겠네요. 선생님도요."

둘은 그 휴머노이드에 추가되었으면 하는 기술을 하나씩 꺼내며 잔을 비웠다. 맥주를 더 시키기 애매할 만큼 대화가 끝나갔을 무렵, 복희가 한 모금을 마시고는 마지막 쓴맛을 토해냈다.

"그래도 저는 조금 무서워요. 아프지 않게 동물을 죽일 수 있는 수의사가 될까 봐요."

이 두려움은 사라지지 않을 것이다. 복희가 일을 그만두는 순간까지 따라다니리라. 어쩌면 일을 그만두고도 오랫동안 복희를 괴롭힐지도. 사람이 보살피지 못한다는 이유로 눈을 감아야 하는 아이들을 품에 안으면서, 언젠가 이 죄를 전부 돌려받을 거라는 상상을 했다. 하지만 민주가 던진 위로 덕분에, 복희는 현재보다 조금 더 나은 미래를 기대해보았다.

"방금 전 불행한 상상이 불행한 미래를 피할 수 있게 한다면서요. 그렇다면 선생님은 동물을 살리는 선생님이 되시겠네요."

술은 복희가 계산했다. 자기가 내겠다고 허겁지겁 지갑을 꺼내는 민주를 그대로 문 밖으로 밀어버리고는 순식간에 계산을 마쳤다.

가게 앞에서 둘은 마주 보고 섰다. 복희가 손을 흔들었다.

"투데이를 살릴 수 있는 방법 좀 같이 생각해줘요. 제가 도움이 됐으면 좋겠지만 그 애들이 꾸미는 짓은 제 영역 밖이라…. 아무튼 좀 도와줘요."

복희는 그때까지, 그 아이들이 어떤 일을 꾸미고 있는지 짐작하지 못했다. 복희는 며칠 후 다시 찾아온 은혜에게 총괄관리자가 투데이 경기 출전에 동의한다는 허가서에 서명을 했다는 소식을 들었다. 총괄관리자의 서명을 어떻게 받았느냐는 질문에 은혜는 흐흐, 웃으며 영화 한 편 찍었다고 말했을 뿐이었다.

이틀에서 14일로 삶이 연장된 투데이를 위해 복희는 이틀에 한 번씩 영양제를 챙겨 경마장에 들렀고 목요일에는 학회에 나가 동물 나노봇 내시경 기술 도입을 다시금 청원했다. 그러다 답답함을 참지 못하고 그 좋은 기술 좀 동물들과 나눠서 쓰면 안되냐고 버럭 화를 냈다. 핀잔을 받았지만 고함이 조금은 통한 듯 검토해보겠다는 답변을 들었다. 그리고 그날 저녁에 서진을 만났다.

서진을 통해 총괄관리자에게 서명을 받아낸 과정을 들었는데, 복희는 그만 기함을 하고 말았다.

"서진 씨 괜찮아요?"

그 말이 절로 튀어나왔다. 서진은 쓰게 웃으며 고개를 끄덕였다.

"어쩔 수 없죠. 특종은 또 잡으면 되고…. 무엇보다 들어주지 않으면 저를 동물 학대를 방조한 사람으로 취급하려고 했다고요."

고맙다고 해야 할지, 그래도 그 정보를 그렇게 써버리는 건 바보 같다고 해야 할지. 복희는 이도 저도 못 하는 표정으로 서진을 바라보다가 어이없는 웃음을 터트렸다. 복희는 아이들과 투데이가 다시 달리는 연습을 하고 있다는 소식도 서진에게 전해 들었다. 연습은 저녁과 주말, 추석 연휴까지 계속되었다. 은혜에게도 했던 말이지만 복희는 다시 한 번 서진에게 일렀다.

"염려돼서 하는 말인데 한 번만 더 이전처럼 달렸다가는 서 있기도 힘든 상태가 될 거예요. 투데이를 아끼는 아이들이니까 걱정은 안 하려고 하지만 어떻게 뛰게 하겠다는 건지 모르겠네요."

하지만 서진의 입에서 나온 말은 어처구니없고 황당했다.

"조금 다른 연습을 하던데요."

"예?"

"가장 느리게 뛰는 연습요."

은혜

"그러니까 뭐를 달라고?"

서진이 은혜의 말을 이해하지 못하고 다시 물었다.

"오빠가 지금까지 조사한 자료. 경마장 승부조작."

은혜는 서진이 다시 질문하지 못하도록 또박또박 말했다. 거실 식탁에 팔을 올려놓고 있던 서진은 허, 하고 숨을 뱉으며 의자 등받이에 기대앉았다.

"그거는 어떻게 안 거야? 승부조작에 관한 건⋯."

"어떻게 알았냐니. 저번에 복희 선생님한테 오빠가 말했잖아."

아, 불편하다는 건 아닌데⋯ 승부조작에 관한 뭐 그런 이야기예요.

복희에게 그 말을 했을 때 은혜가 옆에 있었구나. 그걸 기억하고 있을 줄이야. 서진은 본인의 입방정에 눈을 질끈 감았다.

은혜의 초대가 갑작스럽기는 했지만 며칠 전에 마주쳤던 걸 생각하면 당연한 초대라는 느낌도 들었다. 그래서 서진은 이유도 묻지 않고 알겠다고 대답했다. 삼촌의 장례식 이후로 이 집안과 교류가 거의 끊겼던 서진이었다. 첫 방문을 기념해 과일과 고기도 잔뜩 사 두 손 무겁게 왔다. 서진이 올 거라는 소식을 듣지 못했는지 야외 테이블을 닦고 있던 보경은 갑자기 찾아온 서진을 처음에는 알아보지 못했다가 몇 분 뒤에야 화들짝 놀라며 들고 있던 행주를 떨어트렸다.

서진은 차분히 그간의 소식을 전하고 싶었지만 둘 사이를 방해한 건 은혜와 연재였다. 오늘은 우리들의 초대로 왔으니 우리들과 먼저 대화를 나누어야 한다고 주장했다. 볼일이 다 끝나면 둘의 시간도 주겠다며, 선심 쓰듯 말하고는 서진을 붙잡아 집으로 이끌었다. 서진은 그렇게 이 식탁에 앉았다. 손님인데 물 한 잔도 받지 못한 채 다짜고짜 여태껏 서진이 조사했던 경마장 승부조작 자료를 넘기라는 협박을 듣고 있었다. 은혜와 연재는 협박이 아니라고 했지만 서진에게는 그저 협박이었다.

서진은 차분히 숨을 내뱉었다.

"무슨 일인지 모르겠지만 안 돼."

"무슨 일인지 알게 되면 될걸?"

연재가 자신만만하게 말했다. 서진이 팔짱을 꼈다.

"그래, 어디 한번 무슨 일인지 들어보자."

그때까지 서진은 절대로 넘어가지 않을 거라는 확신이 있었다. 그게 어떤 자료인가. 서진이 지난 3개월 동안 경마장 근처를 배회하며 가래침이나 찍찍 뱉는 '경마꾼'들을 일일이 상대한 끝에 얻어낸 승부조작에 관한 자료였다. 고액베팅을 하는 경마꾼들에게 우승이 확실한 말의 번호를 흘린 후, 돈을 받고 승부를 조작했다는 자료가 빽빽하게 모여 있었다. 다음 달 특집 다큐멘터리로 만들 자료였으므로 외계인이 나타나 서진에게 자료를 내놓으라고 할지라도 서진은 혀를 깨물었으면 깨물었지 자료를 넘기지는 않았으리라.

연재가 콜리, 하고 누군가를 불렀다. 서진은 기세등등하게 팔짱을 낀 채, 누가 나타나든 절대 넘어가지 않을 독불장군 같은 자세를 유지하고 있었다. 2층에서 누군가가 계단으로 내려오는 소리가 들렸다. 서진은 자신의 단호한 마음을 보여주기 위해 고개를 돌리지 않았다. 타박, 푸우식, 타박, 푸우식… 사람 발소리치고는 미묘한 소리가 점점 가까워지더니 서진의 옆에 섰다. 서진이 고개를 돌렸다. 밝게 빛나는 두 개의 구멍과 마주쳤다.

"안녕하세요? 저는 콜리예요. 투데이와 호흡을 맞춘 기수였죠. 투데이를 살려주실 분이라고요?"

콜리가 반가움과 감사의 의미로 손을 내밀었다. 서진은 자신 앞에 서 있는 기수를 넋이 나간 상태로 쳐다봤다. 콜리가 설명을 덧붙였다.

"투데이를 구할 수 있는 마지막 기회의 열쇠를 쥐고 있는 분이라고 들었어요."

"…."

"정말 감사해요. 당신은 영웅이에요."

"영웅 말고 은인."

연재가 콜리의 말을 정정했다. 콜리는 서진에게 손을 내민 채로 연재를 바라봤다.

"하지만 어제 당신들이 봤던 영화에서는 생명을 구해준 사람을 영웅이라고 불렀잖아요."

"그렇긴 하지만 오빠가 영웅은 좀…."

연재가 말끝을 흐렸다. 서진은 그때까지도 그들의 대화를 혼란스러운 마음으로 듣기만 했다. 그 혼돈에서 서진을 구해준 건 은혜였다.

"오빠가 가지고 있는 자료로 경마장 총괄관리자를 협박할 거야. 우리가 원하는 건 투데이라는 말이 한 번 더 경기에 나갈 수 있는 출전권이야. 출전권을 주면 그 자료들을 삭제하겠다고 할 거고. 그렇다고 오빠가 조사한 게 아예 무용지물이 되지는 않을 거야. 덜미가 잡혔으니 앞으로 더 그러지는 않겠지."

"아니, 잠깐만."

서진이 다급하게 물었다.

"출전권을 따내면 얻는 게 뭔데?"

"이틀에서 14일이 되는, 투데이의 남은 삶."

서진은 머리가 아파 왔다. 아이들이 원하는 건 너무나 간단했고, 명료했고, 분명했다. 투데이의 삶이다. 그것도 고작 며칠 연장되는. 하지만 그 짧은 삶을 더 연장한다고 투데이가 행복해할까. 결국 죽는다는 건 다르지 않은데…. 서진은 구구절절 말하고 싶었다. 자신이 그 경마장을 조사하느라 얼마나 힘들었고, 얼마나 치욕스러웠는지 아느냐고. 취재에 응하지 않겠다는 아저씨들을 어르고 달래며 비위 맞춰주던 시간이 얼마나 고통스러웠는지, 생각만 해도 눈물이 날 지경이었다. 마음 같아서는 안 된다고 단호하게 말하고 싶었으나 자신을 뚫어져라 쳐다보는 아이들의 눈빛이 서진의 입을 틀어막았다. 거절한다고 하더라도 더 그럴듯한 명목이 있어야만 할 것 같았다. 자신을 포박하듯 지키고 서 있는 콜리를 또 한 번 쳐다보던 서진은 조심히 자리에서 일어났다. 서진이 도망이라도 갈까 연재가 도끼눈을 떴다.

"뒷마당에서 담배 좀 피우고 와도 되니?"

금연하겠다고 다짐한 지 3일이나 되었는데 또 이렇게 무너졌다.

경마장 승부조작은 단순히 판을 짜고 치는 사기 수준을 넘는다. 살아 있는 생명이 주로를 뛰는 경기였으므로, 짜놓은 판에 맞추려면 생명에게 가혹한 학대가 가해져야 했다. 경기 날 제대로 뛰지 못하도록 인간 기수를 매수해 밥을 굶기는 식이었다. 휴머노이드 기수로 바뀌었다고 해서 달라지는 건 아니었다. 오히려 암암리에 휴머노이드 기수의 무게를 늘리는 등 더 악랄한 짓을 벌이기도 했다. 서진이 경마장 승부조작의 실태를 조사하겠다고 나선 건 후자의 이유가 더 컸다. 인간의 판놀음을 위해 학대당하는 말들을 더는 지켜볼 수 없기 때문이었다. 서진이 손바닥으로 얼굴을 감쌌다. 어쩐지 갑자기 초대할 때부터 알아봤어야 했다.

담뱃대가 짧아졌을 즈음 서진을 찾으러 연재가 나왔다. 서진은 기척에 뒤돌았다가 연재가 다가오는 것을 보고 허겁지겁 꽁초를 지져 껐다. 꽁초를 버릴 마땅한 곳이 보이지 않아 결국 바지주머니에 꽁초를 넣었다. 지금 들어가려고 했다는 서진의 말을 듣고서도 연재는 준비해 온 말을 꺼냈다.

"언니는 하루도 안 빼고 경마장에 가. 투데이라는 말을 보려고."

"어? 어어… 그렇구나."

"어렸을 때부터 투데이가 달리는 걸 좋아했어. 나도 그 자세히는 모르지만 언니한테는 그게 위로였나 봐. 아니면 군더더기 없는 행복이었든가."

연재가 말할수록 서진의 한숨은 깊어졌다.

"그런데 너무하잖아. 달릴 수 없으니까 죽으라는 건."

"…연재야."

마지막 쐐기를 박듯 연재가 서진의 말을 자르며 입을 열었다.

"어른이 돼서 이런 부탁쯤 들어주면 안 돼? 말을 살려달라는 부탁을? 진짜 치사하게 이럴 거야?"

…치사. 그래, 치사하게 목숨 가지고 이러면 안 되지. 서진이 괴로운 소리를 내며 자리에 주저앉았다.

"고작 이틀에서 14일로 삶을 연장한다고 뭔가 달라질까? 운명을 바꿀 수 있는 기회가 생길까…?"

서진이 애처롭게 물어봤다. 자신의 취재 자료를 빼앗기고 싶지 않다는 마지막 발버둥이었다.

하지만 연재의 목소리는 단호했다.

"당연하지. 살아간다는 건 늘 그런 기회를 맞닥뜨린다는 거잖아. 살아 있어야 무언가를 바꿀 수 있기라도 하지."

서진은 결국 주방 식탁으로 돌아가 콜리의 손을 맞잡았다. 부장님한테 분명 된통 깨지겠지만, 부장님도 끝내 서진의 판단을 이해할 것이다. 기자란 무언가를 살리는 직업이라고 말했던 사람이니까.

콜리가 서진의 손을 놓지 않고 말했다.

"당신의 결정 덕분에 투데이는 행복할 거예요. 그리고 투데이가 행복하다고 느끼면 저도 행복하다고 느껴요."

여러모로 생각해도 이상한 기수였다.

서진의 허락을 받았으니 그다음에 만나야 할 사람은 민주였다. 냉정하게 따지자면 민주는 굳이 만나지 않아도 되는 사람이었다. 민주가 반대한다고 하더라도 이 일을 그만둘 생각은 없었으니까 말이다. 민주를 찾아가 앞으로 자신들이 벌일 일을 미리 고지하는 건, 그간의 정을 토대로 한 배려다.

은혜와 연재의 계획을 들은 민주는 벙찐 표정이었다.

"방조죄가 있겠지만 이해해요. 어쩔 수 없이 굴복하게 만드는 사회 시스템이 그렇죠, 뭐. 그렇다고 아예 죄가 없는 건 아니라는 건 잘 아시죠?"

민주는 들고 있는 배설물 쓰레받기를 내려두었다.

"나 잘리는 거야?"

은혜가 답답한 듯 고개를 저었다. 지금까지 한 말을 다 귓등으로 들었나. 말을 되게 못 알아들으시네.

"내부 고발자가 아니잖아요. 그런데 왜 잘려요?"

"…그래, 그렇지."

민주는 그렇게 어영부영 넘어갔다. 승부조작에 관한 덜미가 한 번 잡혔으니 총괄관리자도 앞으로 그런 짓은 함부로 못 할 것이며, 설령 또 그런 짓을 하려고 했을 때는 민주가 막아야 한다는 신신당부를 남겼다. 약자가 굴복할 수 있는 순간은 아무도 그 일을 알지 못했을 때뿐이라고, 모두가 알게 된 이상 더는 굴복해서는 안 된다는 꽤 뼈아픈 이야기도 했다.

서진과 민주, 그리고 복희까지, 은혜와 연재는 퀘스트를 깨는 것처럼 일을 진행했다. 둘은 서로를 꽤 괜찮은 파트너라고 생각했지만 둘 중 누구도 그 사실을 입 밖으로 꺼내지는 않았다.

"우리는 좋은 파트너인 것 같아요."

오직 콜리만이 그 사실을 입 밖으로 꺼낼 뿐이었다.

결전의 날에는 서진과 지수도 동참했다. 서진은 은혜가 부탁해 합류했고 지수는 어쩌다 알게 된 이 일에 끼고 싶어 자발적으로 합류했다. 선두에 나선 건 은혜와 서진이었다. 서진의 품에는 그간 조사했던 자료가 뭉텅이로 들려 있었다. 좁은 사무실에 네 명이 단체로 찾아가봤자 정신만 사나울 거라는 이유로 연재와 지수는 건물 앞에서 대기하기로 결정됐다.

은혜는 앞장서서 복도를 지나 관리자실 문을 두드렸다. 긴장한 서진은 한숨을 푹 쉬었다. 안에서 들어오라는 답이 들렸다.

의자에 눕듯이 앉아 휴대폰을 보고 있던 관리자는 갑자기 찾아온 은혜를 보며 허리를 일으켰다.

"누구? 무슨 일…?"

학생의 방문이 얼떨떨하다는 표정이었다. 은혜가 책상 앞까지 바짝 다가가 멈췄다. 은혜가 가방에서 준비한 승인 서류를 꺼내 책상에 올렸다. 관리자는 종이를 힐끔 쳐다보다, 글씨가 보이지 않았는지 인상 한껏 찌푸려 종이를 훑었다.

"수의사 선생님한테 투데이가 한 번 더 경기에 나갈 수 있다는 확인을 받았어요. 여기에 관리자 승인만 해주시면 한 번 더 경기에 출전할 수 있어요."

방문의 목적을 알게 되자, 관리자는 한껏 찌푸렸던 얼굴을 풀고는 더 들어볼 것도 없다는 듯 대답 대신 손을 저었다. 그만 나가라는 신호라는 걸 알았지만 은혜는 움직이지 않았다. 다시 휴대폰을 들었던 관리자는 미동 없는 은혜를 알아차리고는 짜증 섞인 말을 내뱉었다.

"헛소리들 하지 말고 나가."

은혜는 굴하지 않고 서류를 관리자 앞으로 더 밀었다.

"뛸 수 있는데 뛰지 못하게 하는 건 아니라고 봐요."

한껏 짜증 낼 준비를 마쳤던 관리자는, 문득 자신이 상대하고 있는 사람이 아직 학생이라는 것을 인지했는지 화를 눌러 삼키며 친절한 어른 흉내를 내기 위해 억지로 웃어 보였다. 송곳니가 유행 지난 금니였다.

"애야, 경마는 어른들이 하는 거다. 뛸 수 있다고 다 뛰는 곳이 경마장이냐? 놀이공원이지. 이놈 말고 뛸 애 많다. 그리고 걔는 아파. 아픈 동물이 어떻게 뛰겠어. 응? 알겠니?"

관리자가 서류를 밀어냈다. 은혜를 보며 관리자는 기가 찬 듯 헛웃음을 흘렸다. 아마 몇 시간을 떠들든 결과는 바뀌지 않을 거라고 생각할 것이다. 관리자의 입장에서는 '겨우' 뛸 수 있는 투데이보다 거뜬히 뛸 수 있는 어리고 빠른 말들이 출전하는 것이 의심할 여지 없이 타당하리라. 물론 은혜도 동감했다. 그래서 준비해 온 게 아닌가. 그 타당성을 무시하면서까지 승인할 수밖에 없는 이유를.

관리자의 시선은 이제 은혜가 아닌, 한 발자국 뒤에 서 있던 서진에게 닿았다. 누구신지는 모르겠지만 빨리 이 애를 데리고 나가라는 무언의 압박이었다. 하지만 서진은 때를 놓치지 않고 품에서 명함을 꺼내 책상 위에 내려놓았다. 관리자가 흘깃 명함을 훑었다. M방송국 시사기획부 기자. 심상치 않은 문장에 관리자가 명함을 들고는 다시 서진을 쳐다봤다. 여기에는 어쩐 일이냐는, 조금 정중해진 눈빛이었다. 서진이 가지고 온 자료를 책상에 올려두었다. 꽤 막중한 종이 무게에 책상이 흔들렸다. 관리자가 의자 등받이에 닿아 있던 등을 떨어트렸다.

"지난 3개월간 모은 자료입니다."

"무슨…."

"당신이 지금껏 고액베팅 하는 경마꾼들을 상대로 돈을 받고 승부조작을 한 증거입니다. 이 자료는 다음 달 특집으로 방송될 예정이고요."

관리자가 서진과 은혜를 번갈아 보았다. 승부조작을 해왔던 것이 사실이었으므로 관리자는 이것이 아무 소용 없는 짓이라는 말도 꺼내지 못했다. 언론에 크게 보도라도 된다면 자신의 자리가 위험해지는 것은 당연했고 몇 달간 동물보호단체에서 외치는 구호를 들어야 된다는 것도 알고 있었다.

"도대체 뭐야? 갑자기 찾아와서 왜들 이러는 거야? 지금 협박하는 거야!"

관리자의 언성이 커졌다. 이럴 때일수록 침착함을 잃지 않아야 통하는 법. 은혜가 간단하게 핵심만 짚었다.

"투데이의 출전만 승인해주시면 언론보도를 막을 수 있어요. 괜찮지 않아요? 고작 말 한 마리가 뛰는 걸로요."

"도대체 그 말이 뭐 그리 중요하다고 이러는 거야?"

정말 이해할 수 없다는 말투였다. 그런 관리자에게 투데이가 출전하지 않으면 이틀 후에 죽게 된다는 사실은 중요하지 않을 터였다. 괜히 말을 꺼냈다가 무신경한 관리자의 말에 상처받고 싶지 않았다.

"지금 그게 중요한가요? 어쩌실래요? 승부조작 형량이 얼마였더라. 아니, 일단 법정에 꽤 자주 가시게 될 텐데 체력적으로 괜찮으시겠어요?"

관리자는 고민할 것도 없다는 듯이 출전을 허락하는 서명을 남기고는 허겁지겁 서진이 가지고 온 자료를 챙겼다. 은혜는 그러거나 말거나 목적을 달성했음에 뿌듯하게 웃으며 출전권 서류를 가방에 넣었다.

사무실을 빠져나가기 직전, 은혜가 관리자에게 마지막 충고를 덧붙였다.

"악행은 누군가가 반드시 알아내게 되어 있어요. 오늘 저희가 찾아온 게 아저씨한테 온 마지막 행운인 줄 아세요. 나쁜 짓 하고 살지 마세요."

보경

추석을 하루 앞두고 비가 한차례 종일 쏟아지더니 두꺼운 스웨터를 껴입어도 될 만큼 날씨가 추워졌다. 보경은 부쩍 건조해진 코에 계절을 다시금 느꼈다. 무엇보다 눈을 뜨자마자 느껴진 목의 이물감과 정신의 몽롱함에 올해도 환절기 감기를 그냥 넘기지 않는구나 싶었다. 알람이 울리면 몸을 바로 일으키는 편이었지만 오늘은 몸이 무거워 생각대로 움직여지지 않았다. 보경이 이불 속으로 몸을 웅크렸다. 몸은 하염없이 쉬고 싶어 했지만 머리는 이제 두꺼운 솜이불을 꺼낼 때가 되었다고 생각했고, 식당 오픈 전에 이불을 꺼내 먼지를 털어내는 계획까지 세웠다. 연휴 기간에는 저녁에 단체 예약이 하루에 한 팀씩만 있었다. 어제까지만 해도 평소보다 예약이 적어 아쉬웠으나 지금 몸 상태를 보니 오히려 잘 됐다 싶었다. 하지만 몸은 그마저도 하지 못할 거라고 아우성이었다.

보경이 한순간에 몸을 일으켰다. 몸이 원하는 대로 오냐오냐 들어주면 종일 누워 있을 것 같아서였다. 이럴 줄 알았으면 로봇 청소기가 특가에 나왔다며 단골손님이 은근히 장사치의 속내를 드러냈을 때 속는 셈치고 살걸 그랬다. 요즘 로봇청소기 없는 집이 어디 있냐며 타박할 때에도 사람이 하는 것만큼 깨끗하게 하지 못할 것 같다고 둘러말했었는데 실은 그저 내키지 않았던 것뿐이었다. 도태되면 결국 고생은 제 몫이었다.

보경이 무거운 걸음을 이끌고 거실로 나가 TV를 켰다. 추석 연휴의 시작을 알리기라도 하는 것처럼 아침 프로그램의 진행자들이 한복을 입고 있었다. 올해는 귀성길 행렬이 작년보다 20% 더 줄어들었다고 말했다. 평균 속도를 유지하는 고속도로가 보였다. 보경이 컵에 따뜻한 물을 받아 소파에 앉았다. 뉴스 속보에서는 건조한 날씨에 대비해 연휴 때 자주 발생하는 산불과 가정에서 일어나는 가스 화재를 조심하라는 문구가 떴다. 보경은 늘어지게 하품을 하고 눈가에 맺힌 눈물을 옷소매로 훔쳤다.

초인종이 울렸다. 9시밖에 되지 않은 아침에 찾아올 사람이 누가 있단 말인가. 그것도 연휴 첫날에. 보경이 무거운 몸을 일으키려고 하자, 그보다 빠른 속도로 2층에서 연재가 뛰어내려왔다. 당연하게 자고 있을 줄 알았던 연재는 언제 일어났는지 다 씻은 상태였다. 보경이 누구냐고 묻기도 전에 연재가 벌컥 문을 열었다. 손에 배 상자와 한우 상자를 든 지수였다.

"이게 뭐야?"

연재가 물었다.

"추석 선물이지 이게 뭐겠냐. 아주머니 안녕하세요, 이거 명절 선물이에요."

지수가 보경을 보고 밝게 웃으며 들고 있던 상자를 넘겼다. 씻지도 않고 있던 보경은 얼떨떨한 표정으로 선물을 받았다. 뒤늦게야 아침은 먹었느냐고 물었는데 지수는 먹었다고 대답했고 연재는 곧바로 나갈 거라고 대답했다.

"과일이라도 먹고 가. 어디를 가는데, 아침에?"

"나가서 먹을 거야."

연재가 2층으로 뛰어 올라갔다. 정말로 바로 나갈 생각인지 지수는 신발을 벗지 않고 현관에 서 있었다. 들어와서 과일이라도 먹고 가라고 말했지만 지수도 웃으며 괜찮다고 대답했다.

연재는 외출복으로 갈아입고 콜리와 함께 내려왔다. 때맞춰 나갈 준비를 마친 은혜도 방에서 나왔다. 보경은 지금 이 상황이 이해 가지 않았다. 아이들은 경마장에 갔다가 점심 즈음 돌아올 수도 있고 더 늦게 올 수도 있다는 말을 남기며 모두 빠져나갔다. 원체 속도가 느린 콜리는 느긋하게 현관을 향해 걸었다가 뒤돌아 보경에게 인사를 올렸다.

"좋은 아침이에요."

"너희 아침부터 어디를…."

"경마장에요. 투데이의 훈련을 위해서요."

도대체 그걸 왜? 궁금증은 증폭되었지만 한 발자국 다가온 콜리는 전혀 다른 말을 꺼냈다.

"오늘은 어딘가 달라 보이네요. 피부가 푸석하고 피곤해 보여요. 집에서 쉬는 게 적절한 조치일 것 같아요. 인간은 아프면 몸보다 마음이 더 힘들다고 들었어요."

보경은 순간, 속에서 왈칵 올라온 감정을 인정하고 싶지 않아 그게 어떤 감정인지 일부러 들춰보지 않았다. 밖에서 연재가 콜리를 불렀다. 콜리는 꾸벅 고개를 숙이며 다녀오겠다고 말하고는 느긋한 보폭으로 현관을 나섰다. 딸들도 알아차리지 못하는 보경의 상태를 콜리가 알아봤다. 통계에 의한 상황 판단일 뿐이겠지만 쉬라는 이야기를 타인에게서 들은 것이 실로 오랜만이었다. 정확히 따지자면 타'인'은 아니었지만 말이다.

모두가 빠져나간 현관에 서서 보경은 방금 휘몰아쳤던 소란을 되새기다가 자리를 떴다. 콜리의 말처럼 집에서 쉴 수 있으면 좋으리라. 하지만 보경이 해야 하는 일들이 있었다. 시간을 확인하고는 서둘러 화장실로 향했다. 씻고, 밥을 하고, 청소를 하고 식당에 나가야 했다.

콜리는 생각보다 좋은 대화 상대였다. 보경은 콜리의 대화 체계가 어떻게 이루어져 있는지 알지 못했지만 스마트폰의 챗봇이나 인공지능과 비슷한 원리일 것이라 짐작만 했다. 성능을 따지자면 스마트폰보다는 떨어졌다. 스마트폰은 보경에게 필요한 정보와 보경이 원하는 요구사항을 최신 트렌드에 맞춰 제공했지만 콜리는 업데이트가 이루어지지 않으면 정보가 멈춰 있는 로봇이었다. 학습은 가능했지만 습득하는 정보의 객관성과 정확도는 검열하지 못했다. 그래서 오늘의 날씨와 최신 곡, 교통정보 따위는 제공할 수 없었다.

하지만 콜리는 고개를 끄덕일 줄 알았고 자신이 알지 못하는 정보는 도리어 그게 무엇이냐고 물어봤다. 대화였다. 콜리는 공감을 느낄 수 없는 개체였지만 공감하는 척 움직이게 만들어졌다. 어차피 사람도 제대로 하지 못하는 게 공감이었다. 보경은 콜리를 앉혀놓고 몇 번 대화를 한 후에야 진정으로 필요했던 건 들을 수 있는 귀와 끄덕일 수 있는 고개였다는 것을 깨달았다. 평생 보경의 이야기를 들어주겠노라 약속했던 사람이 오래도록 비워둔 자리를 뜻하지 않은 것이 채웠다.

"콜리잖아요. 콜, 리. 콜, 미. 발음이 비슷하지 않나요? 언제든 저를 부르세요. 콜-미."

"그런 거는 누가 가르쳐주는 거야?"

"괜찮았나요?"

"별로였는데, 들을 만은 했어."

소방관이 영웅이죠, 뭐. 언제든 필요하면 불러요. 당신의 119.

누군가에게서 들었던 구질구질한 멘트가 생각났다. 콜리의 시스템을 만든 사람도 한물간 낭만파이리라. 진흙 속의 진주가 예쁘다고 말하는, 그런 구시대적인 사랑을 꿈꾸는.

보경은 감기약을 비타민처럼 삼키고는 식당으로 향했다. 바람이 유독 시리게 옷을 파고드는 느낌이 들어 팔짱을 꼈다. 마른기침이 식당으로 가는 내내 터졌다. 보경은 걸음을 멈춰 경마장 쪽을 돌아봤다. 근래에 부쩍 은혜와 연재가 붙어 다녔다. 둘이 붙어 다니는 이유는 저 경마장에서 벌어지는 일 때문인 것 같았지만 아무렴 나쁜 일만 아니라면 뭐든 좋았다. 둘의 사이가 어느 순간부터 미묘하게 벌어졌는지는 모르겠으나, 간격이 벌어진 데에는 자신의 탓도 있다고 생각했다. 그렇다고 이제 와서 둘도 없는 우애가 생기기를 바라는 것도 자신의 욕심 같았다. 보경이 입술을 깨물며 고민하다가 이내 식당을 지나 경마장 쪽으로 향했다. 무슨 일을 하는지만 확인하고 돌아올 생각이었다. 식당에 가는 차림으로 슬리퍼를 신었지만 별 상관 없었다. 아무리 부족한 엄마라지만 그 정도는 알아도 되지 않겠는가.

보경은 아이들에게 단편 영화 몇 편을 찍었다는 이야기를 하지 않았다. 끝나버린 과거라는 생각이 자주 들었다. 과거를 들추는 게 미련의 끈을 붙잡고 있는 것처럼 느껴졌다. 조금 더 당당한 사람이었으면 좋겠다는 생각은 했지만 소방관을 만나 사랑에 빠져 결혼을 한 것은 후회하지 않는다. 배우로서 도전했던 보경과는 다른 당당함도 찾았다. 세상에 생명을 탄생시키고 책임지고 기른다는, 가정을 지키고 있다는, 겪어보지 않으면 절대 떠들지 못할 일이었다.

하지만 세상은 보경과 생각이 다른 듯했다. 단지 결혼을 하고 아이를 낳았다는 이유로 보경은 충무로에서 떠오르던 배우에서 아무도 불러주지 않는 배우로 전락했다. 그 전에 함께 영화를 찍은 감독들은 언제든 연기할 생각이 있으면 연락하라고 누누이 말했지만 보경은 육아가 바쁘다는 이유로 오는 연락마저 피했다. 감독들이 같은 여자라서 그랬으리라. 여성 간의 끈끈한 연대가 떨어지려는 보경을 붙잡고 놓지 않으려고 했으리라. 그래서 보경은 더 연락할 수 없었다. 자신이 알아서 끈을 놓아야 한다고 판단했다. 자신보다 더 여유롭고 열정 가득한 신인 배우들이 많지 않던가. 반드시 자신이어야 하는 역할이 오지 않는 한 보경은 연기하지 않겠다고 다짐했다.

소방관은 감독들과 같은 입장이었다.

"당신이 하고 싶은 거 다 해."

그럴 때마다 보경은 웃으며 나무랐다.

"그럼 당신이 임신하고 육아하고 좀 해봐. 셋째도 가지고 싶다며. 남자도 임신 가능하다는데."

그러자고 하는 소방관을 말린 건 보경이었고, 보경은 세상이 아무리 개방적으로 변해간다고 해도 사람들의 시선을 어떻게 견딜 것이냐는 이유를 덧붙였다. 지금 돌이켜보면 소방관을 데리고 병원에 찾아갔어야 했다. 소방관이 셋째를 가졌어야 했는데. 그랬어야 했다. 소방관이 임신을 하고 육아를 했어야 그 화재에 출동하지 않았을 테니까. 운명이 어디서부터 뒤틀렸을까. 세상의 편견과 고지식함이 얼마나 많은 사람을 절망스러운 운명에서 구해내지 못했을까. 조금만 달랐더라도 충분히 바뀔 수 있는 운명이었는데. 고작 그 시선이 뭐라고.

보경은 꿈을 접어둠과 동시에 소방관을 잃었고, 그 꿈을 영영 펼칠 수 없게 되었다. 독립적인 사건들처럼 보였는데 시간이 흘러감에 따라 그 모든 일들이 하나로 연결되어 있었다는 것을 깨달았다. 인생이 수면 위의 파동 같았다. 넓고 잔잔한 파동이 끊임없이 교차되고 연속되는, 그 에너지가 끝내 물살을 만들어버리는. 이왕이면 앞으로는 좋은 일의 파동만 생기기를 보경은 자주 기도했다. 그중에서도 가장 간절하게 바란 건 딸들과의 관계가 조금이라도 더 가까워지는 것이었다. 서로가 서로에게 부채를 지니고 있는 만큼 더 다가가기 어려웠다. 은혜가 아픈 손가락이었다면 연재는 신경이 손상된 손가락이었다. 어느 날 문득 쳐다보면 언제 다쳤는지 알 수 없는 오래된 상처가 엉망으로 아물어 있었다. 딱지를 뜯어 약을 발라줄 수도 없었다. 상처가 흉터가 되는 것을 바라보고 있을 수밖에 없었다.

보경이 경마장 북문 근처를 서성였다. 문이 열려 있었는데 들어가도 되는지 감이 잡히지 않았다. 아이들이 이 문으로 들어갔는지도 몰라 헤매고 있을 때 보경은 흙바닥에 희미하게 난 바큇자국과 콜리의 발자국을 발견했다. 감시카메라가 정문을 응시하고 있었지만 만약 걸리면 열려 있어서 들어가봤다고 말하면 되지, 싶은 심정으로 발을 들였다.

경마장은 보경의 생각보다 크고 넓었으며 놀이공원 같은 곳이었다. 이정표가 없으면 경기장도 제대로 찾지 못했을 거였다. 목이 더 간지러워졌고 숨만 크게 쉬어도 기침이 튀어나왔다. 옷을 한 겹 더 걸쳤어야 했다는 뒤늦은 후회를 했다. 한참을 걸어 들어가 경기장을 찾았다. 커다란 외관을 바라보며 보경은 또 한 차례 입구를 찾아 헤맸지만 이번에는 찾지 못해 경기장 안이 보이는 철창으로 다가갔다.

그곳에서 아이들을 보았다. 말 한 마리와 콜리도 있었고 전에 한번 본 마방의 관리인도 있었다. 보경은 그 자리에 서서 감기가 몸속 곳곳에 스미는 것도 모른 채 한참 동안 그들을 지켜봤다. 이상한 경주였다.

'빨리'가 아니라 '천천히'가 터져 나오는.

저곳에 모여서 무엇을 하는지는 결국 알아내지 못했다. 그만 식당으로 돌아가 장사 준비를 시작해야 했기 때문이었다.

식당으로 돌아온 보경은 급하게 장사 준비를 시작했지만 힘이 없어 손에 쥔 물건들을 자주 놓쳤다. 연휴 동안만 일할 아주머니를 불러둔 상태였다. 명절 때마다 잠깐 일을 해주시던 아주머니였다. 평소에는 김밥집에서 일하고 계시는데 김밥집은 명절에 문을 닫았다. 보경은 평소에는 바쁘지 않으니 아주머니가 명절이나 주말에만 잠깐씩 일해주는 게 더 편했다. 아주머니 출근까지는 두시간 정도가 남아 있었다. 다듬어야 하는 재료도 많았고 오늘 치 겉절이도 미리 담가두어야 했다. 하지만 의지와 상관없이 몸은 의자에 앉았다. 보경이 테이블에 엎드렸다. 딱 5분만 쉬어도 몸이 개운할 것 같았다. 그러니까 딱 5분. 보경이 눈을 감았다.

그 짧은 시간 동안에도 꿈을 꿀 수 있다는 게 신기했다. 보경은 소방관과 함께 살던 아파트 앞길에 서서, 출동을 나갔다가 오래도록 오지 않는 소방관을 기다리고 있었다. 언제인지 기억났다. 기다리는 시간 동안 5분마다 한 덩어리씩 커지는 걱정과 불안을 옆에 쌓아두었던 때다. 그 덩어리가 점점 쌓여 기어코 보경만 한 크기가 되었을 무렵 소방관이 돌아왔다. 약속했던 시간보다 2시간이 늦었다. 소방관은 손에 순살 치킨 두 마리를 들고 있었다. 소방관은 화재 현장 뒷수습을 하느라 퇴근이 늦어졌다는 변명을 덧붙이며 어떻게든 보경의 마음을 풀어주려고 노력했다. 세수를 제대로 못 했는지 얼굴에는 거뭇거뭇한 연기가 묻어 있었다. 보경이 손바닥으로 소방관의 얼굴을 벅벅 닦다가 잘 지워지지 않아 침을 묻혀 닦으며 말했다.

애들 벌써 자는데, 치킨을 왜 두 마리나 사 왔어?

아차, 싶은 기색이 역력했던 소방관은 곧 능청스럽게 입을 열었다.

원래 일인 일치킨. 한 마리는 당신, 한 마리는 나.

보경은 소방관과 식탁에 마주 보고 앉아 치킨을 한 마리씩 앞에 두고 먹었다. 먹고, 먹다 물려서 못 먹겠다고 말할 때까지. 그때처럼 꿈속에서라도 나타나주면 좋으련만.

아파트 앞길에 서 있는 꿈속에서 보경은 어두운 길목을 뚫어지게 쳐다보고 있었지만 소방관은 나타날 기미가 보이지 않았다. 가로등이 드문드문 켜져 있는, 외롭게 뻗은 길 끝에서는 누구의 형체도 보이지 않았다. 보경이 웅크리고 앉아 길을 주시했다.

소방관이 떠났다는 사실보다 앞으로 두 아이를 책임져야 한다는 현실의 무게감이 더 무겁게 보경을 눌렀다. 슬픔도 배출할 수 있는 골든타임이 있었는데 놓쳤다. 현실의 무게감이 몸을 눌러 아무것도 빠져나가지 못했다. 그것은 몸속에서 흐르지도, 버릴 수도 없는 물로 오래도록 고여 있었다. 비린 냄새가 났다. 새벽에 잠이 오지 않아 몸을 뒤척일 때도 속에 쌓인 슬픔이 찰랑거리며 비린내를 풍겼다. 슬픔이 비림으로 바뀌자 후에는 꺼내려고 해도 비릿해서 꺼낼 수 없어졌다. 그렇게 계속 몸에 담아두었다. 고여서 비려질 때까지. 끝끝내 썩어 마를 날을 기다리면서.

꿈속에서 보경은 계속해서 비린내를 맡았다. 길 주변이 온통 물이었다. 주변이 저수지로 변했다. 물고기도 살지 않았다. 깊이도 가늠할 수 없는 컴컴한 저수지였다. 한참이 지난 후에야 길 끝에서 무언가가 다가왔다. 다르파였다. 다르파는 호랑이 같은 몸짓으로 보경에게 다가왔다. 입에는 다 타버린 장갑이 물려 있었다.

너 말고.

보경이 다르파에게 말했다.

너 말고 그 사람 오라고 해봐.

278

다르파가 멈춰 섰다. 보경을 바라봤다. 다르파의 눈이 원래 저렇게 생겼던가. 콜리 같은 구멍이었나. 아니면 너무 멀어서 잘못 보고 있는 건가.

지겹지 않니?

다르파는 대답이 없었다.

애, 지겹지 않냐고.

보경이 소리쳤다.

나는 지겨워. 지겹다고. 그러니까 우리 그만 좀 하자.

무엇이 그토록 지겨운지 그 실체를 생각해본 적 없었지만 보경은 이럴 때마다 지겨웠다. 이미 간 사람이었다. 보경이 아무리 울고불고 난리 쳐도 돌아오지 않을 사람이었다. 보경은 자신이 소방관을 놓지 못하는 것인지 소방관이 아직도 구천을 떠돌고 있는 것인지 알 수 없었다. 잊고 싶지 않았지만 그렇다고 오래 머물고 싶지도 않았다. 다르파는 자리에 장갑을 내려놓고는 뒤돌았다. 몇 걸음 가다가 뒤돌아보기를 반복했다.

잘 가, 조심해서 가.

다르파가 어둠 속으로 모습을 완전히 감췄을 때 눈을 떴다. 분명 식당 테이블에 엎드려서 눈을 감았는데 눈을 뜨자 자신의 방 천장이 보였다. 보경이 화들짝 놀라 튀어 오르듯 몸을 일으켰다. 자신이 왜 여기에 있는지 생각할 겨를도 없이 허겁지겁 외투를 챙겨 입고 식당으로 가려는데 방문이 열렸다. 콜리가 보안관처럼 서 있었다.

"4시간 주무셨어요."

그렇다면 더 큰일이었다. 곧 있으면 단체 손님이 올 시간이었다.

"어디 가시게요?"

콜리가 물었다. 보경이 콜리를 비껴 방을 빠져나가며 식당에 간다고 말했다.

"걱정 마세요. 연재, 은혜 그리고 지수가 거기서 일하고 있으니까요. 아까 출근한 여자한테 전화가 와서 경마장에 있다가 이리로 왔어요. 요리는 그 여자가 하고 서빙은 연재가 하고 있어요. 식당을 운영하는 데에는 아무런 문제가 없어요."

"그래도 일단 가서⋯."

두 눈으로 확인이라도 해보려고 했으나 콜리가 보경의 어깨를 붙잡았다. 붙잡았다기보다는 얹었다는 표현이 더 어울렸다. 그 정도로 아무 힘도 들어가지 않은 손이었다.

"당신이 식당에 오지 못하게 해달라고 연재가 명령했어요."

"⋯."

"쉬었으면 좋겠대요. 오면 화가 날 것 같다고 했어요."

"⋯."

"저는 연재를 화나게 하고 싶지 않아요."

콜리를 밀치고 나가려던 몸에 힘을 뺐다. 식당에 문제가 생기면 누구보다 먼저 보경을 찾을 거였다. 메뉴는 아주머니가 다 숙지하고 있어 서빙 정도라면 연재가 해도 무리 없었다. 하지만 여전히 느껴지는 불안감은 어쩔 수 없었으며 방에 있는다고 해도 마음 편히 쉴 수 있을 것 같지 않았다. 망설이는 보경을 보며 콜리가 물었다.

"문제가 있나요?"

…문제. 문제가 있을까. 불안감은 어쩔 수 없겠지만 문제는 없을 것이다. 보경이 콜리와의 대화를 포기하고 침대에 돌아가 앉았다. 콜리가 어두운 보경의 표정을 지그시 바라봤다.

"알겠어요."

콜리의 말에 보경이 고개를 돌렸다.

"방에 앉아 있으면 시간이 잘 가지 않아서 그렇죠? 저도 그게 뭔지 알아요."

콜리가 주변을 살피다가 문 바로 옆을 가리켰다.

"괜찮다면 제가 여기에 앉아 있어도 될까요? 불편하면 나가 있을게요."

보경이 선뜻 대답하지 못했다. 휴머노이드를 무서워하거나 싫어하는 건 아니었지만 여전히 낯설고 익숙하지 않았다. 보경이 자라며 만났던 기술은 스마트폰이나 가전제품 속에 깃든 인공지능이 전부였지 그것이 밖으로 나와 형체를 가지고 움직이지는 않았다. 휴머노이드가 보급될 거라는 뉴스는 진작 보았지만 자신과는 상관없는 일이라 생각하고 자랐다. 기술의 발전이라는 위대한 문명 속에 보경은 속해 있지 않다고 생각하며 살아오지 않았는가. 보경은 로봇이 인간을 공격하는 내용의 고전 영화들을 떠올렸다가 고개를 저었다. 간간이 콜리와 식탁에 앉아 이야기를 나누지 않았던가. 몸이 아파 반사적으로 생각이 예민해졌으리라.

"…있어도 돼. 밖에서 의자를 가져와서 앉아."

홀로 방에 누워 있으면 몸이 물속에 잠길 것 같았다. 콜리가 부엌 식탁 의자 하나를 가지고 와 문 바로 옆에 두고는 앉았다. 무릎 위에 손을 올린 가지런하고 곧은 자세였다.

"너 눈이 너무 밝다."

보경의 말을 듣고 콜리가 눈의 밝기를 낮췄다. 방이 어두워 눈은 마치 저 멀리 떠 있는 행성처럼 희미하게 빛났다. 침대에 누운 보경이 콜리를 향해 몸을 돌렸다. 콜리와의 대화를 곱씹다 보경은 한 가지 의문이 들었다. 방에 앉아 있으면 시간이 잘 가지 않는다는 걸 콜리가 어떻게 알고 있는 것일까. 궁금증을 참지 못하고 보경이 콜리에게 물었다. 정면을 응시하고 있던 콜리가 보경이 있는 방향으로 얼굴을 살짝 비틀었다.

"창이 없는 시멘트 방이 제게 허용되었던 방이었어요. 몸을 이렇게 하고서."

콜리가 무릎을 가슴까지 끌어올린 후 팔로 감싸는 자세를 취했다.

"이렇게 앉아 있을 수 있는 공간이었어요. 이게 전부였죠. 문이 열릴 때까지 기다렸어요. 앞에는 다른 기수가 있었는데 그곳에 간 지 하루 만에 불량으로 다시 떠났어요. 그런데 그 기수가 사라지자 놀랍도록 시간이 느리게 흘렀어요. 그 방에 오기 전에는 트럭에 몇 시간 동안 타고 있었는데 그때는 창이 있었어요. 창밖으로 아침 해가 뜨는 것과 세상이 색으로 덧칠해져 가는 모습을 보고 있던 순간은 1시간이 1분처럼 느껴졌는데 그곳에서는 반대로 1분이 1시간으로 느껴졌어요."

"지루했겠다."

"아뇨. 저는 지루하다는 걸 알 수 없어요. 단지 시간이 느리게 흐른다는 것만 알고 있었죠."

콜리가 다리를 내려 곧게 앉았다.

"시간이 서로 다르게 흘러간다는 이론에 대해서는 연재가 말해줬어요. 그렇게 느껴지는 것이 아니라 실제로 그런 것이라고요. 제가 투데이와 함께 달릴 때 느꼈던 시간이 접힌 듯한 현상은 실제라고요. 생명은 저마다 삶의 시간이 다른 것 같아요."

"…다르지, 달라."

"그렇다면 인간은 함께 있지만 모두가 같은 시간을 사는 건 아니네요."

"…."

"같은 시대를 살고 있을 뿐 모두가 섞일 수 없는 각자의 시간을 보내고 있네요. 맞나요?"

보경이 고개를 끄덕였다. 감기 탓인지 목이 잠겨 목소리가 제대로 나오지 않을 것만 같았다. 콜리가 나긋한 목소리로 물었다.

"당신의 시간은 어떻게 흘러가고 있나요?"

콜리는 보경이 침묵을 유지하는 동안에도 지루해하지도 않았고 딴 곳을 보지도 않았으며 되묻지도 않았다. 침범할 수 없는 보경의 시간을 이해하는 것처럼 기다렸다.

보경은 처음으로 자신의 시간에 대해 생각했다. 아주 천천히, 기억할 수 있는 태초의 기억부터 차분히 밟아 올라왔다. 한때는 시속 100킬로미터로 질주하는 차에 안전장치도 없이 탑승하고 있다는 생각도 했다. 잠시라도 뒤처지면 탈락하는 경주를 하고 있는 거라고 말이다. 결승점이 어디인지, 완주의 상품이 무엇인지도 모르지만 일단 태어났으므로 자연히 출전하게 된 경기를 하고 있노라고. 타당한 생각이었다. 보경의 하루는 1년보다 빠르게 흘렀다. 무언가를 하지 않으면 불안했고, 지쳐 기절하듯 침대에 누워야만 하루를 보냈다는 생각을 할 정도로.

하지만 생각하고, 또 생각하고 그렇게 떠올리고 계속 떠올린 끝에 보경이 콜리에게 말했다.

"내 시간은 멈춰 있어."

화재가 난 빌딩 속에 있던 소방관을 기다리던 그 시간에 멈춰 있어. 반드시 살아서 나오리라 믿고 있는 그 시간 안에서.

시간이 흘러 보경은 그곳에서 벗어났다고 생각했지만 사실 시간은 그곳에서 1초도 흐르지 않았다. 보경이 매일 일찍 일어나 쉬지 않고 하루를 보내는 이유는 그 지긋지긋한 시간에서 벗어나기 위함이었음을, 그곳에서 빠져나오기 위한 달리기였음을 인정해야 했다. 시간은 빠르지도, 느리지도 않았다. 정적이었다. 바람 한 점 불지 않는 수면 위에 돛을 펼치고 있었다.

"왜요?"

콜리가 물었다.

"흐르게 하는 법을 잊었어."

시간은 고여 있어서 움직일 생각을 하지 않았다. 괜찮다고 생각했다가도 여지없이 그날로 빨려 들어갔다.

슬픔을 겪은 많은 사람들의 시간은 어떻게 흐르는 것일까. 사실은 모두 멈춰 있는 것이 아닐까. 그렇게 지구에 고여버린 시간의 세계가 따로 존재하는 것은 아닐까. 그 시간들을 흐르게 하기 위해서는 도대체 무엇을 해야 할까.

"그렇다면 아주 천천히 움직여야겠네요."

콜리가 보경을 향해 조금 더 몸을 틀었다.

"멈춘 상태에서 빠르게 달리기 위해서는 순간적으로 많은 힘이 필요하니까요. 당신이 말했던 그리움을 이기는 방법과 같지 않을까요? 행복만이 그리움을 이길 수 있다고 했잖아요. 아주 느리게 하루의 행복을 쌓아가다 보면 현재의 시간이, 언젠가 멈춘 시간을 아주 천천히 흐르게 할 거예요."

보경의 시야가 뿌옇게 흐려졌다. 눈물을 손으로 닦으려다가 보경은 흘러 떨어질 수 있도록 그냥 내버려두었다. 비린 눈물이 얼굴을 가로질러 베개로 떨어졌다.

"그런 말은 어디서 배웠어?"

"배우지 않았어요. 그러니까 이건, 하늘을 보며 파랑노랑을 떠올렸던 것과 비슷한 거예요. 연재가 저를 보고 이상하다고 말하는 것과 같고요."

"모든 휴머노이드가 너 같지는 않을 텐데."

"저는 실수로 만들어진 거라고 연재가 말했어요. 저를 결정하는 제 안의 칩 하나가 다른 휴머노이드와 다르다고 했어요."

"…."

"연재는 실수가 기회와 같은 말이래요."

연재가 그런 말을 할 줄 아는 아이로 언제 자란 것일까. 보경이 두려워했던 것을 비웃기라도 하듯, 연재가 훨씬 멋있는 아이로 자라준 것 같아 안심했다.

　"이제 당신의 눈이 졸려 보여요."

　"맞아, 나 졸려. 그러니까 이만 자야겠어."

　"제가 나가 있을까요?"

　"마음대로 해, 상관없어."

　"제게 제일 어려운 부탁을 하시네요."

　보경이 웃으며 눈을 감았다. 콜리가 자리를 지키고 있는지 나갔는지는 신경 쓰지 않았다. 콜리는 소리 없이 있는 걸 무척 잘했기 때문이었다. 보경은 그동안 깨지 않는 잠을 잤다. 꿈도 꾸지 않았다.

　보경이 눈을 떴을 때는 콜리가 아닌 연재가 있었다. 보경의 상태를 보려고 왔는지 조용히 방에 들어왔던 연재는 눈을 뜬 보경을 보고 도둑마냥 소스라치게 놀랐다. 연재는 식당이 아무 문제없이 영업을 종료했음을 보경에게 보고했다. 보경은 그제야 휴대폰으로 시간을 확인했다. 새벽 2시가 조금 넘은 시간이었다. "밥은?" 하고 물으니 아주머니가 국수를 해줘서 먹었다고 말했다.

　"지수도 일했다며. 미안해서 어떡하니. 친구는 좀 보내고⋯."

　습관처럼 내뱉었던 말을 멈췄다. 지금은 잔소리를 얹을 때가 아니었다. 여전히 무덤덤한 연재의 표정을 바라보다 보경이 말을 고쳤다.

"고맙다고 전해줘. 다음에 집에 오면 더 맛있는 거 해줄 테니까 꼭 데리고 오고."

연재의 표정이 조금 밝아졌다. 잠시 고민하더니 곧 알겠다며 고개를 끄덕였다. 연재가 나가지 않고 머뭇거렸다. 나갈 타이밍을 찾고 있다든가 할 말이 더 있는 것 같았다. 보경이 먼저 입을 열었다.

"그리고 콜리 정말 이상하더라."

"맞아. 걔 진짜 이상해."

"잘 고쳤던데."

"…."

"네가 로봇을 정말 잘 만지는 애구나. 알고는 있었는데 이 정도일 줄은 몰랐어."

콜리의 말처럼 시간을 다시 흐르게 하려면 행복으로 그리움을 이겨내듯이 현재의 시간도 흐르게 해야 했다. 그날에 함께 묶여 나아가지 못한 관계부터 풀어내면 되지 않을까. 보경은 너무 가까워서 미뤄두었던 실타래부터 잡았다. 연재는 어떤 반응도 하지 않았다. 적당한 답변을 찾지 못해 방황하는 몸짓이었다.

"아무튼 미안해, 연재야. 엄마가…"

"됐어."

연재가 말을 잘랐다.

"갑자기 뭐 그런 말을 해."

연재는 보경의 말이 익숙하지 않은 듯 팔뚝을 벅벅 긁었다.

"나 괜찮아, 엄마. 신경 안 써도 돼."

연재가 자라는 과정을 자세히 들여다보지 못한 죄로, 보경은 어느 날 갑자기 연재가 아이가 아님을 받아들여야 했다. 물론 아이가 아님이 어른이 되었다는 뜻은 아니었다. 그저 자신이 하고 싶은 대로 세상을 움직일 수 없다는 것을 알게 되고 인정했을 뿐이지, 보경은 아직까지는 그 세상을 오롯이 자신이 책임지고, 슬픔을 삼켜야 하는 어른의 세계로 연재를 보낼 생각이 없었다.

"신경을 어떻게 안 써?"

"…그럼 조금만 써."

연재는 그렇게 말하고 쉬라며 방을 나갔다. 연재가 얼핏 웃은 것 같기도 했고 보경이 잘못 본 것 같기도 했다. 보경은 방에 홀로 누워 오늘 경마장에서 목격했던 아이들을 떠올렸다. 천천히, 천천히. 빨리 달리지 말고 천천히. 세상에서 가장 우스운 경마 연습일 거였다.

연재

"우연재. 너 손 진짜 느리구나. 그거 줘, 여기는 내가 닦을 테니까 저거나 아주머니 가져다드려."

지수가 연재 손에 있던 행주를 채 가며 쌓인 그릇들을 가리켰다. 연재는 지수가 집에 갔으면 했지만 지수가 없었다면 손님을 이렇게 순조롭게 받을 수 없었을 거라는 것도 사실이기에 입을 꾹 다물고 지수가 시키는 대로 몸을 움직였다.

지수는 일머리가 좋은 편이었다. 서빙도 야무지게 했고 손님이 원하는 건 바로바로 가져다주는 순발력도 있었다. 문제는 그런 지수가 신경 쓰여 오히려 연재가 일을 제대로 하지 못하고 있다는 것이었다. 물수건이나 물을 하나씩 빠트릴 때마다 지수는 가소롭다는 듯 연재에게 혀를 한 번 차고는 부족한 것들을 가져왔다. 주말마다 간간히 보경을 도왔던 서빙 경력이 무참히 짓밟히는 순간이었다. 억울했지만 사람이 많아 억울함을 호소할 수도 없었고 그럴수록 산만한 정신은 물건을 계속 빠트리게 만들었으며 지수의 콧대는 계속 높아져만 갔다. 저 콧대를 지금 눌러놓지 않으면 투명한 물이 될 때까지 잘난 척을 우려먹을 게 뻔했다.

지수는 단순하다. 3주 남짓 억지로 붙어 있으며 알게 된 사실이었다. 표정이 기분을 숨기지 못했다. 표정과 말이 달라 오류를 일으킬 때도 많았다. 그런 지수의 모습이 이상하거나 싫다는 건 아니었다. 연재가 짓지 못하는 표정이어서 신기해 오래도록 보는 순간이 많아졌을 뿐이다. 외동딸인 지수는 말로는 형제가 있어봤자 뺏기고 싸우기만 하니 외동이 훨씬 좋은 거라고 했지만 형제 관계에 대해 궁금한 것이 많았다. 혼자였으면 독차지 했을 것들을 어떻게 나누는지, 평소에는 무엇을 함께 하는지, 서로 같이 씻기도 하는지, 피가 섞였다는 것 외에 완벽한 타인인데 친구와 함께 사는 느낌이 드는지 따위를 말이다.

지수는 외로운 적이 없어 외로움을 타지 않는 성격이라 스스로 말했지만 연재가 보기에는 늘 외롭게 있어 외롭다고 생각하지 못하는 것뿐이었다. 외로운데 고집이 세다. 이 두 가지가 함께 붙으면 어떤 상황이 일어나느냐, 오지 말라고 해도 세 발자국은 떨어져 꿋꿋하게 집으로 쫓아오는 상황이 발생한다. 지수는 연재에게 자신이 무엇을 묻든, 연재가 무조건 싫다고 대답한다는 걸 깨달은 이후로, 연재에게 집에 가도 되느냐고 물어보지도 않고 따라왔다. 처음에는 오지 말라고 실랑이도 벌였지만 어느 순간부터 포기했다.

연재가 그런 지수를 매몰차게 쫓아낼 수 없었던 이유는, 지수가 계약했던 물품들을 빠짐없이 전부 연재에게 전달했기 때문이다. 그걸 빌미로 연재는 지수 스스로 자화자찬하는 본인의 철저함과 신뢰성에 관하여 묵묵히 들어야 했다. 공부 외에는 다른 것에 관심 없을 줄 알았던 지수는 의외로 호기심이 많았다.

"나 네가 만드는 거 옆에서 볼래."

"누가 보면 잘 안 돼."

"그럼 내가 옆에 없다고 생각해."

지수는 학원을 빠지는 대신 연재와 함께 로봇 스터디를 한다는 거짓 인증을 남겨야 한다고 했다. 지수는 자신이 불법 거래를 신고하지도 않고 도와줬다는 건 이미 한 배를 탔다는 것을 뜻했으며 이는 자신에게도 콜리의 수리 과정을 지켜볼 권리가 있는 것이라고 주장했다. 누가 지켜보면 일이 잘 안 된다는 말은 애초에 지수를 떼어놓기 위한 핑계였으므로 지수의 고집이 연재의 귀찮음의 한계를 넘겼을 때 연재는 결국 모든 걸 포기하고 지수를 집으로 초대했다.

타인의 집에 갈 때는 빈손으로 찾아가는 게 아니라는 지수의 신념 때문에 두 손에는 매일 다른 종류의 물건들이 들려 있었다. 과자 세트일 때도 있었고 음료수나 과일 상자일 때도 있었다. 집에서 먹을 햄버거나 피자를 사 갈 때도 있었다. 지수와 붙어 다닌 지 몇 주 만에 몸무게가 3킬로그램이 늘어난 이유도 그 때문이었다. 살이 찌지 않는 체질이라 굳게 믿었던 신념이 처음으로 깨졌다. 함께 보낸 시간이 몸에 쌓인 기분이었다.

옆에 있는 대신 방해만 하지 말라는 말을 지키기 위해 지수는 늘 떨어진 곳에 앉아 연재가 하루 치 수리를 끝낼 때까지 말을 걸지 않았는데, 그렇다고 해서 침묵을 유지한 건 아니었다. 왜냐하면 연재 대신 콜리가 지수에게 끊임없이 말을 붙였기 때문이었다.

"당신은 왜 그렇게 멀리 떨어져 있어요?"

"네 앞에 있는 애가 가까이 오지 말라잖아."

"왜죠?"

"나도 모르겠어. 네가 한번 물어볼래? 나는 말 못 걸거든."

지수가 뻔뻔한 만큼 연재도 덤덤했다. 콜리와 지수가 연재 바로 앞에서 연재 이야기를 나누어도 눈 하나 깜짝하지 않았다. 지수는 지겨움을 참지 못하고 방바닥에 엎드려 자는 한이 있어도 도중에 가지는 않았으며 이따금씩 뒤에서 허리 좀 펴라거나 거북목이 됐다거나 스트레칭 좀 하라는 잔소리를 덧붙였다. 신경 쓰지 않으려고 해도 연재는 그 말을 들을 때마다 한 번씩 굳었던 몸을 풀었다. 덕분에 예전처럼 어깨에 담이 자주 오지는 않았다.

지수는 늦어도 9시에는 자리에서 일어났다. 너무 늦은 시간까지 남의 집에 있는 것도 예의가 아니라는 이유였다. 너는 참 세상에 지킬 예의가 많아서 피곤하겠다, 하고 연재가 말을 밉게 뱉어도 지수는 웃으며 너도 좀 배우라고 잔소리를 얹을 뿐이었다. 연재는 지수를 보내고 난 후에도 오래도록 콜리의 다리를 만졌는데, 콜리는 그런 연재에게 종종 쓸데없는 말을 꺼냈다.

"지수와 당신의 관계는 저와 투데이의 관계 같은 건가요?"

"그게 무슨 말이야?"

"호흡을 맞추는 팀이요."

"…팀은 팀이지."

"그럼 당신도 세상에서 지수를 가장 아끼나요?"

"아니거든?"

"저는 팀이라는 게 그렇다고 생각해요. 물론 투데이는 자신의 마음을 말로 표현할 수 없고 저는 감정이 없지만 100마리의 말이 바다에 빠졌을 때 가장 먼저 저는 투데이를 구할 거예요. 바다에 빠진 모든 말을 결국에는 구하겠지만 가장 먼저 구하는 거요. 그건 아낀다는 뜻이래요."

"그런 건 어디서 알았어?"

"보경과 보던 텔레비전 프로그램에서요. 거기서 바다에 빠지면 누구를 가장 먼저 구할 거냐는 질문이 나왔어요. 그게 소중한 사람의 순위를 매길 때 사용되던데…. 그런데 참 이상한 비유예요. 왜 꼭 절망의 상황에서 마음을 확인할 수 있다고 믿는 걸까요? 가장 좋아하는 케이크를 누구에게 먼저 줄 거냐는 비유도 할 수 있을 텐데요."

"좋아하는 걸 나누는 건 쉽게 할 수 있잖아. 근데 절박한 상황에서 구할 수 있는 건 특별한 사람이 아닌 이상 잘 못 해."

"왜죠?"

"나도 잘 모르는데?"

"그럼 연재는 열 명의 사람이 바다에 빠졌을 때 그 속에서 지수를 가장 먼저 구할 건가요?"

"빠진 아홉 명이 내가 모르는 사람이면? 근데 나는 애초에 걔랑 바다 근처에 가지는 않을 건데."

"저도 투데이와 바다에 간 적은 없어요."

콜리와 대화를 나누다 보면 연재는 생각해본 적 없던 고민에 빠지고는 했다. 연재는 그 대화 탓에 그날 밤 잠들기 직전까지 바다에 빠진 지수를 생각했다. 하지만 대답했듯이 아홉 명이 모르는 사람이라면 지수를 가장 먼저 구할 거였다. 보경이 있었다면 보경을, 은혜가 있었다면 헤엄을 칠 수 없는 은혜를 가장 먼저 구했을 것이다.

그래도 세 번째네.

연재는 누워서 세 번째나 네 번째가 될 만한 사람이 더 없는지 고민했다. 민주도 떠올랐지만 민주는 개헤엄을 쳐서라도 살아남을 사람 같았다. 다영과 지수 사이에서는 꽤 오래 고민했는데 불현듯 다영이 수영을 취미로 배운다는 것이 떠올랐다. 그러니까 세 번째였다. 인정하고 싶지 않았지만 현재로서는 그랬다. 이 사실은 지수에게 영원히 말하지 않으리라. 말할 이유가 없을뿐더러 괜히 말해줬다가 평생 놀림을 받을 게 눈에 훤했다. 하지만 궁금증이 생겼다. 지수에게 자신은 과연 몇 번째일까.

지수에게 힘들면 집에 언제든 가도 된다고 했지만 지수는 식당 문을 닫고 뒷정리를 마칠 때까지 자리를 지켰고, 마지막 그릇까지 세척기에 넣은 뒤에야 자리에 앉아 발바닥을 꾹꾹 눌렀다. 연재가 냉동실에서 아이스크림을 맛별로 꺼내 지수에게 내밀었다. 손님들에게 디저트로 파는 천 원짜리 막대 아이스크림이었다. 지수가 초코 맛을 골랐다. 단숨에 껍질을 까서 베어 무는 지수 옆에 앉아 연재는 바닐라 맛을 깠다.

"진짜 힘들어."

지수가 입에 아이스크림을 물고는 중얼거렸다. 혼잣말 같지는 않았고 연재에게 들으라고 한 말이었다.

"힘들면 가라니까 그렇게 왜 도와주고 있었냐… 컥."

말을 마치고 아이스크림을 문 순간 지수가 연재의 등을 세게 내리쳤다. 그 탓에 아이스크림 끝이 목구멍에 닿았다. 연재가 아이스크림을 손에 들고 지수를 쳐다봤다. 왜 갑자기 치냐고 따지려고 했는데 입을 떼기도 전에 지수가 말했다.

"너는 진짜 지금 나한테 할 말이 그것밖에 없어?"

"…"

"엉? 없냐고."

할 말이야 당연히 있지만 나오지 않을 뿐이다. 자존심이 상하는 것도 아니었고 하지 못할 이유가 있는 것도 아니었다. 그 말을 듣고 어깨와 콧대가 하늘에 치솟을 지수가 보기 싫은 건가. 연재가 말을 뜸들이자 지수도 포기한 듯 스스로 고개를 끄덕이며 입을 열었다.

"알겠어, 알겠어, 고마워 죽겠다고? 네 속마음으로 다 들었어."

지수는 이미 연재에게 고맙다는 말 듣기를 포기했으니 그걸로 고맙다는 말을 퉁쳐도 됐을 거였다. 지수도 더는 기다리지 않는 낌새였다. 하지만 연재는 그냥 넘어가고 싶지 않았다.

"고마워."

말을 끝마침과 동시에 바닐라 아이스크림을 입에 물었다.

"엉?"

입에 아이스크림을 넣으려던 지수는 도로 손을 내리고 되물었다.

"고마흐다고."

입에 아이스크림을 가득 문 연재의 말이 일그러졌지만 지수가 알아듣는 데에는 아무런 문제가 되지 않았다. 지수가 씨익 입꼬리를 올리더니 이번에는 연재의 뒤통수를 내리누르듯이 쓰다듬었다. 연재가 그 손을 치우고 고개를 들었다. 지수가 활짝 웃고 있었다.

"친구끼리 뭘."

지수가 아이스크림을 깨물며 호탕하게 웃었다.

아이스크림을 다 먹었을 즈음 지수의 엄마가 이곳으로 왔다. 아주머니는 차에서 내리지 않고 보조석 창문을 연 채로 연재에게 "네가 연재구나? 반가워" 하고 인사를 건넸다. 연재는 숫기 없이 꾸벅 인사만 하고 말았다. 그제야 새삼 지수가 집에 올 때마다 보경에게 큰 소리로 인사하며 안부를 묻는 것이 엄청난 친화력에서 나온다는 걸 깨달았다. 지수는 차에 타고도 창문을 열고 연재에게 손을 흔들며 오늘도 회의하느라 수고 많았다, 하고 말했는데 오늘 회의를 한 번도 하지 않았기에 연재가 말을 알아듣지 못하고 "엉?" 하고 되물었다. 지수가 이를 악물고 수.고.했.다.고. 하고 강조했다. 연재는 그제야 지수가 엄마를 속이기 위해 거짓말을 했다는 것을 깨닫고는 수고했다는 말을 어영부영했다.

지수가 창밖으로 손을 흔들고 있었기 때문에 연재는 차가 완전히 사라질 때까지 그 자리에 서 있을 수밖에 없었다. 아마 은혜의 휠체어 바퀴가 문지방에 걸리지 않았더라면 더 오랫동안 그곳에 서 있었을 것이다. 연재가 은혜의 휠체어를 앞으로 밀었다. 바퀴가 무리 없이 문턱을 넘었다.

"평소에는 잘 넘어가다가 가끔씩 이래."

은혜가 괜한 변명을 남겼다.

새벽 2시가 다 되어가는 시간에야 자리에 누울 수 있었다. 평소 보경이 침대에 눕는 시간이었다. 쉬지 않고 뒷정리를 했음에도 이 시간이었다. 보경이 손이 느리거나 게을러서가 아니라 언제나 빠르게 일해서 이때 누울 수 있었다는 걸, 연재는 이제야 알게 됐다. 잠이 오지 않아 연재가 몸을 반대편으로 돌렸다. 최대한 편한 자세를 찾기 위해 몸을 몇 번씩 뒤척였지만 편한 자세는 찾을 수 없었고 잠이 오는 자세는 더더욱 찾을 수 없었다. 지수가 생각나기도 했고 방금 전 보경과의 대화가 생각나기도 했다. 갑자기 미안하다고 할 건 뭐람….

생각에 깊이 빠지면 빠질수록 심연이 끝도 없이 깊어졌으므로, 계속 이렇게 잠도 자지 못하고 누워 있을 거라면 차라리 생산적인 일을 하는 게 나았다. 그런 생각까지 마친 연재는 망설이지 않고 자리에서 일어나 2층으로 향했다. 콜리가 무서움을 느끼지 않는다는 걸 알면서도 콜리의 방에 스탠드를 꼭 켜두었고, 그 덕에 문 밑으로 새어 나오는 빛을 길잡이 삼아 움직였다. 방문을 열자 자리에 앉아 창을 바라보고 있던 콜리가 고개를 돌렸다.

"안녕하세요? 지금 잘 시간인데."

"응, 그런데 잠이 안 와서."

연재는 콜리의 옆에 자리를 잡고 앉았다. 스탠드도 가까이 끌고 왔다. 학교에서 쓰는 디스플레이를 켜 연습장을 열었다. 지수가 부품을 구해준다는 약속을 지켰으므로 연재도 반드시 입상 이상의 상을 안겨주겠다는 약속을 지켜야 했다. 지수가 연재의 집에 놀러 와 매번 구석에 앉아 있다가만 간 것은 아니었다. 틈틈이 대회 준비를 논의했고 그 결과로 연습장에는 꽤 많은 아이디어가 적혀 있었다. 둘은 일상에서 활용 가능한 다르파를 주제로 잡았다. 연재가 이것저것 그려놓았던 모델 중 하나를 확대했다.

"은혜 씨가 타고 있는 것과 비슷하네요."

옆에서 지켜보던 콜리가 말했다. 연재가 고개를 끄덕였다. 그려놓은 모델을 이리저리 돌려보기도 했고 3D로 바꿔보기도 하며 이 안에서 일어날 수 있는 작지만 큰 혁명을 상상했다. 연재는 한참 동안 콜리의 옆에 웅크린 채로 엎드려 디스플레이에 잔뜩 쓰기도 하고 그려 넣기도 했다.

콜리는 그런 연재의 둥글게 말린 등과 뒤통수를 바라보기만 했다. 연재는 무언가에 열중할 때 빛나는 인간이었다. 몸에서 뿜어져 나오는 에너지가 빛으로 발산되는 것이다. 인간의 눈에는 보이지 않지만 열을 감지할 수 있는 콜리의 눈에는 그것이 보였다. 연재는 콜리의 몸을 수리할 때 자주 빛을 뿜었다. 이마에 땀이 맺힐 정도로 열중하며 콜리의 다리를 만지던 순간과 그릇에 담아 온 씨리얼을 퍼먹으며 어느 부분이 잘못 연결되어 있는지 도면을 살펴볼 때에도 빛이 나왔다. 지금도 연재의 몸에서는 엄청난 빛이 뿜어져 나오고 있었다.

콜리가 연재의 등에 살포시 손을 얹었다. 연재는 "뭐야?" 하고 물었지만 콜리의 손을 치우거나 몸을 일으키지는 않았다. 그래서 콜리는 오래도록, 연재의 진동이 느껴질 때까지 손을 올려둘 수 있었다. 떨린다. 행복에 휩싸인 연재의 몸이 진동으로 떨렸다. 연재는 살아 있었다. 늘 살아 있었지만 지금은 그 어느 때보다 살아 있었다. 무엇이 연재를 이토록 가슴 뛰게 만드는 것일까. 투데이처럼 달리는 것도 아니고 저 작은 화면에 기계를 구상하고 있을 뿐인데.

"투데이가 뛸 때와 같아요, 지금."

연재가 콜리의 어깨 너머를 바라보며 무슨 뜻이냐고 물었다.

"행복해하고 있어요. 투데이가 뛸 때처럼 당신도요."

"네가 행복이 뭔지 알기나 하니?"

연재는 나무라는 말투로 말했지만 실은 콜리가 도대체 무엇을 보고 행복을 논하는지 진심으로 궁금했다. 투데이를 주로에 다시 세우자는 것도 콜리의 의견이 아니었던가.

"살아 있다고 느끼는 순간이 행복한 순간이에요. 살아 있다는 건 호흡을 한다는 건데, 호흡은 진동으로 느낄 수 있어요. 그 진동이 큰 순간이 행복한 순간이에요."

콜리의 말을 이해하지 못한 연재가 대충 고개를 끄덕이고 넘겼다. 다시 디스플레이로 시선을 돌리고는 말했다.

"그런데 너는 못 느끼잖아."

행복이라는 건 결국 자신이 느끼지 못하면 세상에서 가장 쓸모없는 단어 아닌가.

"저도 느껴요."

콜리의 대답을 듣고는 연재가 상체를 일으켰다. 콜리는 검지를 든 채 말하고 있었다. 진심이라는 뜻이다. 연재와 지수가 서로의 날 선 말을 들을 때, 이 이야기는 중요한 것이며 너를 비꼬려는 의도가 없음을 알리는 신호로 말을 할 때 검지를 들자고 약속한 거였다. 그걸 다 지켜보고 있던 콜리가 둘을 흉내 내고 있었다.

"저는 호흡을 못 하지만 간접적으로 느껴요. 옆에 있는 당신이 행복하면 저도 행복해져요. 저를 행복하게 하고 싶으시다면 당신이 행복해지면 돼요. 괜찮지 않나요?"

그건 진정으로 너 자신이 느끼는 행복은 아니라고 말하려다가 연재는 말을 삼키고 고개를 끄덕였다. 괜찮은 거 같아, 좋은 일이네.

"옆 사람이 불행한 건?"

"그건 못 느껴요."

"왜?"

"제가 느끼려고 노력하지 않으니까요."

"그거 부럽네."

"인간은 옆 사람의 불행까지 전부 느끼나요?"

디스플레이의 화면이 절전모드로 전환되었지만 연재는 펜슬을 손에 쥐고 만지작거리기만 했다. 그러다 천천히 고개를 끄덕였다.

"모르는 척하면 되잖아요."

콜리가 간단한 일이라는 듯 말했다. 연재는 여전히 쥐고 있는 펜슬만 바라보며 입을 열었다.

"나도 그렇게 해봤는데 안 되더라고. 마주 보면 나한테도 옮을까 봐. 진짜 나쁘지만 쳐다보지 않으려고 노력했었거든. 근데 안 돼."

"왜요?"

"내가 외면한다고 외면할 수 있는 게 아니던데."

"당신은 누구의 불행을 모르는 척했었나요?"

연재가 콜리를 바라봤다.

"아무한테도 말 안 할 거지?"

콜리가 검지를 들어 올리며 대답했다.

"네. 그럼요."

"우리 가족."

"보경, 은혜, 누구요?"

"둘 다."

"왜냐고 물어봐도 되나요?"

콜리는 연재의 대답을 오래도록 기다렸다. 도면을 그릴 때와 달리 연재의 호흡이 느려지는 것을 느꼈다. 연재가 코로 숨을 훅 뱉었다.

"너 인간의 불행은 모르는 척하고 싶다고 했지?"

"네, 그랬죠."

"그럼 지금도 내 대답은 듣지 않는 게 좋을 거야."

"왜죠? 당신이 모르는 척했던 불행 이야기를 하는 거잖아요."

"그게 실은 내 불행이기도 하니까."

콜리는 이해할 수 없었다.

"가족들의 불행을 마주 본다는 건 내가 외면했던 내 불행을 마주 보는 거랑 같거든."

너무 자질구레한 이야기를 했나. 뒤늦은 후회를 하며 연재가 하던 걸 모두 정리하고는 자리에서 일어났다. 잠들지는 않을 테지만 잘 자라는 인사를 습관적으로 남기고는 방을 나왔다. 더 머물렀다가는 콜리에게 많은 말을 쏟아낼 것 같았다. 콜리에게는 지난 일인 것처럼 말했지만 아직도 연재는 외면하고 있었다. 하지만 어떻게 해야 이 흐름을 끊고 불행을 대면할 수 있는지 방법을 몰랐다.

연재가 천장을 바라보며 짧은 고민을 했다. 분명 짧게 끝내고 그만두려고 했으나 어느새 터오는 동을 보고는 옅은 욕을 지껄였다.

오늘 훈련에는 두 명의 참관인이 생겼다. 복희와 서진이었다. 복희는 마방에서 투데이에게 영양제를 놓았다. 1시간 정도 맞을 거라고 했다.

"나도 저거 자주 맞는데."

지수가 영양제를 보며 말했다.

"학원 가다가 가끔씩 기운 없거나 어지러우면 맞아."

퍽 당당하게 말하는 지수를 보며 연재가 말했다.

"차라리 밥을 먹어."

"저게 효과가 직방이거든. 밥 먹으면 식곤증으로 졸려서 공부

할 때 힘들어."

연재는 몇 마디 더 얹으려다가 입을 다물었다. 어차피 연재가 이해하지 못할 지수의 인생이었고 괜히 입을 열었다가 그렇게 나태하게 살면 안 된다는 잔소리만 배로 들을 거였다.

투데이와 함께 있겠다는 은혜를 마방에 두고 연재는 밖으로 빠져나왔다. 지수가 그런 연재를 뒤쫓았다.

"너 어디 가?"

경마장 나무들이 본격적으로 붉게 물들 준비를 하고 있었다. 가을은 경마장 손님 외에도 가족과 함께 나들이 오는 손님이 많아지는 시기였으며 동시에 식당의 성수기이기도 했다. 추석이 끝나면 본격적으로 바빠질 거였다. 연재는 평소같이 학교를 다닐 테니 그 분주함은 그대로 보경의 몫이 되리라. 하지만 근래 보경의 몸이 제대로 움직이지 않아 신경 쓰지 않으려고 해도 걱정이 되는 건 어쩔 수 없었다. 보경은 오늘 아침에도 다 나았다는 말을 기침과 섞어 뱉었다. 연재가 벤치에 앉으며 지수에게 물었다.

"영양제 맞는 데 얼마나 들어?"

연재는 지수가 자주 가는 병원과 영양제 값을 알아냈다. 콜리를 사느라 이번 달 월급을 전부 썼으니 달마다 보경이 주는 용돈 20만 원을 기다리는 수밖에 없었다. 연재 옆에 앉은 지수가 발로 주변 흙을 쓸어 모아 낮은 산을 만들었다. 할 말이 있는데 망설이는 모습이었다.

"그리고 나 다음 주에 대회 발표 지나고부터 이제 평일에는 못 와."

지수가 말했다.

"너무 놀았다고 주말 빼고는 가지 말래. 나도 학원 더는 못 빼."

"알았어."

연재는 덤덤하게 대답했다. 정말로 아무렇지 않은 건 아니었다. 솔직히 말하자면 아쉬움을 더 크게 느꼈지만 그렇다고 해서 지수가 앞으로도 쭉 학원을 뺄 수 있는 건 아니었으니 그 정도가 적당한 반응이라 생각했다. 하지만 지수가 원했던 반응은 아닌 듯했다. 지수의 표정에 배신감과 분노가 섞여 있었다. 지수는 몇 마디 더 얹으려고 "너!" 하고 연재를 불렀다가 됐다며 입을 다물었다.

둘은 한동안 아무 말 없이 벤치에 앉아 있었다. 연재는 지수의 긴 침묵이 낯설었고, 자신이 말을 먼저 붙여야 하는 건가 생각했지만 아무리 생각해도 지수는 지금 연재와 대화하고 싶어 하지 않는 것 같아 끝내 침묵을 지켰다.

연재는 그때 마사에서 나오는 콜리를 발견했다. 콜리는 마사 앞 잔디밭으로 걸어가 땅에 엉덩이를 붙이고 다리를 앞으로 뻗었다. 뻗었다고 해봤자 인간처럼 쭉 뻗을 수 없는 구조였다. 다리는 60도로 굽어 있었다. 콜리는 그 상태로 고개를 들어 하늘을 올려다보았다. 바람이 불 때마다 그 옆에 있는 나무가 흔들리며 나뭇잎의 그림자가 콜리의 차가운 표면을 훑었다. 연재는 콜리가 하늘을 바라보다 낙마했다는 사실을 다시금 되새겼다. 숨이 없는 것만이 할 수 있는 위험한 욕망이었다. 하지만 방금 전의 문장은 오류다. 숨이 없는데 어떻게 욕망이 있을 수 있을까. 하늘을 보고 싶다는 콜리의 욕망은 도대체 어디에서 생겨나는 것일까.

투데이를 다시 주로에 세우자는 콜리의 의견을 처음에는 모두가 반대했다. 달릴 수 없어 죽을 위기에 처한 투데이에게 또 달리라고 하는 것은 고문과도 같으리라. 하지만 과거로 돌아가기 위해서는 과거만큼 행복한 순간을 만들어야 한다는 콜리의 말도 안 되는 주장에 결국 굴복했다. 투데이는 달릴 때 행복한 아이다. 태어나서 줄곧 주로를 달리는 것밖에 하지 못한 말은 결국 달림으로써 자신의 존재가치를 확인했다. 남은 시간 동안 마방에 갇혀 죽음을 기다리는 것보다 관절이 부서지는 한이 있어도 주로를 달리는 것이 투데이를 행복하게 하는 일이라는 것에 고개를 끄덕일 수밖에 없었다.

그리고 몇 주를 마방에만 갇혀 있던 투데이가 며칠 전 다시 밖으로 나왔을 때, 서는 것조차 힘들 거라던 복희의 말과 달리 투데이는 기쁨의 울음을 쏟으며 주로를 활보했다. 물론 짧은 시간이었고 그 후에는 고통에 무너졌으나 마방에 있었을 때와 달리 웃고 있었다. 투데이는 웃고 있음이 확실했다. 콜리의 말이 맞았다. 수만 개의 바늘이 찌르는 고통이 있을지라도 평생을 달려 온 투데이는 달리는 것이 더 행복했다.

투데이는 시야를 가리고 주로에 올라서 빨리 달리기를 훈련받은 말이었다. 예전 같은 속도를 내지 못한다고 할지라도 시속 70킬로미터로 달리려고 했다. 처음에는 주로만 보면 흥분하는 투데이를 붙잡고 말리느라 애를 먹었다. 민주조차도 고삐를 잡고 끌려 다닐 정도였으니 그 과정이 얼마나 위험천만했는지는 자세히 말하지 않아도 알리라. 복희는 투데이가 오래도록 마방에 갇혀 있어야 했던 시간으로 돌아가고 싶지 않아 평소보다 더 흥분하는 것이라고 말했다. 그런 투데이를 콜리가 진정시켰다. 투데이의 목덜미를 툭툭 쓸어내리면서

잘 부탁해요.

라고 말했고 그 말을 들으면 마법처럼 투데이가 잠잠해졌다. 콜리가 말한 호흡을 맞춘 팀의 모습이었다. 투데이는 콜리가 자신과 함께 주로를 달리는 파트너였음을 기억하고 있었다.

투데이는 시야 가림막을 하지 않고 주로에 섰다. 콜리는 투데이 등에 타지 않고 옆에 서서 고삐를 잡았다. 주로를 보고 달리지 않는 연습을 해야 했다. 오로지 경기에 출전할 수 있을 만큼의 속도. 빠르게 달리지 않아도 그 현장에 서 있을 수 있는 속도. 완주를 하더라도 관절에 무리가 가지 않을 수 있는 속도.

투데이의 목표는 시속 30킬로미터였다.

지수가 자리에서 일어나 연재가 붙잡을 틈도 주지 않고 마사로 들어갔다. 콜리는 지수의 보폭을 지켜보다가 연재가 있는 벤치로 다가왔다.

"제가 봤던 그 어느 하늘보다 크고 높아요."

"가을이잖아."

"가을에는 하늘이 왜 높나요?"

과학시간에 배웠던 지식을 꺼내보려고 했지만 연재는 "으음, 그냥 높아" 하고 말을 짧게 끝냈다. 콜리가 벤치에 앉기 위해 몸을 돌렸고 순간적으로 균형을 잃은 몸이 옆으로 기울었지만 벤치를 붙잡았기 때문에 쓰러지지는 않았다.

"갑자기 뭐야?"

연재가 놀라 물었다. 콜리는 아무 일 없다는 듯 벤치에 앉았다.

"글쎄요. 최근에 조금 이랬어요."

나흘 전부터 콜리의 몸이 제멋대로 굴었다. 중심을 잡지 못해 옆에 있는 사물과 갑자기 부딪힌다거나 일어서자마자 도로 주저앉는 행동이 반복되었고 가끔씩 동작이 뚝뚝 끊기기도 했다. 하지만 생활을 못 할 정도는 아니었으며 하루 중 아주 사소하게 일어나는 일이었다. 콜리는 미미한 결함이 있기는 하나 생활하는 데에는 아무런 문제가 없다고 판단내렸다. 지금도 마찬가지였다. 내부를 살펴보자는 연재에게 등을 가뿐히 보이면서도 문제없다는 말을 반복했다. 연재가 버튼을 눌러 콜리의 등덮개를 열었다. 눈으로는 결함을 찾아볼 수 없었다. 모든 건 제대로 작동되고 있었다.

"고칠 게 보이지 않으면 고치지 않아도 괜찮아요."

콜리가 앞을 응시하며 말했다. 콜리의 눈에는 마사 안에서 문 근처를 서성이는 지수가 보였다. 힐끗힐끗 이곳을 쳐다보고 있는 것까지 말이다.

"너를 완전히 싹 해체했다가 조립해야 되나."

"그런 섬뜩한 말은 자제해주세요."

"섬뜩은 무슨."

연재가 덮개를 도로 덮었다. 콜리의 말처럼 지금 당장 고쳐야 할 큰 결함으로 보이지는 않았으므로 차후에 시간이 된다면 콜리를 전부 해체했다가 재조립하리라 다짐했다. 콜리가 몸을 다시 정면으로 돌렸다. 그곳에는 여전히 푸른 세상이 있었다.

"세상은 정말 푸르네요. 하늘은 파랗고 잎은 초록색이에요."

"몇 주 후면 잎이 전부 빨갛게 변할 거야."

연재의 말에 콜리가 고개를 돌렸다. 콜리에게도 표정이 있다면 지금 표정을 딱 이렇게 설명할 수 있었을 것이다. 믿을 수 없다는 표정.

"왜요?"

"…가을이라 그래. 가을에는 원래 그래."

역시나 대답하기 귀찮아진 연재가 말을 얼버무렸다. 하나 이번에는 콜리가 그냥 넘어가지 않았다. 도대체 왜 가을에는 초록색이었던 나뭇잎이 빨갛게 변한다는 말인가. 3월에 생겨난 콜리는 9월의 변화를 이해할 수 없었다. 연재를 만나지 않았더라면 잎이 초록색에서 빨간색으로 바뀌는 것도 보지 못한 채 기수방에 있다가 새벽에 하청업체 트럭을 타고 어느 공장단지로 끌려간 뒤 해체되었을 운명이 아니던가. 연재는 이번에도 그냥 그렇게 되는 것들이 있어, 하고 대답을 뭉뚱그렸으나 콜리가 물러나지 않았다.

"왜 그런 것들이 있는 건가요?"

"너는 모든 것에 꼭 이유가 다 필요해?"

연재가 짜증 섞인 투로 대답했다.

"세상에 모든 것들에는 이유가 있으니까요."

"그런 건 누구한테 들었는데?"

"들은 게 아니에요. 그렇게 알고 있는 거예요. 하지만 그것이 틀렸다고 생각하지 않아요. 제가 존재하는 이유는 기수가 되기 위해서이고 인간이 저에게 명령을 내리는 것도 이유가 있어서예요. 무의미한 것은 세상에 존재하지 않아요."

연재는 대답하기 위해 한참 동안 입술을 끔뻑거렸다. 연재가 설명해주기에 이 휴머노이드는 너무 많은 것을 알고 있었다. 하기야 몇 세기를 보내며 인간이 차근차근 쌓았던 지식을 한 번에 압축해 만든 존재였으니 인간 개개인보다 뛰어난 건 당연했다. 연재가 머리칼을 쓸어 넘겼다. 아무 생각 없이 앉아 있고 싶었는데 콜리 때문에 괜히 생각이 많아졌다. 연재가 머리칼을 다시금 탈탈 털고는 입을 열었다. 눈빛과 목소리에는 귀찮음이 역력했다.

"틀렸어. 네가 잘못 알고 있는 거야. 세상에는 원래 이유가 없었어. 인간들이 이유를 가져다 붙인 거지. 그러니까 순서를 따지자면 이유 없이 생겨난 게 먼저야."

"하지만 저는 틀릴 수가 없는데…"

"누구라도 틀려. 원래 살아가는 건 틀림의 연속이야."

연재가 느끼기에 이만큼 깔끔한 답변도 없었다.

"두 번째예요."

콜리가 말했다. 연재가 "뭐라고?" 하고 되물었다.

"저에게 '살아' 있다고 말해준 사람, 당신이 두 번째예요."

"…"

"기쁘네요."

기쁘다고 말하는 콜리에게는 표정이 없다. 말을 뱉을 수 있는 입도 없다. 그저 연재를 바라보는 두 구멍과 말을 할 때마다 소리를 감지하고 빛나는 감지기만 있을 뿐이다. 콜리가 기뻐하고 있음을 증명할 수 있는 것은 아무것도 없었지만 연재는 콜리의 말을 믿었다. 콜리는 자신을 살아 있다고 표현해준 것에 진심으로 기뻐하고 있었다.

"당신도 저를 그냥 데리고 온 건가요? 이유 없이요?"

휴머노이드는 학습이 빨라서 좋았다.

"응, 그냥 데리고 왔어."

"고마워요. 저도 당신이 그냥 좋아요."

예기치 못한 콜리의 진심을 듣고 연재가 소리 없이 웃고 있을 때 홧김에 자리를 피했던 지수가 돌아왔다. 뾰루퉁한 표정은 그대로였지만 전할 말은 전해야겠다는 의지였다. 민주가 연재를 찾고 있다는 내용이었다. 말을 전하고 지수는 또다시 홀랑 마사로 몸을 피했다. 옆에서 지켜보던 콜리가 말하기를 자기가 판단하건대 빠른 시일 내에 지수와 대화를 하는 게 좋겠다고 훈수를 두었다.

평소의 지수라면 하고 싶은 말을 다 쏟아내고 고까운 연재의 태도까지 콕콕 집어 말했을 성질이었다. 하지만 화가 났음을 선명하게 티 내고도 일언반구 없는 걸 보면 둘 중의 하나였다. 말하고 싶지 않을 정도로 화가 났거나 아니면 말하기가 퍽 부끄럽거나. 어쨌거나 콜리의 말대로 빠른 시일 내에 지수에게 말을 붙여야겠다고 다짐하며 연재는 민주에게 향했다.

민주는 재작년에 바뀐 경마 규칙을 화면에 띄우며 형광펜 기능으로 한 문장에 밑줄을 그었다. '최소 한 명 이상의 베팅자가 있어야지만 출전 가능'이라는 항목이었다.

연재가 설명을 바라는 눈치로 민주를 쳐다봤다. 솔직히 말하자면 설명 따위 듣지 않아도 이해할 수 있는 문장이었다. 연재가 민주에게 정말로 바란 것은 해결책이었다. 경마는 비트코인이나 로또에 맞서는 또 다른 인생 역전의 수단이었으며 그 세계의 시스템은 확률로 돌아갔다. 최소 한 명 이상의 베팅자가 있어야 경주마는 그날 주로에 설 수 있었다. 다시 말하자면 몇 주간 출전 기록이 없는 말이나 큰 부상을 당한 말에게 돈을 거는 머저리는 없다는 것이고 더 풀어 말하자면 한때는 에이스였으나 관절 부상으로 근 한 달간 주로를 서지 않았던 투데이에게 베팅을 할 참가자가 있을 확률은 0.001%라는 것이다. 만 18세 이상만 베팅을 할 수 있었으므로 연재와 은혜는 자격이 되지 않았고 경마장 관리인인 민주나 다영 역시 자격이 되지 않았다. 남은 건 복희와 서진이었는데 연재는 그들에게 과연 그 이상의 민폐를 끼쳐도 되는가를 진지하게 고민했다.

"얼마나 베팅해야 하는데요?"

"최소 금액은 정해져 있지 않지만 금액이 꽤 커야 효력이 생기겠지. 참가 동의서는 동의서일 뿐이야. 정말로 주로에 세울지는 당일이 되어도 장담할 수 없어. 컴퓨터가 돌리거든. 출전 가능한 경마 목록 중에 베팅금과 참가자, 우승기록, 공백 기간 같은 걸 통합해서 순위를 매겨. 그러니까 복희 씨와 서진 씨가 금액을 건다고 해도 장담할 수 없어. 투데이는 이미 오랫동안 경기를 쉬어서 컴퓨터가 출전 불가능 말로 분류해뒀을 테니까. 처음 베팅에 참가하는 사람보다야 이전에 참가 기록이 있는 사람일수록 확률이 커져. 도박꾼의 감을 믿는 거지."

"이전에 참가한 기록?"

"응, 적어도 12주 정도는 쉬지 않고 베팅 걸었던 사람이면 그 사람만으로도 꼴등으로 투데이가 출전 자격을 따낼 수 있을 거야. 그런데 그런 사람이 투데이에게 걸 리가 있나…"

"있어요."

"응?"

순간 연재의 머릿속에 불현듯 얼굴 하나가 떠올랐다.

연재가 컵라면에 뜨거운 물을 부었다. 뚜껑이 열리지 않도록 나무젓가락으로 눌러놓고는 테이블에 돌아가 앉았다.

"김치도 먹을래?"

점장이 냉장 코너에서 배추김치 하나를 가지고 와 연재의 앞에 앉았다. 못 본 사이 베티의 몸에는 이런저런 흠집이 많아졌다. 연재의 시선을 알아차리고는 점장이 우는 소리를 냈다.

"남자애들이 베티만 보면 시비를 걸어. 발차기 연습을 한다니까. 그거 때문에 수리를 몇 번이나 불렀는지 몰라. 수리비 엄청 깨졌어."

"그래도 인간보다 싸겠죠."

연재가 팔짱을 낀 채 그래서 뭐 어떤 위로를 바라느냐는 표정으로 점장을 바라봤다. 징징거릴 상대를 잘못 찾았다는 뜻이었다. 점장은 "그냥 그렇다고…" 하고 꿍얼거리고 말았다. 본격적인 이야기를 꺼내기 전에 연재가 나무젓가락을 반으로 가르고는 컵라면 뚜껑을 열었다. 적당히 익은 면을 마저 풀고는 크게 한 젓가락 집어 후욱, 불었다.

손님 없는 연휴였다. 가족과는 오래전에 연 끊고 살았다는 점장은 이번 연휴에도 역시나 홀로 있었는데, 가족처럼 찾아온 연재가 반가웠는지 웃음과 친절을 아끼지 않았다. "과일도 좀 먹을래?" 하고 묻는 점장을 보아하니 편의점 음식으로 명절 상차림을 차릴 모양이었다. 연재가 라면을 후루룩 먹으며 고개를 저었다. 점장은 놀러 오면 언제든 라면을 공짜로 주겠다는 약속을 잊지 않았다. 하지만 오늘 연재가 점장에게 바라는 것은 라면보다 큰, 몇백 배는 더 큰 의리였다.

민주의 이야기를 들었을 때, 연재의 머릿속을 관통한 것은 점장의 얼굴이었다. 토요일만 되면 지난주 자신의 말이 얼마나 빠르게 달렸는지를 찬양하던 사람이었다. 연재는 베팅할 만한, 아주 제격인 사람이 있다고 말하고는 곧장 편의점으로 달려왔다. 몇 젓가락 움직이지 않고 라면 면발을 전부 해치운 연재가 생수를 벌컥벌컥 들이켰다. 디저트로 아이스크림은 어떠냐는 점장에게 연재가 단도직입적으로 말했다.

"경마 베팅 거시죠."

"으응?"

"말은 정해져 있고요."

"으으응?"

"물론 꼴등 확률 100%예요. 그래도 걸어요."

연재가 힘주어 말했다.

"꼴등할 확률이 100%인 말에게 돈을 걸라고?"

"네."

"내가?"

"네."

아, 귀찮게 몇 번을 묻는 거야, 하고 연재가 생각했다.

"왜?"

연재는 몇 주 전 점장이 자신에게 했던 말을 되풀이했다.

"사람이 살아간다는 것 자체가 끊임없이 낯선 것에 도전하는 거잖아요. 안 그래요?"

점장의 고개가 아래를 향했다. 으응, 그렇지. 목 눌린 소리로 점장이 대답했다. 본인이 한 말이었으므로 아니라고 하지도 못할 거였다. 연재는 묘하게 느껴지는 통쾌감에 속이 시원했다. 땅만 바라보던 점장이 고개를 들어 꼴등 확률 100%인 말에게 도대체 왜 돈을 걸어야 하는지를 물었다. 연재가 괜히 자신을 골탕 먹이기 위해 하는 부탁으로는 느껴지지 않았다. 그 이유는 연재를 알아온 시간 동안 연재가 자신에게 부탁이란 것을 지금 처음 했기 때문이었다. 어차피 돈이야 연재의 말마따나 매번 꼬라박는 점장이었고 그중에서 베팅 금액 회수율은 40%였다. 이유가 타당하다면 연재를 위해 한 번쯤 푼돈 날리는 건 어렵지 않다고 생각했다.

연재는 어디서부터 어디까지 말해야 할까 고민하다가 그저 투데이와 언니, 그리고 투데이의 행복을 바라는 휴머노이드 이야기를 꺼냈다. 감동을 억지로 자아내는 드라마 줄거리를 뽑아내는 기분이어서 연재는 말을 하면서도 괜히 딴 곳에 시선을 뒀는데, 말을 거의 끝마쳤을 때쯤 훌쩍이는 소리를 들었다. 소리의 주인은 점장이었다. 사연을 듣고 눈물이 그렁그렁 맺혀서는 편의점 테이블에 비치된 휴지를 뽑아 눈가를 훔쳤다. 연재가 기막힌 표정으로 입을 열었다.

"꼴값 떨지 말고요."

"어른한테 꼴값이라니. 킁."

점장이 휴지로 코까지 훔치고는 곧바로 고개를 끄덕였다. 최소 금액은 맞춰서 베팅하겠다는 약속을 받아냈다. 적은 금액은 아니었기에 연재는 편의점 문 앞에서 점장에게 다시 물었다. 강매하는 듯한 느낌이 들어 마음이 편치 않기도 했다. 점장은 그렇게 큰돈도 아니라며 괜한 너스레를 떨었다가 평소 자신이 '돈돈' 했던 모습을 다 보아온 연재를 떠올리고 급히 꼬리를 내렸다.

"아무튼 평소에 잃은 돈 생각하면 별것도 아니야, 인마."

"괜히 나중에 저 원망하지 말고요. 돈 내놓으라고 협박하지도 말고."

"어허이, 참나. 이게 친하다고 진짜 나를 너무 낮게 평가하네."

점장이 계산대 옆 진열대에서 시리얼바 하나를 집어 연재에게 던졌다. 연재가 허겁지겁 두 손으로 바를 잡았다. 이건 또 무슨 드라마적인 연출이야, 싶은 생각이 들었지만 점장의 생색내는 친절이 나쁘지는 않았다.

"도와달라는 소리를 듣지 못한 척하면 안 되지."

"…."

"본디 어른이란 학생이 도움을 요청했을 때 도와주어야 하는…"

"다음 주에 봐요. 저 갈게요."

연재가 점장의 말을 끊고 손을 흔들었다. 피부에 닭살이 돋는 것을 미연에 방지하기 위함이었다. 하여튼 점장은 일본 드라마를 좀 끊어야 했다. 이상한 감성을 배워 와서는 시도 때도 없이 자신이 뉴욕 맨해튼에 있는 핫도그집 젊은 사장이라도 되는 것마냥 굴었다. 싫은 건 아니었지만 저렇게 똥폼만 잡다가는 평생 혼자 살 것 같아서 그게 조금 걱정이었다. 남의 인생을 걱정해봤자 콩고물도 떨어지지 않겠지만. 어쨌든 이 일을 계기로 연재는 자신을 자르고 베티를 고용했던 점장에 대한 원망을 한 꺼풀 벗겨냈다.

연재가 경마장으로 돌아갔을 때에는 훈련이 끝나 있었고, 지수도 집에 돌아간 뒤였다. 지수에게 언제 갔냐는 문자를 보냈다가 '아까'라는 차가운 답변을 받았고 그제야 연재는 지수가 화가 꽤 심각하게 났다는 것을 깨달았다. 화났냐고 물으려다가 그건 또 아닌 것 같아 결국 답장하지 않았다가 결국 콜리에게 한 소리 들었다.

"대화하지 않고 어떻게 서로를 이해할 수 있나요? 인간에게는 서로의 속마음을 읽을 수 있는 기능이 있나요?"

그렇다고 살면서 해본 적 없는 말을 쉽게 할 수 있을 리 없었다. 왜 화가 났냐고 묻는 것조차 연재에게는 고역이었다. 한 문장을 끊임없이 썼다 고치는 동안 연휴가 지났다. 그동안 연재는 몸이 완전히 낫지 않은 보경을 대신해 매일같이 식당에 나와 손을 보탰다. 예약한 단체 손님 외에도 부모님을 모시고 삼계탕을 사드리려는 가족들로 북적이는 식당이었다. 식당에 가면 휴대폰을 만질 시간이 없었음에도 연재는 틈만 나면 휴대폰을 켜 혹시 지수에게 어떤 연락이 오지 않았을까 확인했다. 물론 연휴가 끝나는 날까지도 지수에게서는 어떤 연락도 오지 않았다.

그래서 연재는 연휴가 끝나는 날 밤에서야 '내일 보자'라는, 근본적인 문제와 전혀 상관없는 문자를 보냈다. 지수에게서는 답장이 오지 않았다. 연재는 지수라는 미궁에 빠진 기분이었다. 미궁에 들어갈 마음도 없었는데 어느 순간 눈을 뜨니 미궁 한가운데에 있었다. 한숨이 잦아진 이유도, 사람에 대해 골몰히 생각에 잠기게 된 것도 전부 지수 때문이었다. 연재는 썹힌 문자를 한 번 보고는 더는 이렇게 있어서는 안 되겠다는 결론을 내렸다.

물론 결론을 내렸다고 해서 곧바로 해결의 실마리를 쥘 수 있는 건 아니었다.

추석 연휴가 끝나고 만난 지수는 베팅자를 찾았다는 이야기를 듣고도 시큰둥한 반응이었다. 아니, 연재의 모든 말에 전부 미적지근한 온도로 대답했다. 쉬는 시간이면 찾아와 아이디어 회의를 핑계로 두고 떠들다 가던 것도 없어졌다. 지수는 점심시간에서야 처음 연재를 찾아왔다. 심지어 교실에서 운동장 벤치까지 갈 때에도 지수는 몇 걸음 앞서 걸으며 아무 말도 하지 않았다. "연휴 동안 뭐 했어?"라든가 "요즘에 힘든 일 있어?"라는 일상적인 대화로 말을 터도 될 법했으나 연재의 머릿속은 그걸 다 알면서도 입으로는 끝내 목소리를 내지 못했다.

점심시간을 활용한 짧은 회의를 끝으로 지수가 자신의 디스플레이를 껐다.

"그렇다면 발표 내용은 내가 다 외워 올 테니까 네가 질의응답 받을 거만 잘 정리해서 와. 그럼 다 정해진 거지?"

지수가 깔끔하게 대화를 마무리했다. 여기서 해야 할 대답이란 '응'밖에 없었다. 연재가 대답하기를 망설였다. 다 정해졌다고 긍정한다면 지수는 미련 없이 교실로 돌아갈 것 같았다. 아직 점심시간이 20분이나 남았음에도 말이다. 지수는 연재의 대답을 기다리며 빵 봉지와 우유갑을 비닐봉투에 넣었다. 점심 대신으로 지수가 사 온 거였다. 연재는 지수가 손에 든 비닐봉투에 허겁지겁 쓰레기를 넣으며 잘 먹었다는 말을 덧붙였으나 지수는 고개만 끄덕였다.

말을 하지 않고 어떻게 아나요?

콜리의 말이 연재의 등짝을 내리치는 기분이었다. 벤치에서 일어나 교실로 돌아가려는 지수를 붙잡은 것도 등짝을 맞은 반동에 의한 충동이었다. 다시 말하자면 연재는 지수를 붙잡고 나서야 할 말을 정리하기 시작했다는 것이다. 물론 이런 방면으로 머리가 돌아가지 않는 연재였으므로 연재는 무턱대고 물었다.

"화났어?"

지수의 미간이 일순간 좁아지는 것을 보고 연재가 급하게 말을 수습했다.

"따지는 게 아니라 묻는 거라니까? 진짜 화났으면 해야지."

"뭘?"

지수가 물었다.

"사과를."

연재가 대답했다.

연재를 골똘히 바라보던 지수는 한숨을 훅 뱉고는 다시 벤치에 앉았다. 연재가 지수를 제 나름대로 생각한 만큼 지수도 연

재를 생각하고 있었는데 지수가 조합한 그 정보에 따르면 연재
는 지금 최선을 다하고 있었다. 지수가 아는 연재는 홀로 궁금해
하다가 묻지 않고 포기할 아이였다. 그래서 지수도 구태여 연재
에게 자신의 마음을 구구절절 설명하지 않으려고 노력하고 있었
다. 지수는 이쯤에서 연재에게 모든 걸 솔직하게 말해야겠다고
생각했다. 자존심 상해서 말하지 않은 것도 있었고, 그렇게 모든
걸 털어놔도 연재가 바뀌지 않을 거라는 확신 때문에 말하지 않
은 것도 컸다. 하지만 연재가 먼저 묻지 않았는가. 지수는 이 미
묘한 변화에 희망을 걸어보고자 입을 열었다.

연재는 지수의 말이 왜 이렇게 자신에게 낯설게 다가오는지
처음에는 깨닫지 못했다. 지수가 연재에게 원하는 것이 어려운
것이던가? 아니다. 지수가 화난 이유는 간결했다. 하지만 간단하
지는 않았다.

"내가 너를 친하게 생각하듯이 너도 나를 친하게 생각하지 않
는 것 같아서."

지수의 말처럼, 연재는 지수가 자신과 친하다고 생각하는 것
만큼 자신이 지수와 친한지 알 수 없었으며, 동시에 지수가 자신
을 얼마나 생각하는지 알지 못했다.

이 문제는 수치로는 절대로 규정할 수 없었다. 연재는 지수의
말을 들은 후에야 왜 자신에게 이 문제가 어려운지를 어느 정도

325

받아들일 수 있었다. 지수는 연재를 이해하기 위해 노력했으나 연재는 지수를 이해하려고 노력하지 않았다. 지수는 연재의 쌀쌀맞은 태도가 진심이 아니라는 것을 이해하고 다가갔으나 연재는 그런 지수를 친구로서 받아들이려고 노력하지 않았다.

연재는 이해받기를 원하지 않았다. 언제부터였는지는 모르겠지만 아마도 숱한 시간 동안 이해받지 못해 상처 입은 날들이 쌓여 여기까지 오게 된 것일 터였다. 이해받기를 원하는 것은 이기적인 것이다. 사람들은 모두가 저마다의 고통과 사연을 가지고 있지만 그렇지 않은 척 숨기기 위해 노력했다. 어쩔 수 없는 사정이란 모두에게 존재했다. 적어도 연재는 그렇게 생각했고, 이해받기를 포기했다. 연재는 은혜가 도움을 필요로 할 때마다 어디서 누구와 있든 모든 것을 그만두고 집으로 향해야 했다. 친구들은 연재에게 언니가 있다는 것만 알았다. 왜 항상 갑자기 집에 가냐는 질문을 받았을 때 연재는 덤덤하게 은혜가 자신의 도움을 필요로 한다고 말했다. 아이들은 연재의 말을 알아들었지만 이해한 건 아니었다. 이해에는 한계가 있고, 횟수가 있고, 마지노선이 있다. 그 선을 넘으면 이해해주던 사람은 어느 순간 상대방의 이기심을 지적했다.

"그런 것도 한두 번이어야지, 몇 번씩 그렇게 가면 우리는 뭐가 돼?"

이해받기를 포기한다는 건 이해하기를 포기하는 것과 같았다. 연재는 상대방의 모든 행동에 사사건건 이유를 붙이지 않았다. 저렇게 행동하면 저렇구나, 하고 말았다. 상대방이 자신을 좋아해서 그러는지 싫어해서 그러는지 따위를 생각하면 너무 많은 이해심이 필요했기 때문이었다. 타인의 이해를 포기하면 모든 게 편해졌다. 관계에 기대를 걸지 않기 때문에 상처받지 않았다. 적어도 지수를 만나기 전까지, 연재의 세계는 평온하기 그지없었다. 바람 한 점 불지 않는, 고요였다. 적막이기도 했고.

지수는 연재에게 강풍으로 불어왔다. 잠잠했던 연재의 돛을 한 방에 날렸다. 어느 날 대회를 같이 나가자고 다가와 뻔뻔하게 협박했던 지수는 특유의 당당함을 무기로 내세웠다. 연재의 차가운 반응에도 상처받지 않았다. 세상에 저런 애도 있구나. 처음에는 싫었지만 계속 싫지는 않았다. 성질에 못 이겨서 버럭 화를 내는 게 웃기기도 했다. 지수가 귀찮게 느껴지는 횟수가 확연히 줄어들었고 옆에 있어도 피곤하지 않았다. 오히려 가끔은 옆에 있는 것이 당연하게 느껴졌다. 하지만 앞서 말했듯이 지수가 대회를 끝으로 예전처럼 놀지 못한다는 이야기를 했을 때, 그 문제는 연재가 말을 얹을 수 있는 사안이 아니라고 판단했다. 학원을 계속 빠질 수도 없었으니 어찌 보면 당연한 일이었다. 그래서 알겠다고 대답했던 것뿐인데 지수는 화를 냈고, 그 이유가 자신과 함께 서운해하지 않아서라고 말했다.

"나도 네가 그런 성격인 거 진짜 이해하거든?"

지수가 그동안 쌓아두었던 서운함을 꾹꾹 담아 말했다. 목소리만 들으면 우는 줄 알았을 것이다. 실제로는 눈에 화를 품고 있었지만.

"네가 로봇광인 건 알고 있었지만 진짜 로봇 같은 마음을 가지고 있는 줄은 몰랐지. 너보다 콜리가 더 인간적이겠다."

연재는 악담을 쏟고 있는 것이냐고 물으려다가 참고 지수의 말을 계속 들었다. 한참 말을 토해내던 지수가 한숨 돌리고는 조금 진정된 목소리로 말했다.

"내가 더는 못 온다고 해도 너는 알았어가 아니라 아쉽다고 했었어야지. 아쉬웠으면. 물론 네가 아쉽지 않았으면 어쩔 수 없지만, 적어도 나는 그때…."

순간 지수의 말을 끊고 연재가 말했다.

"아쉬웠어."

지수가 입을 다물었다. 연재가 계속 말을 이었다.

"당연히 아쉽지. 근데 내가 아쉽다고 너한테 학원을 그만두라고 할 수는 없잖아."

"그래도 아쉽다고 했어야지. 그래야 내가 어떻게든 시간 날 때마다 또 놀러 갈 수 있지. 참, 내가 이 나이 먹고 친구한테 이런 거 하나하나 말해줘야 하는지 몰랐다. 네가 눈치 없는 건 알고 있었지만."

지수는 여전히 성난 투로 말했지만 표정은 아까보다 한층 누 그러져 있었다. 연재는 그런 지수에게 아쉽다고 다시 한 번 말했 다. 아쉽다. 아쉬움이라는 단어를 꺼내지 않은 지 오래돼서 완전 히 잊은 줄 알았는데 아니었다. 아쉬움에는 약간의 설움이 섞여 있었다. 실로 오랜만에 아쉽다는 단어를 꺼내면서, 아쉬움에 면 역되지 않은 마음이 설움에 정복당하는 듯했다. 눈물이 날 것 같 았지만 울었다가는 지수에게 평생 놀림을 받을 것 같았으므로 연재는 꾸역꾸역 참았다.

콜리에게 알려줘야겠다. 인간에게는 말하지 않으면 상대방의 속내를 알 수 있는 기능이 아예 없다. 다들 있다고 착각하는 것 뿐이다.

지수는 교실로 돌아가는 길에 며칠간 쌓아두었던 이야기를 터 트렸고, 연재는 혹시나 듣고 있지 않다고 오해할까 봐 열심히 고 개를 끄덕이며 들었다. 지수는 이따금씩 말을 날카롭게 하는 편 이었지만 꾸며 말하거나 거짓말은 하지 않았다. 그것만으로도 연재는 지수와 자신이 잘 맞는다고 다시금 생각했다. 지수처럼 직설적으로 말해주는 게 좋다. 빙빙 둘러 생각하다 홀로 이상한 결론을 내리지 않도록.

"너 이해 못 하는 건 아니야. 이해해. 왜냐면 우리 엄마가 예전에 그랬거든. 집을 더 신경 써야 하는 사람들은 밖에서 만난 사람들과의 관계가 소원해진다고. 그냥 무감각해진대. 상처받지 않으려고 달팽이집으로 들어가는 거랑 똑같다고 그랬어. 나는 너 이해해. 내가 이런 말 하는 것도 웃기지만. 그러니까 너도 나 좀 이해해봐."

"어떻게?"

"나는 원래 성격이 급하고 싹수가 없거든. 말할 때 좀 재수가 없어. 너도 이미 나를 간파했겠지만 우리 엄마도 나한테 자주 말하거든. 그렇게 싸가지 없게 말하면 어디 가서 욕먹는다고. 그럼 나는 엄마한테 그래. 이거 엄마한테서 배운 거고, 내가 꼭 남들에게 좋은 평 듣기 위해 예쁘게 말해야 하는 이유가 뭐냐고. 그렇지 않니? 그러니까 엄마가 나보고 여자애니까 말을 예쁘게 하래. 난리야, 진짜. 그나저나 내가 우리 엄마한테 너희 엄마 이야기 했더니 엄청 좋아했어. 우리 엄마도 그 영화 자주 봤거든. 그래서 말인데 나중에 엄마끼리도 같이 만날래? 우리 엄마가 되게 원하는데…."

연재는 체육대회 날로 돌아가 운동장 옆 스탠드에 보경과 은혜, 그리고 지수와 콜리를 초대했다면 레일을 이탈하지 않고 끝까지 뛰어 1등으로 들어갔으리라 확신했다. 물론 열한 살, 그때로 돌아갈 수 없다는 건 잘 알고 있었다. 단지 앞으로는 레일을 벗어나지 않고 완주할 수 있으리란 생각이 들었다. 세상 모두에게 이해받지 않아도 된다. 오직 연재가 이해하고 싶은 사람에게만 이해받을 수 있다면.

학교가 끝난 후, 식당에서 묵은지를 넣어 끓인 찌개를 먹으며 연재는 지수가 했던 말을 보경에게 전했다. 지수의 어머니가 보경이 찍은 영화를 보며 20대를 보냈다는 것과 시간이 된다면 넷이서 함께 만나자고 했던 것을 말이다.

"뭐라고? 뭐라고 했다고?"

보경이 몇 번씩이나 되물었다. 진짜로 알아듣지 못한 게 아니라 연재의 입에서 그런 이야기가 나왔다는 것을 믿지 못하고 있었다. 연재는 보경에게 줄 수 있는 가장 믿음직한 확신이 침묵이라 생각해 입에 밥을 가득 넣었다. 보경이 휴대폰 달력으로 자신의 연휴를 콕콕 집어 말했다.

"지수 어머니는 뭐 하시는 분이라니? 평일에 시간 괜찮으시고?"

꼬치꼬치 묻는 보경을 지켜보다가 연재가 입을 열었다.

"나도 보고 싶어."

"그래, 보고… 응? 뭐를?"

"엄마 영화."

보경은 찌개가 사레에 걸린 듯 갑자기 기침을 토했다.

자료가 남아 있지 않을 거라는 보경의 걱정과 달리 30분 남짓의 영화는 검색 한 번에 고화질로 구매할 수 있었다. 연재는 2층에서 콜리와 함께 벽면에 영상을 쏘았다. 제목과 감독, 그리고 주연 배우 이름이 천천히 떴다. 그 속에 있는 '김보경'이라는 이름이 익숙하고도 낯설었다. 공포영화를 보는 것처럼 연재가 무릎을 끌어안고 웅크려 앉았다. 옆에서 지켜보던 콜리가 연재를 따라 무릎을 끌어안았다. 콜리가 옆에 있어 연재는 홀로 있다는 기분이 들지 않았다. 콜리에게는 생명체가 가진 체온이 없었다. 그럼에도 콜리는 언제나 이곳에 함께 있음을 느끼게 해주는 존재였다.

영화의 길고 잔잔한 오프닝을 바라보다가 콜리에게 말했다.

"내가 너를 그냥 데리고 왔다고 했잖아. 사실 그거 거짓말이야."

말하지 않으면 상대방의 속을 알 수 없다는 것을 깨달은 연재가 이것만은 콜리에게 사실대로 말해주어야 한다고 생각했다.

"몸이 다 망가진 채로 건초더미에 누워서 나한테 하늘이 예뻤다고 말하는 네가 불쌍했어. 그리고 순간 내가 너를 고칠 수 있지 않을까 호기심도 들었어. 그대로 내버려두면 너는 사라지겠지만 내가 데리고 오면 사라지지 않으니까. 같잖은 연민이지. 그래도 후회 안 해. 나는 내가 좋아했던 걸 그동안 싫어한다고 믿고 살았는데, 아니더라고. 너 만지면서 알게 됐어. 그리고 지금

내 말에는 대답하지 마. 명령이야."

콜리는 연재의 명령을 지켰지만 처음으로 명령을 어기고 싶다는 충동을 느꼈다. 그 충동이 몸체 내부에서 실제로 일어났는지, 콜리는 영화를 보는 내내 속에서 무언가 어긋남을 느꼈다. 하지만 영화를 보는 연재를 방해할 수 없어 가만 충동이 잦아들기를 기다렸다.

지수가 청심환 하나를 내밀었다. 연재가 받지 않고 물끄러미 쳐다만 보고 있으니 지수가 청심환을 직접 까서 연재의 입에 넣었다. 씁쓸하고 달달한 한약 맛이 입 안에 퍼졌다.

운전 중인 지수의 어머니가 백미러로 뒷좌석에 앉은 연재와 지수를 쳐다보며 불렀다. "많이 떨리지?" 하고 묻는 말에 연재는 아니라고 대답했다가 입에서 풍기는 청심환 냄새에 황급히 입을 다물었다. 지수가 연재를 낄낄 비웃었고 그러는 사이 차는 목적지인 대학교 강당에 도착했다.

입구에 걸린 커다란 현수막이 이곳에서 대회가 열린다는 것을 알려주고 있었다. 대학 입시가 걸린 대회인 만큼 그 규모를 따라 인파도 발 디딜 틈 없이 많았다. 평일 낮인 걸 생각하면 실로 어마어마한 참가 인원이었다. 잊으려고 노력했던 그때의 대회가 또 생각났다. 그래도 이번에는 지수의 어머니 차를 함께 타고 오지 않았는가. 홀로 지하철을 타고 도착해 멀뚱히 앉아 있던 그때보다는 훨씬 나았다. 연재가 우울감에 빠지지 않기 위해 정신을 바짝 붙잡았다. 지수가 청심환을 주지 않았더라면 지금쯤 물만 다섯 병째 들이켰을지도 모른다. 그렇다면 화장실이 급해 발표를 말아먹었겠지. 아주머니가 차에서 나오려고 하자 지수가 운전석 차 문을 도로 닫으며 아주머니에게 따라올 필요 없고 주변에서 쉬고 있으라고 말했다. 차는 비좁은 틈을 헤치고 학교를 빠져나갔다. 가자. 지수가 전장으로 향하는 전사처럼 결의를 다진 목소리로 말했다.

보경도 따라온다는 걸 아침에 겨우겨우 말렸다. 아마 일전에 대회에서 홀로 크게 상처받고 왔던 연재가 보경의 마음에도 남은 모양이었다. 그렇지만 이번에는 아주머니가 차로 태워다주기도 했고 무엇보다 혼자가 아니었다. 그래서 두렵지 않았다. 떨리는 것과는 별개의 일이지만. 은혜는 연재가 나가기 전에 무슨 내용으로 발표 준비를 했느냐고 물었다. 연재는 시간이 없어 지금다 설명하지 못한다는 말을 하고는 자리를 피했다가 헐레벌떡집으로 다시 들어와 도리어 은혜에게 물었다.

"언니는 자유롭고 싶은 거지?"

"나는 이미 자유로워."

그러자 연재가 씩 웃더니 알겠다며 도로 집을 뛰쳐나갔다.

다섯 팀씩 나눠 강당에 입장했다. 무대 앞에는 다섯 명의 대학 교수와 세 명의 기술엔지니어가 뒤섞여 앉아 있었다. 둘의 차례는 다섯 팀 중 네 번째였다. 진행 요원이 안내한 자리에 앉아 앞선 아이들의 발표를 들었다. 태풍 같은 재난 상황에서도 바람을 이길 수 있는 드론부터 공공시설에 설치하는 인공지능 로봇 진찰기, 기존의 다르파에 성능을 추가한 새로운 차세대 다르파까지 범위가 다양했고 상상의 폭도 넓었다. 아이들은 저마다 해외 여행이나 유학 경험을 토대로 서구권의 연구 자료에서 아이디어를 얻었다고 말했다. 모두 세상에 필요한 아이디어였다. 연재가 자신이 준비한 발표 자료를 다시 살폈다. 오탈자는 없는지 확인하려는 요량이었지만 동시에 다른 발표들에 비해 내용이 너무 부실한 것은 아닐까, 하는 걱정 때문이었다. 단순한 도면을 바라보고 있으니 지수가 연재의 손을 붙잡았다.

'네 아이디어가 제일 훌륭해.'

지수가 소리 없이 말하고는 허리 펴라며 연재의 등을 꽉꽉 내리쳤다. 든든한 말이었다. 청심환이 이제 효과를 내는 건지 속이 편안해졌다.

차례대로 한 팀당 20분의 발표와 질의응답 시간이 끝나고 연재와 지수가 무대 위로 올라섰다. 연재는 무대 뒤편에 서서 지수의 발표에 맞춰 디스플레이로 PPT 자료를 넘겼다. 연재는 심사위원을 쳐다볼 때마다, 한마디도 하지 못하고 내려왔던 그날로 다시 끌려가는 듯했다. 앞을 보지 않으려고 애써 화면만 응시했다. 다행히도 지수는 차분하게, 모두가 알아들을 수 있는 또박또박한 발음으로 발표를 이끌었다. 심사위원들은 한눈 한 번 팔지 않고 발표를 들었다. 연재가 은혜를 지켜보며 생각해냈던 '소프트휠-체어'의 아이디어를.

'소프트휠-체어'는 2016년 미국 하버드 대학에서 만들어진 소프트 로봇 '옥토봇'과 작동 원리가 비슷하다. 합성 실리콘으로 만들어진 '소프트휠-체어'의 바퀴는 기존의 휠체어 바퀴보다 훨씬 얇고 질기며 바퀴 속에는 굽힘 변형률을 갖는 인공 근육이 심어져 있다. 평소에는 원형을 유지하지만, 계단과 같은 장애물을 만날 때에는 공기압을 이용해 그 장애물의 모양에 맞춰 바퀴의 형태를 변형할 수 있다. 동시에 전도성 고분자와 결합한 인공 근육이 변형된 바퀴의 형태를 고정시키면서 계단을 무리 없이 오를 수 있다. 그뿐만 아니라 바위와 돌로 이루어진 산악지대 역시 오를 수 있다.

연재의 아이디어를 믿는 지수의 발표는 당찼고 거침없었다. 덕분에 어느 순간부터 연재도 심사위원을 바라볼 수 있게 되었다. 그들이 고개를 끄덕일 때마다 연재는 자신의 아이디어가 인정받은 것처럼 벅참을 느꼈다. 15분간의 발표를 한 번도 떨지 않고 지수가 무사히 마쳤을 때, 한 심사위원이 가벼운 박수를 보냈다. 지수가 웃으며 연재를 돌아봤고, 연재는 그간 굳어 있었던 얼굴을 간신히 움직여 함께 웃었다. 지수는 추가 질문까지도 당황하지 않고 답변했다. 마지막 질문이 왔다. 대학교수라는 여자는 뒤에 서 있던 연재를 바라보며 물었다.

"이 아이디어를 왜 냈죠? 학생이 대답해봐요."

지수가 마이크를 연재에게 내밀었다. 연재가 지수 옆으로 다가와 마이크를 넘겨받았다. 견문을 넓혀 얻은 아이디어라는 이야기는 하지 못했다. 연재는 아직까지 '집'이라는 세상 밖을 나가본 적이 없었다. 심사위원들은 연재의 답을 시시하다고 느낄 것이다. 연재도 잘 알고 있었다. 하지만 어쩌겠는가. 연재에게 세상은 아직까지 집이 전부인 걸. 그리고 그 집에서조차 세상이 해결하지 못한 문제가 너무나도 많은 걸. 연재가 떨지 않기 위해 천천히 숨을 뱉었다. 몸에 힘을 줄 때보다 힘을 뺐을 때 긴장이 더 풀렸다.

"외롭지 않기 위해서요."

연재가 잠시 말을 멈췄다. 지수가 놀라지 않은 걸 보니 잘못된 대답을 하고 있는 건 아니리라. 조금 더 용기를 냈다.

"한 번 외출하기 위해 남들보다 많은 준비를 해야 하는 사람이 있어요. 하지만 준비를 한다고 나갈 수 있는 건 아니에요. 의지나 실력이 부족한 것도 아닌데 끝내 포기하는 경우도 많아요. 어렵거든요. 도움이 없으면 갈 수 없는 길들이 많으니까요. 누구는 쉽게 수술을 받으면 되지 않느냐고 말하지만 그 수술은 누군가에게 불가능과 같은 비용이거든요. 그리고 또 그 사람은 우리와 같은 온전한 두 다리를 갖고 싶은 게 아니에요. 다리는 형체죠. 진정으로 가지고 싶은 건 자유로움이에요. 가고자 한다면 어디든 갈 수 있는, 자유요. 자유를 위해서는 많은 돈이 필요한 게 아니라 아주 잘 만들어진, 오르지 못하고 넘지 못하는 것이 없는 바퀴만 있으면 돼요. 문명이 계단을 없앨 수 없다면 계단을 오르는 바퀴를 만들면 되잖아요. 기술은 그러기 위해 발전하는 거니까요. 나약한 자를 보조하는 게 아니라, 이미 강한 사람을 더 강하게 만든다고 생각해요."

연재는 잠시 숨을 고르고 마지막 문장까지 무사히 내뱉었다.

"인류 발전의 가장 큰 발명이 됐던 바퀴도, 다시 한 번 모양을 바꿀 때가 왔다고 생각해요. 바퀴가 고대 인류를 아주 먼 곳까지 빠르게 데려다줬다면 현 인류에게도 그렇게 해줄 거라고 믿어요."

대학교수가 마이크를 잡고 다시 물었다.

"한 번의 외출을 위해 남들보다 많은 준비를 해야 한다는 사람이 누군지 물어봐도 될까요?"

"친언니요."

대학교수가 웃었다.

"발표 잘 들었어요."

지수는 무대 아래로 내려와 덥석 연재를 끌어안았다. 놀란 연재가 왜 이러느냐고 떼어놓으려 했지만 지수는 연재를 놓아주지 않았다. 결국 연재는 포기하고 지수 품에 가만히 안겨 있었다.

연재는 단지 대회를 무사히 마쳤다는 것만이 후련했다. 며칠 뒤 예선을 통과했다는 소식을 듣고, 그 후 본선에서도 실수 없이 발표를 마무리하며 전체 2등이라는 결과를 거머쥐리라는 것은 현재로서 생각조차 할 수 없었으며 그 아이디어가 과학기술개발 프로젝트에 채택되어 정확히 5년 후 은혜에게 자신이 만든 휠체어를 선물하게 될 거라는 건 꿈에서도 상상하지 못할 일이었다.

왜냐하면 그 모든 일들을 겪기 전, 연재는 이별이라는 커다란 슬픔을 직면해야 했기 때문이었다.

콜리

"바람은 늘 시원한가요?"

혼잣말하듯 중얼거린 민주에게 콜리가 물었다. 선선해진 가을 바람을 맞으며 기지개를 켜던 민주가 콜리를 내려다보았다. 그렇지, 하고 대답을 하려다가 문득 마음이 바뀐 민주가 자리에 주저앉으며 콜리에게 따라 앉으라고 말했다. 콜리는 민주를 따라 엉거주춤한 자세가 되도록 무릎을 구부렸다.

"시원하기도 하고 따뜻하기도 하고 차갑기도 하고 눅눅하기도 하지."

"왜 다 다른 거죠?"

"바람은 공기가 움직이는 거거든. 그래서 공기가 어떤지에 따라 달라. 겨울은 공기가 차가우니까 바람이 차가운 거고, 여름은 공기가 더우니까 바람이 더운 거야."

"바람은 왜 부나요?"

"공기가 움직이거든. 기압이라는 게 있거든? 공기 덩어리야. 그게 높은 곳에서 낮은 곳으로 움직여. 끊임없이. 그렇게 지구를 순환하거든."

콜리가 고개를 끄덕였다. 하늘로 손을 뻗었지만 콜리에게는 공기의 흐름이 느껴지지 않았다. 그렇지만 민주의 머리칼과 나뭇잎이 흩날리는 것을 보고 공기가 움직이고 있다는 것을 알 수 있었다. 투데이의 갈기가 흔들리는 것과 같은 이유였다. 조금 다른 점을 찾자면 바람은 스스로 불지만 투데이는 그런 바람을 일으킨다는 정도일까.

연재가 말했던 것처럼 몇몇의 나뭇잎이 붉긋하게 변하기 시작했다. 이유를 알 수 없는 신기한 변화들이 많았다. 모든 일에 이유를 붙일 수 없다는 연재의 말을 납득했다. 이곳에서 벌어지는 일들의 이유를 하나하나 다 찾으려면 오랜 시간이 걸릴 거였다. 어떤 휴머노이드는 다 알고 있을 수도 있겠으나 적어도 콜리에게는 그런 정보가 입력되지 않았으므로.

"걔네들은 어째 늦다?"

"네, 점심때 다 같이 파티를 한다고 했어요. 어제 좋은 일이 있었거든요."

어젯밤, 연재와 지수는 학교를 마치고 둘이 함께 집으로 와서는 초조하게 휴대폰만 바라보고 있었다. 오후 8시에 1차 합격자가 발표된다고 했으므로 콜리에게 지금은 왜 그러냐고 캐묻지 말라고 은혜가 옆에서 귀띔을 해주어 알았다. 둘은 8시가 되자마자 휴대폰을 켰고, 곧 머지않아 지수가 소리를 지르며 연재를 끌어안았다. 지수는 곧바로 먹고 싶은 거 다 말하라고 너스레를 떨었지만 밤이 늦었기에 다음 날을 기약하고 집으로 떠났다.

콜리는 결과를 확인하는 순간 조용히 웃던 연재가 속으로는 얼마나 기뻐했는지 연재의 몸에서 전해 오는 진동으로 알 수 있었다. 지수처럼 소리를 지르거나 춤을 추지는 않았지만 행복은 지수와 같은 수치였다. 콜리는 남들이 잘 알지 못하는 연재의 미묘한 변화와 감정을 곧잘 알아차렸다. "기뻤죠? 많이요." 콜리가 2층 방을 나서려는 연재에게 물었을 때, 연재는 웃음을 감추지 않고 "다 알면서 굳이 뭘 물어?" 하고 대답했다.

또 콜리는 연재의 은밀한 비밀을 공유하게 됐는데, 그건 연재가 심심할 때마다 보경의 영화를 찾아본다는 것이다. 연재는 같은 영화를 반복해 보는 것임에도 늘 처음 보는 영화처럼 모든 장면과 대사에 집중했다. 특히나 보경이 나오는 순간에는 눈 한 번 깜빡하지 않았다.

"그렇게 재미있으신가요?"

콜리가 물었을 때 연재는 고개를 저었다.

"내 취향은 아니야."

"그럼 왜 그렇게 이 영화를 자주 보세요?"

"신기해서."

"뭐가요?"

"나를 만나기 전의 엄마가."

"당신을 만난 후의 보경도 저 시절의 보경과 같아요."

연재는 콜리의 말에 대꾸하지 않았다가 다섯 번째 반복해서 보는 영화가 끝나서야 입을 열었다.

"맞아, 같은 사람이야. 네 말이 맞는 것 같다. 엄마는 그때도 지금도 같은 사람이야."

연재는 그 후로도 같은 영화를 세 번씩 더 봤다. 콜리는 한 번 본 순간 장면에 등장하는 소품의 위치까지도 외웠지만 연재는 볼 때마다 새로운 부분을 발견했다. 인간의 눈이란 같은 것을 바라보고 있어도 각자가 다른 것을 볼 수 있었다. 콜리는 인간의 구조가 참으로 희한하다고 생각했다. 함께 있지만 시간이 같이 흐르지 않으며 같은 곳을 보지만 서로 다른 것을 기억하고, 말하지 않으면 속마음을 알 수 없다. 때때로 생각과 말을 다르게 할 수도 있었다. 끊임없이 자신을 숨기다가 모든 연료를 다 소진할 것 같았다.

그럼에도 불구하고 이따금씩 말하지 않아도 서로의 마음을 알아차렸고, 다른 것을 보고 있어도 같은 방향을 향해 있었으며 떨어져 있어도 함께 있는 것처럼 시간이 맞았다. 어렵고 복잡했다. 하지만 즐거울 것 같기도 했다. 콜리가 감정을 느낄 수 있었다면 모든 상황이 즐거웠으리라. 삶 자체가 연속되는 퀴즈처럼 느껴졌을 것이다.

민주가 잔디밭 위에 팔을 베고 드러누웠다. 콜리는 민주를 쉬이 따라 하지 못하고 편안하게 누워 눈 감는 민주를 지켜봤다.

"내일이 시합인데 기분이 어때?"

민주가 물었다.

"아무렇지도 않아요."

콜리가 곧바로 대답했다.

"역시 그렇지? 하긴 너한테서 떨린다는 대답을 기대한 나도 이상하다."

"제게서 떨린다는 대답을 기대하셨나요?"

"오랜만이잖아. 오랜만에 하면 뭐든 떨리기 마련이니까."

"당신은 언제나 저를 인간처럼 대해주시네요."

콜리의 말에 민주가 웃음을 터트렸다.

"그렇지만 제가 인간이 되고 싶은 건 아니에요. 하지만 당신이 저를 인간처럼 대할 때 기쁜 이유는 당신이 저를 옆에 실재하는 존재라고 생각하고 있기 때문이에요. 저는 인간 옆에 오래 있는 기계이고 싶어요."

"왜?"

"저는 기계니까요."

민주 다음에는 연재였다. 연재 다음에는 보경이었고, 그다음은 은혜와 지수가 마치 살아 있는 생명처럼 콜리를 대했다. 콜리는 그들을 특이한 인간들이라고 분류했다. 살아 있지 않은 걸 사랑할 수 있는 것도 인간밖에 없으리라. 결혼하고 소방관과 처음 샀던 차를 되팔며 울었다는 보경의 말만 들어도, 보경이 그 차를 얼마나 사랑했는지 알 수 있었다.

보경은 내일 식당 문을 닫고 경기를 참관할 것이라 말했다. 식당을 열고 나서 처음으로 주말에 문을 닫아본다고 했다. 하루쯤 쉬어도 굶어 죽지 않으니 괜찮다는 결론을 이제야 내릴 수 있게 된 것이다. 무엇보다도 연재가 고친 기수가 주로를 달리는 모습을 꼭 봐야 한다고 강조했다. 더는 놓치는 것이 없게, 더는 둘의 간극이 멀어지지 않도록 노력할 거라는 걸, 보경은 연재가 잠든 새벽에 2층 방으로 몰래 들어와 콜리에게 말했다. 콜리는 왜 그런 다짐을 자신에게 하는지 알 수 없었지만 보경의 말을 듣고, 고개를 끄덕이고, 당신을 응원한다고 말해주었다.

"그렇게 있으면 편한가요?"

콜리가 민주에게 물었다. 누워 있는데 당연히 편하지, 하는 대답을 듣고는 민주를 따라 잔디밭에 몸을 뉘었다. 팔도 민주처럼 머리 밑에 두었다. 편한 건 알 수 없지만 하늘이 잘 보였다. 건초 더미에 누워서 바라봤던 하늘과 비슷해 보였다.

콜리는 인간들이 자신을 F-16처럼 데려갈 거라는 걸 알고 있었다. F-16처럼 돌아오지 않을 것도 말이다. 하지만 소녀가 왔다. 그 몸으로는 콜리를 들 수조차 없을 것 같은 우연재가. 연재는 전 재산 80만 원을 털어 콜리를 샀다. 콜리는 그 지점을, 인간들이 말하는 인생 역전 혹은 2막의 시작점이라 생각했다. 자신의 삶도 인생이라 불릴 수 있다면.

콜리가 지냈던 그 집은 어딘가 모르게 쓸쓸하고 고요했다. 세 명이서 사는 집이었지만 각 시간대별로 1인분의 소음만 발생하는 곳이었다. 함께 있지만 맞물리지 않는 각자의 시간에 갇혀 있었다. 하지만 콜리는 그 침묵이 오래가지 않을 거라는 걸 잘 알고 있었다. 조금씩 균열이 생기며 서로에게 스며든 소음이 서로의 시간을 맞춰줄 거였다. 너무 빠르게 흘러가지 않도록 말이다.

"투데이는 내일이 지나면 죽나요?"

민주는 잠들지 않았지만 한동안 대답하지 않았다. 콜리는 이제 인간이 지키는 침묵이 대체로 '긍정'이라는 것을 깨달았다. 질문에 대한 긍정. 그러니까 투데이는 내일이 지나면 죽는다. 또 다른 기적, 투데이 삶의 2막이 시작되지 않는 한에는.

투데이의 상태는 많이 호전됐지만 복희는 일시적인 호전이라고 못 박아 말했다. 그 전으로는 절대 돌아갈 수 없는 상태이므로 약속했던 시속 30킬로미터 이상의 속도를 냈다가는 바로 무너진다고 당부했다. 복희는 약과 진통제로 투데이가 잠시 괜찮아졌다고 했다. 복희의 말이 맞지만 콜리는 투데이가 나아갈 수 있는 가장 큰 이유는 은혜 덕분이라고 생각했다. 콜리는 이렇게 생각하는 자신을 이해할 수 없었다. 하지만 연재가 자신을 고친 것처럼, 매일 투데이를 찾아와 사과와 당근, 아몬드를 먹이며 아프지 말라고 속삭였던 은혜가 투데이를 호전시킨 것일지도 모른다. 행복만이 유일하게 고통을 이길 수 있으므로. 콜리는 투데이가 처음으로 다시 섰을 때 은혜가 기뻐했던 모습을 메모리에서 꺼내 떠올렸다.

"투데이가 죽는다면 은혜가 많이 슬퍼할 거예요."

"슬프겠지. 그래도 이겨낼 거야."

민주가 피곤한지 늘어진 하품을 했다.

"어떻게 확신하시는 거예요?"

"이겨낼 수 있어. 다 이겨내니까. 나도 자세한 건 모르겠다."

"하지만 그건 시간이 멈춰 있는 것일 수도 있어요."

콜리 말의 전후 사정을 알지 못하는 민주는 눈을 떠 콜리를 힐끔 쳐다보고는 도로 감았다. 콜리는 더 많은 질문을 하고 싶었지만 그쯤에서 말을 물렀다. 편안한 민주의 표정을 깨트리고 싶지 않았다. 은혜는 여전히 걱정됐지만 보경이 있으니 괜찮을 것이다. 보경은 멈춘 시간을 다시 흐르게 하는 법을 알고 있지 않은가.

콜리는 다시 하늘을 올려다보았다. 언젠가 연재는 하늘을 바라보고 있으면 눈이 시려 눈물이 난다고 말했지만 콜리는 아무리 하늘을 올려다보아도 눈물이 흐르지 않았다. 연재는 꼭 눈이 시리지 않아도 눈이 부시다는 표현을 쓸 수 있다고 알려줬다. 이를테면 자신이 보았던 하늘 중에 가장 아름다운 하늘을 마주치는 순간에. 콜리는 자신의 눈에서도 물이 흐를 수 있는 기능이 있다면 좋겠다고 생각했다. 그렇다면 내일, 투데이가 주로를 완주할 때 눈물을 흘릴 것이다. 투데이를 끌어안고 수고했다고 말해주면서.

잠든 줄 알았던 민주가 콜리에게 말했다.

"죽지 않는 한 시간은 영원히 흐르니까, 잠깐 멈추는 거야 문제도 아니지."

"…"

"살아 있는 사람의 시간은 흐르기 마련이니까. 차라리 그게 나을 수도 있고. 너무 빠르게 달리면 다 놓치고 산대. 유명한 사람 누가 그러더라. 누구였더라. 기억이 안 나네."

콜리는 고개를 끄덕였다. 민주는 그 말을 끝으로 짧은 낮잠을 청했다.

투데이는 주로에 서서도 뛰지 않는 훈련을 했다. 태어난 이후로 줄곧 빨리 달리는 훈련만을 받았던 투데이는 이제, 아주 천천히, 다치지 않을 만큼 느긋하게 달려야 했다. 투데이가 조금만 속력을 내려고 해도 옆에 서 있던 민주와 연재, 그리고 은혜가 손을 저으며 뛰지 말라고 투데이를 어르고 달랬다. 천천히, 느리게, 여유 있게, 느린 호흡으로, 하늘을 쳐다보고, 주변을 둘러보고, 네 등에 타고 있는 콜리의 움직임을 함께 느끼면서….

천천히 달리는 연습을 했다. 경마장에서는 빠른 말이 1등을 하지만, 느리게 달린다고 경기 도중 주로에서 퇴출당하지는 않았으므로, 애초에 천천히 달리는 것이 규정에 어긋나지 않았으므로.

우리는 모두 천천히 달리는 연습을 할 필요가 있다.

콜리는 이후에, 관절이 다 닳고도 달린 투데이가 뉴스를 통해 알려져 '기적의 말'이라고 불리는 것을 알 수 없을 것이다. 그로 인해 경주마의 실태가 도마 위로 올라오게 되리라는 것도, 그렇게 안락사를 앞두었던 투데이의 생명을 지켜주자는 청원이 올라오게 된다는 것도, 먼 훗날 투데이는 제주도로 넘어가 초원 위에서 하늘을 바라보는 삶을 살게 될 거라는 것도. 콜리는 알지 못할 테지만 지금 이 순간만큼은 그 모든 걸 알게 된 것처럼 행복했다.

콜리의 삶 2막은 이곳에서 끝난다. 이제 다시 이 이야기의 처음이자 마지막인 부분으로 돌아가야 한다. 콜리가 떨어지고 있는 그 순간으로.

당신이 내 이야기를 어떻게 보았는지, 내 짧막한 '삶'을 보며 어떤 생각을 했는지 궁금하다. 당신도 떨림을 느꼈을까? 호흡할 수 없는 내가 호흡하고 있다고 착각했던 것처럼, 나를 통해 당신도 떨림을 느꼈을까? 답을 들을 수 있으면 좋겠지만 이제 내게는 시간이 없다. 정말로 남아 있는 물리적 시간이 없다.

내 시간을 꽉 채운 그들은 관중석 한곳에 모여 앉아 있다. 경기 전에는 연재를 따로 만났다. 연재는 내 몸과 자신의 몸이 서로 달라붙도록 꽉 끌어안았다. 딱딱한 내 가슴에 이마를 붙이고는 주문을 외우듯 중얼거렸다.

"잘할 수 있어."

그것이 혼잣말인지 아니면 내게 거는 말인지 알 수 없어 나는 적당한 침묵을 지켰다. 꽉 껴안았던 품을 놓고, 못내 아쉬워 꾹 잡았던 손도 놓고 연재와 처음 만났던 마사의 건초더미에서 헤어졌다. 그것이 마지막인 줄 알았더라면 만나서 반가웠다는 말을 연재에게 했을 것이다. 하지만 내게는 앞을 내다보는 예지력이 없어 연재가 사라질 때까지 쳐다만 보았다.

나는 투데이에게 다가갔다. 예전처럼 안장을 얹고 번호표를 쓴 투데이가 나를 기다리고 있었다. 투데이의 고삐를 잡고, 투데이의 목덜미를 쓸어내리며 말했다. 마치 방금 전 연재가 나를 끌어안고 중얼거린 것처럼.

잘 부탁해요.

한때는 에이스였으나 이제는 안락사를 앞둔 투데이와 함께 주로에 선다. 안장에 앉는다. 투데이의 갈기를 쓸어 만진다. 관중의 환호성이 들린다. 빼곡하게 들어찬 관중 속에서도 나는 그들을 한 번에 찾는다. 그들에게 손을 흔든다. 신호와 함께 투데이의 고삐를 당긴다. 천장 스크린에 숫자가 뜨고, 10부터 숫자가 거꾸로 흐른다. 날이 맑아, 숫자가 줄어듦과 함께 천장이 조금씩 열리면서 바람이 들어온다. 흔들리는 투데이의 갈기를 보고 알았다. 숫자를 따라 읊는다.

삼, 이, 일.

투데이는 다른 말들과 달리 아주 느린 속도로 달리기 시작한다.

빠른 속도로 앞을 내달리는 다른 말들과 달리 투데이는 느린 첫걸음을 뗀다. 무릎이 아픈지 호흡이 다소 거칠다.

너무 아프면 뛰지 않아도 돼요. 당신은 이미 주로에 섰으니까 그걸로 됐어요.

힘들면 포기하는 것도 방법이다. 비록 생명이 무언가를 포기하기 위해서는 아주 많은 노력을 해야 하지만.

관중석에서 야유가 들려온다. 느린 말을 출전시켰다는 원성이다. 투데이도 그들의 야유를 알아들을까. 투데이의 앞으로 맥주캔 하나가 깡, 소리를 내며 떨어진다. 투데이는 개의치 않고 지나간다. 하지만 그 맥주 캔의 수가 점점 많아지자 주로에 물건을 던지지 말라는 안내방송이 울려 퍼지고 사람들은 거세게 반발

한다. 경기장은 여느 때와 달리 혼란스럽다. 함성이 아닌 원성과 질타가, 욕설이 난무한다.

팬찮아요, 신경 쓰지 말아요. 저들이 하는 말을 듣지 않아도 돼요. 당신은 당신의 주로가 있으니 그것만 보고 달려요. 자신의 속도에 맞춰서요.

어차피 이 주로는 투데이만 달릴 수 있다. 관중석에서 보내는 야유는 중요하지 않다. 투데이가 신경 쓰지 않도록 귓가에 말하고, 또 말했다.

신경 쓰지 마요, 저 소리는 아무것도 아니에요. 굳이 들을 필요 없어요. 모든 것을 듣고 살 필요 없어요.

관중석 한편에서 그런 사람들을 향해 화를 내는 연재와 욕을 뱉는 지수의 목소리가 들려온다. 어떤 말을 내뱉고 있는지 차마 담을 수 없을 정도로 상스러운 욕이다…. 하지만 연재와 지수가 저만큼 화를 내지 않아도 된다. 왜냐하면 나는 투데이가 행복해하고 있음을 느꼈으니까. 투데이가 한 발자국씩 내디딜 때마다 몸이 떨린다. 처음 주로에 섰을 때처럼.

행복해하고 있군요, 다시 예전으로 돌아갈 수 있게 됐어요.

투데이에게 속삭인다.

여기에서 만족했다면 나는 내 삶의 2막을 끝내지 않았을 것이다. 더 빨리 달리고 싶어 하는 투데이의 바람을 모르는 척했더라면. 행복이 고통을 이겼다. 이 순간만큼은 예전처럼 달릴 수 있게 된 것이다. 이것은 실수다. 예측하지 못한 상황이었다. 연재의 말을 빌리자면 기회였다. 하지만 카본이 아닌 알루미늄으로 나를 다시 만들며 무거워진 이 몸체는 투데이가 태우고 뛰기에는 너무 버거웠다. 내가 계속 등 위에 있는 한 투데이는 제 속력을 내지 못할 것이고 무릎이 빠르게 무너질 거였다. 나는 민주가 화낼 걸 알면서도 고삐를 놓는다. 투데이의 목을 끌어안는다. 투데이의 행복함이 떨림으로, 울림으로, 진동으로 전해진다.

더 빠르게 달리고 싶으신가요?

투데이는 점점 더 빨라지는 속도로 대답한다. 지난번 낙마 때는 하반신만 망가졌지만 연재가 나를 다시 만들면서 유압모터를 달지 않아 충격을 흡수시킬 방법이 전혀 없으니 이번에는 핵심인 내장장치가 전부 망가질 거였다. 며칠 전부터 느껴졌던 내 몸의 결함은 이번 추락을 견디지 못할 것이며, 망가진 내장장치를 새로 고친다고 한들 지금의 나로는 되살아나지 못하리라.

하지만 내게는 두려움이 없고 미련이 없다. 오로지 말을 살려야 하고 행복하게 해야 한다는 존재 자체의 이유만이 있을 뿐이다.

투데이의 심장이 뛴다. 다시는 달리지 못할 줄 알았던 말이 비로소 느끼는, 제2의 삶이 박동으로 전해진다. 더 빨리, 더 빠르게. 설령 무릎이 완전히 망가진다고 할지라도 투데이는 더 빠르게 뛰고 싶어 한다. 다시 달릴 수 있는 자유를 만끽하기 위해서.

나는 그때 투데이에게서 떨어졌다.

두 번째 낙마였다.

나는 세상에서 가장 긴 3초를 보냈다. 기수방에 우두커니 앉아 있을 때보다 더 길고 긴, 충분히 모든 나날을 되짚을 수 있을 정도의 아주 긴 시간을.

나의 최후다. 엉덩이부터 상체까지 산산이 부서지고 있었으나 고통 따위는 느껴지지 않았고 맑은 하늘이 보였을 뿐이었다.

나는 세상을 처음 마주쳤을 때 천 개의 단어를 알고 있었다. 그리고 천 개의 단어로 다 표현하지 못할, 천 개의 단어보다 더 무겁고 커다란 몇 사람의 이름을 알았다. 더 많은 단어를 알았더라면 나는 마지막 순간 그들을 무엇으로 표현했을까. 그리움, 따뜻함, 서글픔 정도를 적절히 섞은 단어가 세상에 있던가.

천 개의 단어만으로 이루어진 짧은 삶을 살았지만 처음 세상을 바라보며 단어를 읊었을 때부터 지금까지, 내가 알고 있는 천 개의 단어는 모두 하늘 같은 느낌이었다. 좌절이나 시련, 슬픔, 당신도 알고 있는 모든 단어들이 전부 다 천 개의 파랑이었다.

마지막으로 하늘을 바라본다. 파랑파랑하고 눈부신 하늘이었다.

신발이 빨리 닳는 편이다. 걸음이 빨라서 그런 거라는 이야기를 들었다. '걸음이 빠르면 신발이 빨리 닳아?'라고 묻고 싶었지만 그냥 넘겼다. 내 걸음이 빠른 것도 맞고, 신발이 빨리 닳는 것도 맞으니까 두 문장을 대충 묶어놔도 별 상관 없겠다 싶었다.

바쁘지만 무기력한 날들이 많았다. 쉬고 싶었지만 멈췄다가는 걷잡을 수 없는 감정에 휩싸일까 봐 멈추지 못했던 날들이 많았고, 실은 작가노트를 쓰고 있는 지금도 멈추는 건 상상도 하지 못한다. 뒤처지는 기분이 들어서 그런 게 맞을 것이다. 그래서 그런가, 가끔은 내가 너무 바쁘게 사는 것 같다. 아니, 사람들이 너무 바쁘게 산다. 적어도 내가 살아온 세상에서는 전부 바쁜 사람들뿐이었다.

한국과학문학상에 응모하려고 했던 작품은 『천 개의 파랑』이
아니었다. 스페이스 오페라를 소재로 잡은, 세계가 훨씬 큰 소설
이었다. 800매를 써놓고 마지막 100매를 남겨두고 있던 시점
에서, 나는 내가 만든 이 소설 속 인물들이 '가짜' 같다는 느낌을
받았다. 그래서 더 쓸 수 없었다. 한 글자도 써지지 않아서 한동
안 노트북은 열어보지도 않았다. 그게 9월 중순이었다. '소설은
어차피 가짜인데 나는 왜 더 가짜 같다고 느끼는 걸까'라는 고민
을 하는 동안에도 나는 평일과 주말 구분 없이 과외 선생님으로
아이들을 가르쳤고, 카페 아르바이트를 하고 있었다. 출근에 늦
을까 봐 잰걸음을 놀리며 소설의 존폐를 고민할 때 신발 밑창이
떨어졌다. 그래서 걸음을 멈췄는데 숨이 찬 게 느껴졌다. 걷는
줄 알고 있던 내가 뛰고 있었다. 그제야 나는, 쓰고 있는 우주 배
경의 소설을 상상하기에 내 발이 너무 현실에 붙어 있다는 것을
깨달았다. SF가 현실과 동떨어져 있다는 게 아니다. 내가 내 소
설과 동떨어져 있었다는 말이다.

2019년에 좋은 기회로 장편소설 『무너진 다리』를 출간했기
에, 한국과학문학상 자격 요건인 '출간 2년 미만'이라는 항목이
나를 붙잡았다. 어쩌면 올해가 마지막일 수도 있겠구나, 생각했
다. 실제로 2020년 한국과학문학상은 코로나19의 여파로 취소
되었으니 정말 마지막이 맞았다. 어쨌거나 앞으로 다시는 내지

못할, 그렇지만 꼭 내고 싶었던 문학상에 어떤 글을 써야 할지 그때부터 다시 생각했다. '과학문학상'이니까 대단히 멋있는 과학소설을 쓰고 싶었는데 그러지 못했다. '대단히 멋있는' 소설은 아직 내가 쓸 수 없을 것 같으니까, '내가 잘 쓸 수' 있는 소설을 써야겠다고 생각했다.

내 휴대폰 메모장 가장 아래에는 이런 문구가 쓰여 있다.

'우리는 모두 천천히 달리는 연습을 해야 한다.'

언제 써놨는지도 기억나지 않지만, 언제나 이 문구를 보며 지구가 변해가는 속도와 놓치고 가는 사람, 그리고 동식물에 대해 생각했다. 그래서 『천 개의 파랑』을 썼다.

소설을 쓰고 난 후부터 지금까지 나는 천천히 걷는 연습 중이다. 뛰는 발걸음에 지나가던 개미가 밟히지 않도록.

박상준 서울SF아카이브 대표

이번 제4회 한국과학문학상에 응모된 작품은 총 273편(장편 29편, 중단편 244편)이다. 작년에는 총 280편이 접수되었으니 별 차이가 없는 셈이다. 그러나 평균적인 수준은 더 상향 평준화되었으며, 특히 중단편 부문에 돋보이는 작품들이 적지 않았고 그런 만큼 애석한 경우도 있었다.

장편 부문은 본심에 올라온 작품이 세 편에 불과했으나 대상을 다툰 작품들의 수준은 작년보다 나았다고 본다. 당선작은 심사위원진에서 4 대 1로 『천 개의 파랑』을 골랐다. 이 작품은 SF이자 장편소설로서 여러모로 나무랄 데 없는 완성도를 보여줬다.

이번 응모작들을 심사하는 과정에서 유난히 많이 거론된 것이 결말부 처리에 대한 아쉬움이다. 개성이 드러나는 스타일이나 강렬한 주제의식만으로도 호평을 받을 작품들이 여럿 있었으나, 심사위원 다수는 작품의 완성도를 결정지을 적절한 결말이 뒷받침되지 않으면 아무래도 아쉽다는 의견이었다. 이는 장편 당선작을 정할 때, 그리고 중단편 가작을 고를 때에 각별히 언급됐던 부분이다.

　이번에 두드러진 경향은 주류문학의 배경이 엿보이는 작품이 많았다는 점이다. 캐릭터, 문장, 정서, 드라마 구성, 스타일 등 여러 면에서 장르 SF보다는 주류문학의 습작을 계속해온 응모자들의 비중이 예년보다 많이 늘어난 것이 명백했다. 이는 해가 갈수록 뚜렷해지는 추세이며, 특히 2019년 한 해 동안 한국의 창작 SF가 국내외적으로 주목받는 일이 이어지면서 저변이 크게 확장된 점과 무관하지 않을 것이다.

　매번 심사를 마치고 나면 절감하는 것이지만, 입상하지 못하거나 심지어 예심을 통과하지 못했어도 강렬한 인상을 남기는 안타까운 응모작들이 여럿이다. 부디 이번에 결과가 실망스럽더라도 좌절하지 말고 꾸준히 창작에 매진하기를 진심으로 기원한다. '해리 포터' 시리즈가 출판되기 전까지 여덟 곳에서 퇴짜를 맞았다는 사실을 명심하자.

이지용 건국대 학술연구교수

SF(Science Fiction)를 규정하는 건 어려운 일이다. 이는 장르가 형성되고 나서부터 지금까지 계속해서 논의돼오는 부분이다. 특히 'Science'를 구성하는 개념들은 계속해서 변화해왔고, 개념들이 명멸하기도 하고 확대되기도 하면서 SF가 생각보다 다양한 개념들을 포괄하는 장르가 되어왔다. 그러기 때문에 SF에서 다룰 수 있는 소재와 주제들은 실로 무궁무진하다고 할 수 있다.

하지만 잊지 말아야 할 것은 'Fiction'에 대한 것이다. 그것이 어떠한 시기에 일정한 형태로 독자들을 만난다면 조금 더 많은 가능성들이 발생할 수 있는 것도 부정할 수 없으나 공모전이라는 형태로, 그것도 문학상이라는 타이틀을 붙인 시스템 내에서라면 조금 더 엄정한 의미맥락들이 작용하게 되는 건 어쩔 수 없는 일이다.

이번 제4회 한국과학문학상에서는 출품작들의 면면에서 다양한 소재의 접근과 그것을 형상화하는 인상적인 능력들을 확인할 수 있었다. 특히 SF의 고질적인 스테레오 타입이자 가장 큰 오해의 촉발 지점인 과학기술에 대한 부담으로부터 자유로워진 작품들을 심심치 않게 만나볼 수 있었다.

앞서 언급한 'Science'에 대한 부분들의 이해 문제가 일정 부분해소되어 있는 모습이었다. 이는 SF가 장르이자 문화예술의 한 형식으로 발전하는 데 필요한 부분이고, 융복합과 경계 사이의 횡단이 일상화되고 있는 현대 사회에서는 그 의미가 더 부각 될 수밖에 없다.

하지만 심사과정에서 공통적인 화두 중 하나였던 '결말'에 대한 문제는 이러한 가능성들이 'Fiction'이라는 형식의 구현에 결국 이르지 못했다는 것을 드러내는 것이었다. 다양한 소재와 설정, 개성 넘치는 캐릭터들이 스토리텔링으로 모양을 잡지 못하고 파편화된 상태로 부유하는 모습들이 많았다. 소재를 차용하고 세계관을 설정한 작가조차도 그것을 충분히 신뢰하거나 이해하지 못하는 모습이었다.

이러한 문제는 SF에서 굉장히 중요한 부분인데, 경이의 세계를 만들어 독자들이 몰입하게 하려면 작가가 먼저 설정한 세계를 온전히 자기 것으로 만들어야 한다. 하지만 이러한 작업이 부재한 상태에서 소재와 설정을 그저 나열하게 되면 스토리텔링의 완성도 측면에서도 한계를 드러내지만, 결국 독자가 작가가 설정한 경이의 세계에 몰입할 수 없게 된다는 치명적인 단점이 생긴다.

그러기 때문에 결말이 중요하다는 것은 단순히 결말에서의 파급력 등을 이야기하는 것이 아니라 작가가 스스로 설정한 경이의 세계를 자기 것으로 만들고 그 세계 안으로 독자들을 불러들여 이야기의 마지막 부분까지 도달하는 것을 의미한다.

그런 면에서 대상을 받은『천 개의 파랑』은 경이의 세계를 설정하고 그것을 자신의 것으로 만들어 이야기의 끝까지 도달하는 힘이 돋보이는 작품이었다.

특히『천 개의 파랑』과 같은 경우엔 소재들에 대한 독특한 시각을 다양한 변주를 통해 문제화하면서 작품 내에서 계속해서 의미들을 확산시키는 매력이 있었다. 일견 부족해 보이는 과학기술에 대한 접근 문제 역시, SF가 단순히 미래 기술을 전시하고 예언하는 데 목적이 있는 것이 아니라 과학기술로 인해 변화된 세계와 그 구성원들에 대한 사고실험에 있다고 보았을 때 훌륭한 작품이었다. 이러한 작품의 경향은 이미 1960년대 뉴웨이브 이후에 일반화되었던 방식이기 때문에 새롭다고 할 것은 아니지만, SF에 대해 가지고 있는 일련의 스테레오 타입들을 해체하고 다양화하기 위해서는 더 많이 등장했으면 하는 형식이었다.

또 대상과 세계를 향하고 있는 작가의 시선들은 단순히 이야기를 자아내는 재주에 대한 감탄이 아니라 이후에 작가의 시선이 닿을 부분들에 대한 기대감을 불러일으킬 만큼 개성적이고, 진지했다.

본심에 올라 마지막까지 논의되었던『많은 사람의 죄』는 전문적인 정보에 대한 치밀한 배치와 그것을 과학적인 상상력으로 풀어가는 전개가 매력적인 작품이었다. 다만, 이 작품에서도 참신한 설정들과 부분적으로는 성공한 이야기의 구현이 하나의 맥락을 이루지 못하고 마지막까지 닿지 못했다는 것은 큰 아쉬움이었다. 동일하게 본심에 올랐던 『브레이넷(종의 기원)』 역시 설정에서의 의미들이 전체 이야기 맥락으로 이어지지 못하는 아쉬움을 보여줬다.

좋은 작품들이 쏟아진 덕분에 심사과정에서 SF의 근본적인 질문들에 대한 부분들부터, 작품 내에서 구현된 의미들에 대한 현대적인 해석의 영역까지 장시간의 토론을 거쳐야 했다. 의미 있는 경험을 해주신 모든 작가님들께 감사하고, 선정되신 작가들의 앞으로의 여정을 응원한다.

김보영 소설가

2019년은 한국 SF에서 기념비적인 한 해였다. 다양한 경로로 훌륭한 작가들이 쏟아져 나왔다. 제2회 한국과학문학상 수상자인 김초엽 작가가 오늘의 작가상을 수상했고, SF 무크지가 생겨났고, 한국 SF 소설이 베스트셀러에 오르며, 여러 매체가 2019년의 문학 키워드로 SF의 약진을 손꼽았다. 한국 SF의 원년은 종종 있었고 주기적으로 있었지만, 한 번쯤 그 회귀소설 같은 수사를 너그럽게 수용해도 좋지 않을까 싶을 만큼 장 전체가 풍성해졌다.

단지 데뷔 방법이 다양해진 만큼 한 공모전에 좋은 작품이 몰리는 일은 줄어드는 게 아닐까 걱정했지만, 본심작을 보면 기우였던 듯하다. 대상과 우수상에는 큰 이견이 없었지만 가작에서 격론이 있었는데, 그만큼 엇비슷하게 좋은 작품이 많이 투고되었다고 보아야 할 것이다.

필력 이상으로 작품의 독창성과 개성이 점점 더 요구되리라 본다. 기본기는 있어도 결말에서 힘이 떨어진 작품이 유독 많았는데, 글은 시작보다 결말이 중요하니 끝까지 기력을 놓치지 않기를 바란다.

일반 문학에 가까운 작품이 많이 눈에 띄었다. 다른 글쓰기 훈련을 받은 사람들도 SF에 눈을 돌리고 있다는 긍정적인 신호려니 한다. 하지만 여기가 SF 공모전이라는 것은 규칙이자 전제조건이니만큼, SF 요소를 차용하지 않은 글을 본심에 올릴 수는 없는 노릇이다. 또한 청년 빈곤과 드높은 부동산 가격 문제를 다룬 작품이 예심에 다수 있었는데, 시대의 반영이려니 한다.

스페이스 오페라라 부를 만한 우주 활극이 이전보다 많이 보였다. 소재와 상상의 확장을 의미하니 환영할 만한 일이라 생각한다. 단지 이들 중 대다수 기반이 문학이 아니라 영상매체에 있다는 인상을 지울 수 없었다. 별다른 묘사 없이 아이디어의 나열만이 이어지는 작품이 많았다. 국내에는 이미 스페이스 오페라 소설이 적지 않게 들어와 있으니, 이를 참고하여 기법을 연구해보았으면 한다.

더해서 이것은 소설 공모전이다. 소설은 가상의 이야기지 논픽션이나 연설문이 아니다. 작가가 종교적 신비주의나 음모론을 진심으로 믿으면서 쓴 글을 SF인 척 내밀어보았자 그 의도는 뻔히 보이기 마련이다. 부디 그 내용을 믿지 않게 된 뒤에 다시 쓰기 바란다.

소중한 작품을 내주신 모든 분들에게 격려와 건필을 기원한다. 좋은 문학상을 계속 운영하고 계신 머니투데이에도 감사를 드린다. SF의 약진의 한 축에 또한 훌륭한 신인들을 배출한 이 한국과학문학상이 있으려니 한다.

본심에 올라온 『브레이넷(종의 기원)』과 『많은 사람의 죄』는 유사한 단점을 갖고 있었다. 설정과 아이디어가 끝없이 펼쳐지기만 할 뿐 소설로서의 구조를 만들고 이야기의 맥락을 전달하는 데에 많이 실패한 작품이었다. 물론 SF적인 아이디어는 SF 공모전에서 장점으로 작용하지만, 그 이전에 당연히 소설의 기본을 갖추어야 한다.

『천 개의 파랑』은 SF적인 장치를 그리 많이 쓰지는 않았지만, 이 점이 중요하게 느껴지지 않을 만큼 탁월한 작품이었다. 안락사를 앞에 둔 경주마와 결함이 있어 살짝 인간처럼 사고하게 되어버린 로봇 기수를 중심으로, 이 둘을 둘러싼 여러 사람의 삶이 무지갯빛으로 펼쳐진다. 수명이 다한 경주마의 단 며칠의 삶의 유예를 위해 모여든 사람들, 가장 천천히 달리기 위한 여정, 더해서 결말의 소소한 반전은 감동과 전율을 자아낸다.

제목 그대로 천 개의 파랑이 가득한 듯한 환상적이고 우아한 소설이다. 이미 활발하게 활동하고 있는 유명 작가의 작품이라 해도 믿을 법했다. 별다른 이견 없이 지지를 받아 대상으로 선정됐다.

당선된 모든 분께 축하를 드리며, 아쉽게 선정되지 못한 작가들의 건필 또한 기원한다.

김창규 소설가

좋은 작품에 개성과 생명력이 있듯 한국과학문학상에 응모한 작품들도 일정 부분 색깔과 경향을 보이곤 한다. 그 경향의 변화를 바라보노라면 SF의 본질이 제대로 이해되어가는 모습에 기쁘지만, 가끔 새로운 오해가 눈에 띄는 것도 부인할 수 없는 사실이긴 하다.

제4회 한국과학문학상 응모작 가운데 여러 편에 공통된 경향이 한 가지 있었다. SF의 구성요소인 '경이로움'과 일반 문학에서 흔히 일컫는 '문학성'을 결합하려는 시도다. 이 시도에 실패한 응모작이 많아 안타까웠다. 기교가 부족해서가 아니라, SF가 본디 품고 있는 문학성을 펼치기보다는 SF를 의식적으로 문학의 바깥에 둔 다음 형식만 끌어와 접목했기 때문이다.

이는 SF를 피상적으로 이해한 탓일 수도 있고, 문학 자체를 상투적으로 학습한 때문일 수도 있다. 그 결과는 행동도 사유도 하지 않는 주인공, 미려하지만 공허한 문장, 결말 없는 이야기로 나타났다.

그와 정반대로, 본심에 오른 응모작들을 보면서는 이제 더 이상 '좋은 한국 SF의 가능성'이란 얘기는 듣지 않아도 되겠다는 생각이 들어 기뻤다. 그만큼 SF를 충분히 소화하고 빚은 작품들이, 가능성을 넘어 다양한 길을 정하고 완성되고 있었다. SF와 과학문학상이라는 배에 오른 이들이 이미 훌륭한 선원이 되어 본격적으로 항해에 나선 셈이다.

그 배에서 커다란 돛 역할을 하는 한국과학문학상이 빼어난 작가들을 계속 발굴하기를 바라면서, 수상자들께 축하와 함께 앞으로 더 보여줄 SF 속 경이감에 대한 기대를 아울러 보낸다.

『많은 사람의 죄』는 SF 기믹을 능숙하게, 연달아 제시했으나 그에 비해 중심 이야기에 신선함과 흡인력이 부족했다. 『브레이넷(종의 기원)』도 도입부터 '기술에 의한 마술 세계'가 본격적인 무대라는 점을 시사하며 시작했다. 이는 SF의 시작으로는 나쁘지 않으나, 끝에 이를 때까지 무대의 설명과 확장에 지나치게 의존해 이야기가 힘을 잃었다.

수상작 『천 개의 파랑』은 처음부터 또렷이 제시된 이야기의 줄기가 흩어지지 않고, 모든 요소가 결말의 완성을 위해 제 역할을 해 균형이 잘 잡혔고, 핵심 소재를 과장 없이 적절히 활용해 좋은 장편 SF로 보기에 부족함이 없었다. 각 등장인물의 역할이나 여러 대사가 다소 중복되는 점 때문에 중편을 확장한 작품이라는 느낌이 있지만, SF가 제시하는 '낯설면서도 익숙한' 공감의 영역이 능숙한 필력으로 펼쳐지면서 그런 단점을 상쇄했다.

정보라 소설가

이야기에는 결말이 있어야 한다. 이번 한국과학문학상 심사의 화두는 이것이었다. 장편부문과 중단편 부문 투고작 모두, 어떤 한 장면이나 사건에 치중해 결말이 불충분하게 갑자기 끝나거나, 도입부에서 대단히 중요하게 부각한 주인공들의 목표나 과업을 중반 이후 혹은 결말에서 아무 이유 없이 내던지는 작품들이 많았다.

주인공(들)이 본래 목표나 과업을 달성하지 않기로 결정했다면 거기에는 이유가 있어야 한다. 혹은 그런 목표나 과업을 버리기로 하는 과정이나 심경의 변화를 일으킨 결과 자체가 줄거리를 이끌며 사건을 일으키는 동인이 된다. 그냥 아무 이유 없이 주인공이 본래 목표를 버리고 초월적인 깨달음을 얻으면서 이야기가 끝나면, 뭐 그럴 수도 있긴 한데 구성적인 측면에서 좋은 작품이 될 수는 없는 것이다.

이러한 측면에서 장편 대상을 수상한 『천 개의 파랑』은 주제의식과 전달하고자 하는 사회적 가치의 깊이에 더해 수미쌍관 방식으로 분명하게 이야기를 결말짓는 구성이 돋보이는, 여러모로 훌륭한 작품이었다.

작품이 전달하고자 하는 가치나 주제의식도 문학상의 관점에서 매우 중요하다. 올해 제4회 한국과학문학상 장편 투고작 중 내가 심사한 작품들은 거의 다 SF 추리 스릴러였다. 사건이나 구성이 미국 드라마 혹은 블록버스터 SF 영화나 게임을 연상시켰다. 전개가 빠르고 규모가 크며 매우 재미있는 작품들도 있었다. 그냥 출판사에 일반 투고를 한다면 별 무리 없이 출간될 것이라 생각한다.

그러나 한국과학문학상은 이름에 '문학상'을 포함하고 있다. 문학상은 앞으로 한국 SF 문학, 나아가 SF 문학 전반이란 어떠한 것인지 결정하고 본보기를 보여주는 역할을 한다. 또한 해당 문학상의 수상 작품들을 통해 문학이 예술적으로 사회적으로 무엇이며 어떠한 역할을 해야 하는지 규정하는 의미도 가지고 있다.

전개가 빠르고 흡인력(吸引力, 사람의 관심이나 흥미 등을 끌어들이는 힘. 흡'입'력이 아니다. 흡입력은 물리적으로 빨아들이는 힘이며 냉난방기, 진공청소기, 의료기기 등 SF에 소재로 활용될 수는 있지만 문학 작품의 구성요소 자체와는 조금 다른 분야를 논할 때 사용하는 단어다)이 강하고 대단히 재미있다 하더라도 예술적으로나 사회적으로 아무런 가치를 전달하지 않거나 폭력적, 차별적인 주제의식을 바탕으로 하고 있다면 '문학상'을 수여할 수는 없다. 이 점에 있어 심사위원들은 예민하게 인식하고 깊이 논의했음을 밝힌다.

한국과학문학상은 어쨌든 '과학문학'에 중점을 두어야 하기에, SF로서의 특징이 더 분명하고 SF라는 장르를 통해 주제를 전달하고자 했던 다른 작품들을 선정할 수밖에 없었음을 이해해주시기 바란다.

그리고 맞춤법과 띄어쓰기는 언제나 모든 글쓰기의 기본 중에서도 가장 기본이다. 글을 쓰는 사람은 자신이 사용하는 한국어 어휘와 표현들의 의미와 용법과 올바른 맞춤법을 알고 글을 써야 한다. 소설을 쓸 때는 여기에 더해, 퇴고하면서 작품의 시점이 1인칭인지 3인칭인지, 주인공과 등장인물들의 이름은 처음부터 끝까지 통일되어 있는지, 설정이 충돌하지 않는지 등등도 점검해야 한다.

작품의 시점이 처음부터 내내 3인칭이었다가 중간에 갑자기 아무 설명 없이 1인칭으로 바뀐다거나 주요 등장인물들의 이름이 한 글자씩 바뀌는 혼란스러운 상황이 반복되면 독자 입장에서는 이것이 어떤 정교한 문학적 장치라기보다는 오타와 퇴고 부족의 결과라고 먼저 생각하게 된다.

올해도 좋은 작품들을 많이 읽게 되어 개인적으로 보람찬 경험이었다. 심사위원들 간에 치열한 논의가 있었고, 심사의 공정성을 위해서 모든 심사위원이 고민하고 토론했음을 밝힌다. 수상하신 작가님들께 진심으로 축하드리며 앞으로도 훌륭한 작품들을 계속 발표해주시기를 바란다.

열일곱 살에 소설이 너무 쓰고 싶어 부모님 허락도 없이 예술고등학교 문예창작과에 입학했던 나는, 그때부터 소설가가 꿈이었다. 정확하게 표현하자면 소설가보다 '이야기를 쓰는 사람'이 꿈이었다. 그래서 언제나 무언가를 상상하고, 이야기를 꿰고, 인물에게 숨을 불어넣었다. 하지만 나에게는 도통 수상의 기회가 주어지지 않았고, '나는 틀린 소설을 쓰고 있는 걸까'라는 생각에서 벗어나지 못하다가 몇 년 동안 소설을 잠시 포기했다. 오래 포기하지는 못했다. 쓰지 않으니까 내 세상이 너무 심심해서 나는 다시 쓸 수밖에 없었다.

SF를 많이 읽지 못했다. 그래서 여전히 SF에 대해 공부 중이다. 그럼에도 왜 SF를 썼느냐고 묻는다면, 내가 좋아하던 것들이 '알고 보니 SF였다'라는 말밖에 할 수가 없다. 내가 좋아했던 영화, 재미있게 읽었던 소설, 가장 사랑하는 소재(좀비와 우주)… 그 모든 것들이 'SF'였다는 걸 얼마 전에 알았다. 알고 나서는 정말 짜릿했다.

온라인 플랫폼에서 연재를 시작하고, 어느 잣대에도 속하지 않고 내가 즐거운 것만 쓰자고 마음먹고 달려왔는데 어느 날, 평생 오지 않을 것 같던 상이 나에게 왔다. 그게 한국과학문학상이다. 정말 기뻐서, 수상 전화를 받고 회사 비상계단에 오래도록 앉아 있었다.

나는 소설을 쓰는 것, 플롯을 짜는 것, 인물을 구체화시키는 것…. 이 모든 것을 정말 좋아하지만 이 행위가 도대체 왜 좋은지 아직도 모른다. 그렇지만 이제는 굳이 이유를 찾아 헤매지 않고 즐겁게 글을 쓰려고 한다. 그럼 어느 날 갑자기 찾아온 이 상처럼 그 이유도 갑자기 알게 되지 않을까?

그걸 알게 될 때까지 나는, 단 한 사람에게라도 가슴 깊이 남는 이야기를 쓸 것이다. 미래와 우주와 가지 못하는 다른 세계를 빌려 와.

상은, 즐겁게 쓰라는 격려로 받겠습니다. 감사합니다.

2020년 여름
선란 드림

천 개의 파랑

ⓒ 천선란, 2020. Printed in Seoul, Korea

초판 1쇄 펴낸날 2020년 8월 19일
초판 38쇄 펴낸날 2024년 12월 2일

지은이	천선란
펴낸이	한성봉
편집	김학제·안태운·박소연
콘텐츠제작	안상준
디자인	최세정
마케팅	박신용·오주형·박민지·이예지
경영지원	국지연·송인경
펴낸곳	허블
등록	2017년 4월 24일 제2017-000050호
주소	서울시 중구 필동로8길 73 [예장동 1-42] 동아시아빌딩
페이스북	www.facebook.com/dongasiabooks
인스타그램	www.instagram.com/dongasiabook
트위터	www.twitter.com/in_hubble
홈페이지	hubble.page
전자우편	dongasiabook@naver.com
블로그	blog.naver.com/dongasiabook
전화	02) 757-9724, 5
팩스	02) 757-9726
ISBN	979-11-90090-26-1 03810

이 도서의 국립중앙도서관 출판예정도서목록(CIP)은
서지정보유통지원시스템 홈페이지(http://seoji.nl.go.kr)와
국가자료종합목록 구축시스템(http://kolis-net.nl.go.kr)에서
이용하실 수 있습니다. (CIP제어번호 : CIP2020032691)

※ 허블은 동아시아 출판사의 문학 브랜드입니다.

※ 잘못된 책은 구입하신 서점에서 바꿔드립니다.

만든 사람들

책임편집	신소윤
크로스교열	안상준
디자인	전혜진
본문조판	김경주